火《か》焔《えん》の鴉《からす》

古代豪族ミステリー 賀《か》茂《も》氏《し》篇

橘 沙羅

ハルキ文庫

角川春樹事務所

目次

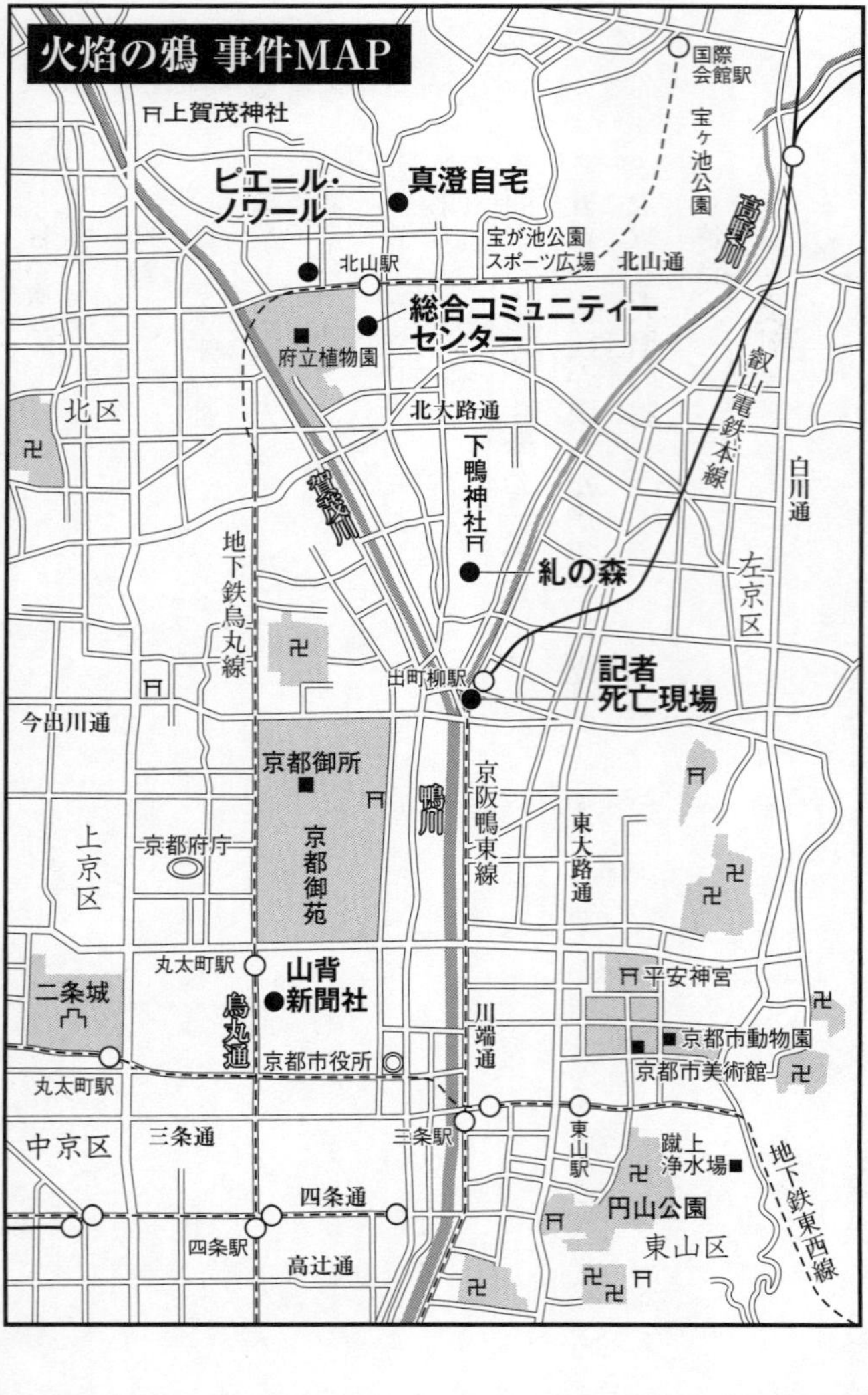
火焔の鴉 事件MAP
上賀茂神社
国際会館駅
宝ヶ池公園
ピエール・ノワール
真澄自宅
宝が池公園スポーツ広場
北山駅
北山通
高野川
総合コミュニティーセンター
府立植物園
叡山電鉄本線
北区
北大路通
下鴨神社
白川通
賀茂川
地下鉄烏丸線
糺の森
左京区
出町柳駅
記者死亡現場
今出川通
京都御所
京阪鴨東線
鴨川
東大路通
上京区
京都府庁
京都御苑
平安神宮
丸太町駅
山背新聞社
二条城
烏丸通
川端通
京都市動物園
京都市役所
京都市美術館
丸太町駅
三条通
三条駅
東山駅
蹴上浄水場
中京区
地下鉄東西線
四条通
円山公園
四条駅
東山区
高辻通

序章

山は、両翼《りようよく》を広げて黒々と横たわっていた。

重たい湿気を含んだ空を見上げ、女は鼻をうごめかす。

折り重なるように天へ伸びる樹木と、微生物を含んだ腐葉土の発酵と、それらを物も言わずに呑《の》み込んできた幾千年もの時間。——古代の人々が〝神〟と畏《おそ》れた山岳のにおい。人間の領域をはずれた、山そのもののにおいだ。

一瞬目の前が青白く光り、先ほどまで遠くに聞こえていた雷鳴が、すぐ頭上で轟《とどろ》いた。

産毛《うぶげ》がそそけだち、押し殺していた息が荒くなる。

悪寒が走り、汗が噴き出た。捻《ひね》った左の足首が、どんどん痛みを増してくる。これ以上逃げるのは無理だ。

ここにしゃがみ込んで、どのくらい経《た》ったのか、どの位置にいるのか。

スマホは上着のポケットにしまっていた。電源を入れれば、ディスプレイの明るさで、居所が分かってしまう気がしたからだ。どちらにしろ、地形のせいか生い茂る木々のせいか、何度試してもうまく繋《つな》がらず、バッテリーも急激に消耗してほとんど残っていない。

木立が生み出す夕闇《ゆうやみ》の深さと、むせ返るような草いきれに押し潰《つぶ》され、五感はとっくに異常をきたしている。

こんなことになるなら、真実なんて知りたくなかった。知るべきではなかった。

言うならば、自分はカモの怒《いか》りに触れたのだ。

うずくまって両膝《りょうひざ》に顔を埋《うず》め、太古から続く山の気配に耐えた。むき出しになった神経がびりびりと震え、体が燃えるように熱い。

また稲妻が走り、十秒も経たずに雷鳴が追ってきた。この山に落雷が多いのは知っている。雷とはすなわち〝神鳴り〟だという。音であり、言葉であり、託宣《たくせん》を下すもの。ならばこの場所に神が降《くだ》るのは、当然のことなのだ。

と、草を踏み分ける荒々しい足音が聞こえた。

ヘッドライトの明かりが、曖昧《あいまい》な宵闇を切り裂く。

い、い、見つかった——。

再びパニックの波が盛り上がり、ポケットからスマホを取り出して通話ボタンを押した。

繋がろうと繋がるまいと、落雷の危険が高まろうとかまわなかった。怒《いか》れる神の支配する山中で、唯一助けを呼べる相手がいるとするなら、〝如来《にょらい》様の使者〟以外考えられなかった。どや、この番号覚えやすいやろ、と得意げに言ったあの男——。

二五九二《ジゴクに》－一〇五九《テンゴク》。

雷の轟音《ごうおん》が鼓膜を震わせ、黒い山が鳴動する。
人工的な光にすがるように、スマホを耳に押し当てて叫んだ。
「助けて！」
だが――。
自分を山中まで執拗《しつよう》に追ってきた殺人者を前に、女は悟った。
もう遅い。

一章　千年の都

1

「——真澄《ますみ》ちゃん、大丈夫？」

突然聞こえてきた柔らかな女の声に、香坂《こうさか》真澄は我に返った。

冷房はそれほど強くなかったが、腕にうっすらと鳥肌が立っている。バイト中だというのに、一瞬自分がどこにいるのか分からず、水滴のついたコーヒーカップと麻の布巾《ふきん》を手にしたまま、ぼんやりとカウンター越しに従姉《いとこ》の顔を眺め返してしまった。

「急にぼうっとしちゃって、どうしたの？　具合悪い？」

従姉の亜子《あこ》は、三十八という実年齢よりずっと若く見えるが、真澄が動揺を取り繕《つくろ》った途端、〝お姉さん〟ぽい顔つきになった。ちょうど十歳年が離れていることもあり、昔からよく面倒を見てくれた。

「ごめん、ちょっと一瞬考え事」

「忙しかったもんね。学生クン、やっと帰らはったし」

コーヒー一杯で二時間ねばった学生が帰り、客のいなくなった二時過ぎの店内は、つかの間の静けさに包まれていた。中二階まである壁面の本棚が、急に存在感を増してくる。

ブックカフェ『ピエール・ノワール』。

フランス語で「黒い石」を意味するらしい。マスターの石黒聡《いしぐろさとし》と妻の亜子が、ここ京都北山《きたやま》に念願の喫茶店をオープンする際、苗字《みょうじ》をもじって名付けたものだ。

市内には本を読みながらコーヒーを楽しめるブックカフェが多く、扱っている本のジャンルも店によって様々だ。京都の歴史本や案内書、地元民によるエッセイなどを取りそろえた『ピエール・ノワール』は、いわば観光客から研究者まで、京都を知りたい者なら誰《だれ》でも利用できる「京都ガイドカフェ」を目指している。

開店して二年、最近では通《ツウ》向けのカフェマガジンや地元テレビでも紹介されるようになってきた。

素朴な木と石の材質を随所に用いた内装は、〝ヨーロッパの村の小さな教会〟がコンセプトだ。実際にフランスから買い付けたアンティークのチャーチチェアも、古都とコーヒーの焦げ茶色にしっくりと馴染《なじ》んで、環境とマッチしたインテリアの手本を示してくれる。

「真澄ちゃんが考え事なんて怪しいなあ。ひょっとして、恋煩《わずら》い？」

砂糖のストックを気にしていた石黒が、ひょいと顔を振り向けて口を挟《はさ》んできた。後頭部に結ったお団子といい、亜子とおそろいの生成《きな》りのシャツといい、ナチュラル感あふれる風貌《ふうぼう》は、仙人のようでちっとも嫌味がない。

「そんな可愛《かわい》いもんじゃないですよ。私、もう二十八だし」

「そっか。もっと切実か」

「もう。サトシ君、そういうこと言うたらセクハラになるよ」

「ごめんごめん、四十路《よそじ》の戯言《たわごと》」

言い合う夫妻のやり取りを見て、なんか良いなあ、と真澄は思った。

亜子は夫をサトシ君と呼ぶ。同じように、石黒は妻をアコさんと呼ぶ。互いが平等で、相手を尊重し合っている雰囲気がとても素敵だ。真澄の父親は、「女房の実家の援助で店を開いた甲斐性《かいしょう》なし」と石黒のことを馬鹿にするけれど、自分の妻を「おい」としか呼ばない父なんかに、とやかく言われたくない。

実際、東京から京都へ出てきた真澄が、ここでバイトを始めてわずか半年、二人からはじつに多くのことを学ばせてもらった。

家や店がその土地に溶け込むということは、人の魂が風土に寄り添って生きるということ。個々の総和として店や街の雰囲気ができあがるということ。自分の人生が、そこで暮らす別の誰かの〝ストーリー〟の一部になるということ――。

石黒の哲学は、心機一転の舞台として京都を選んだ真澄にも容易に理解できたし、インテリアコーディネーターの資格を取ろうとしている現状にも、深く突き刺さるものがあった。

環境が人を作り、人が環境を作る。千年もの間日本の中心であり続けた京都には、最先端の風雅を生み出すDNAと、伝統にまで昇華《しょうか》した往古《おうこ》の時間とが、矛盾無く同居している。良いもの、美しいものに触れて過ごせば、審美眼《しんびがん》も人間性も自然と磨かれる。

いつか、自分がコーディネートしたモノやコトが、誰かの人生に新たな彩《いろど》りを加えられたらいい。それが、遅まきながら手にした真澄の夢だ。

――真澄ちゃん、願い事は口に出した方が叶《かな》うらしい。文字を知る前からずっと、日本人は〝音〟を通じて神様を祀《まつ》ってきたんだからさ……。

そう教えてくれた男の顔が脳裏に浮かび、真澄がまたもや物思いの淵《ふち》に引きずり戻されそうになったその時、戸口についた鈴がカランと鳴った。

「いらっしゃいませ……」

反射的に顔を向けた瞬間、現れた客の姿に三人とも言葉を失った。

真澄の額の裏で、〝審美眼〟が最大限の警告を発する。

紫の地に金色の模様が入った開襟シャツ、臙脂《えんじ》色のズボン、白い革靴、金鎖のネックレスにライムグリーンのサングラス――。

「ハイ、こんにちは」

右手に扇子《せんす》、左手にパイソンのセカンドバッグを抱え、色彩破壊もはなはだしい悪趣味なチンピラが、百八十超えの長身を屈《かが》めるように入ってきたのだった。

「ああ、暑《あつ》い暑い。何やろね、この暑さは。盆も過ぎたっちゅうのに、地獄の釜《かま》が開きっぱなしや。マスター、とりあえずレーコーちょうだい」

カウンター前のスツールにどっかりと腰かけ、昭和の死語でアイスコーヒーを注文する。葬式帰りだろうか、忙《せわ》しなく扇子が往復するたび、男の身体《からだ》にしみついた線香のにおいが、場違いに店内に漂った。

ああ、嫌《いや》だ——。

居心地のいい空間が、一気にギラギラした落ち着かない雰囲気に変わる。例えるなら、お気に入りのオーガニックサラダの中に、添加物と合成着色料てんこ盛りのインスタント食品が混ざってしまった感じだ。

「この店、いつからです？」

サングラスを胸ポケットにしまった男は、真澄が差し出した氷水を勢いよく飲み干して、コーヒー豆を挽《ひ》き始めた石黒にさっそく話しかけた。意外にも愛想《あいそ》のいい敬語の質問に、石黒も心なしかホッとして答える。

「二年前です。もとは東京の人間なんですけど、京都好きが高じて脱サラしまして。妻の縁故でこの場所に」

「よろしいね。北山言うたら、おシャレさんが集まるハイソなエリアやないですか」

「恐れ入ります」

　八〇～九〇年代のバブル期に発展した幅広の北山通には、有名な洋菓子店やパン屋、カフェ、ブティックが建ち並び、寺社や町家がひしめく洛中《らくちゅう》とは、また違った雰囲気の京都が味わえる。『ピエール・ノワール』は、その大通りから北側に入った閑静な住宅地にあるのだが、大きな一戸建てやマンションの合間に、隠れ家のような店々《みせみせ》が収まっているのだった。

「見たとこ京都の本がたくさんあるけど、歴史系はどの辺りがメインです？」

「平安時代ですかね。でも、そのうち幕末の方も増やそうかなって……」

「へえ、やっぱり人気はそこですか」

男は適当に相槌《あいづち》を打ち、この店が載っているカフェマガジンをぺらぺらめくっていたかと思うと、ふいに顔を上げた。

「──ところで、こちらの常連さんに榎本克也《えのもとかつや》さんて方《かた》いてましたでしょ。『山背《やましろ》新聞』の文化部記者やってはった……」

石黒が手を止め、かすかに眉《まゆ》をひそめた。真澄もまた、突然飛び出した知り合いの名に、人知れず息を呑《の》む。

男は今、榎本に関してはっきりと過去形を使った。

つまり、榎本が十日前に亡くなったことを知っている人間なのだ。

心臓の鼓動が速くなり、胃が浮わついた。この数日間胸の内で燻《くすぶ》り続けた疑惑が、チンピラの登場によって一気に爆発した感じだった。

やはり榎本は、何らかのトラブルを抱えていたのではないか。「事故死」の裏には、ひょっとするとその辺りの事情が絡んでいるのではないか――。

「確かによくいらしてましたが……」

歯切れ悪く答えた石黒をよそに、男はセカンドバッグから一冊の本を取り出してカウンターに置いた。

『京都の古代豪族――平安京以前――』とある。

「これ、こちらさんの本でしょ。二週間前、克也さんがお母さんの七回忌で大阪に来はった時、親族の控え室に忘れて行きはって。それからいくらも経《た》たん内に、今度は本人があんなことになってもうたんで、京都《こっち》来たついでに直接お返しにあがったんです」

確かに榎本のような常連客は、マスターに断って個人的に本を借りていく。だが、依然として話が読めないことに変わりはない。

「克也さんのご実家、わしんとこの檀家《だんか》ですねん」

男は手慣れた様子でヒョウ柄の名刺入れから名刺を一枚抜き取り、そばにいた亜子に手渡した。のぞき込んだ真澄の目に、大阪の住所と「光願寺《こうがんじ》住職・志田《しだ》芳信《ほうしん》」の文字が飛び込んでくる。三度見返してから聞いた。

「これ、誰の名刺です？」

「他人《ひと》の名刺を渡す奴《やつ》がいてますかいな」

「でも……」

ワックスでバリバリに逆立った志田の短髪を見つめながら、真澄は悪口をいくつか思い浮かべてみたが、結局月並みな感想を言うに留《とど》めた。

「見た目、お坊さんぽくないですね」

「せやろ。どんな姿にも仏心は宿るっちゅう見本や」

不気味な笑顔で言い返し、志田は再びセカンドバッグを探った。

「ちなみにわし、副業で古代史の本も書いとるんです。先月出したばっかのやつ、良かったらこちらに置いてください。平安時代でも幕末でもないけど」

そう言って取り出したのは、『幻の古代豪族・ワニ氏の暗号と封印を解け！』といういかにも胡散臭《うさんくさ》いタイトルの新書だった。察するに、古代史と言っても専門書ではなくトンデモ系らしい。共著のようだが、〝土子雄馬《ツチノコUMA》〟が志田のペンネームだろう。見た目と同じくらい趣味が悪いから、すぐに分かる。

「克也さんとは年も近いし、法要や法事で顔合わすたび古代のネタで盛り上がったもんです。『京都の古代豪族』も、その流れで見せてもらってそのまま。何や、又借りしたような形になってもうて申し訳ない」

「いえ、こうして無事に返していただければ、うちは……」

ようやくすべてが腑《ふ》に落ち、真澄は改めて志田を眺めた。

榎本の葬儀は、父親の住んでいる大阪で執《と》り行われた。真澄は石黒夫妻に黙って通夜《つや》に行ったのだが、その時いたのはこの有髪の生臭《なまぐさ》坊主だったというわけか。

ちゃんと成仏できるのかな――。

努めて思い出さないようにしていた榎本の姿が蘇《よみがえ》り、真澄はぐっと奥歯を噛《か》みしめた。

榎本はときどき取材の合間にふらりとやって来ては、カウンター隅の定位置で難しい研究書を広げていたものだった。真澄は、榎本が真剣に考えている時の、ボールペンでこめかみを掻《か》く仕草を見るのが好きだった。熱中すると他人の本にもうっかり書き込みをしてしまうので、最近は消せるボールペンでメモを取るのだと笑っていたものだ。

あの人、本当にもういないんだ――。

真澄の悲しみが知らず知らずのうちに伝播《でんぱ》したのか、石黒夫妻も亡き人の思い出をしんみりと語る。

「榎本さん、井上靖《いのうえやすし》が愛読書だったんですよね。かの文豪も、記者時代に京都や奈良《なら》の社寺を巡って心の目を養ったんですよ、って。だから休日もあちこち回って。おかげで僕らも、ずいぶん京都のこと教えていただいたな。ねえ」

「うん。市内の行事やお祭も、熱心に記事に書かはって」

「ああそれ、わしにも言うてました。今回は地域ネタでカモ氏のこと書くんやって、えらい張り切ってましたのに」

カモ氏。

真澄の心臓が、また関連語に反応して波うった。

榎本が死ぬ直前まで調べていた古代豪族だ。

〝カモ〟と名がつくくらいだから、世界遺産の上賀茂《かみがも》神社や下鴨《しもがも》神社に関係があることは簡単に想像がつく。以前〝パワースポット巡り〟をした時、パネルで説明を読んだ気もするが、基礎知識も興味もないのでそれ以上は覚えていなかった。

「カモ氏って、昔この辺りにいた一族なんですよね……？」

思わず口を挟んでしまった真澄に、「まあ、せやな」と志田が体ごと向き直って頷《うなず》いた。

「京都の人に講釈垂れんのも野暮やけど、カモ氏言うたら平安京ができる前からこの辺りを根城にしてた豪族や。ほんで、もともとカモ氏の氏神を祀《まつ》ってた上下カモ社が、平安京遷都とともに王城鎮護の神社になった。京都三大祭の葵祭《あおいまつり》も、本当は〝賀茂祭〟言うて、カモ氏のお祭やったしな。――まあ、これが一番簡単な説明やろ」

よどみない早口で説明され、追いついていくのに苦労した。真澄は「鳴くよウグイス平安京……」と遠い昔に習った年号を呟《つぶや》きながら、まずカモ氏が本拠地にしていた「この辺り」の地図を、改めて頭に思い浮かべてみた。

西の賀茂川が東の高野川《たかのがわ》と合流し、鴨川《かもがわ》になって一直線に南流するY字の図形だ。このY字の中に横線を一本ひいたら北山通。この通りを挟んで左上に上賀茂神社。通りの南、二河川の合流部付近が下鴨神社。

志田の説明をまとめるなら、カモ氏は京都に都ができる前からずっと、このY字部分を中心に勢力を持っていた一族であるらしい。

「お坊さんは、カモ氏のこと詳しいんですね」

「そうでもないわ。謙遜《けんそん》はわしの美徳やねん」

「榎本さんとも、カモ氏の話をされたんですか」

「法事が始まるまで少しな。『京都の古代豪族』にも書いてあることやし。——何やあんた、えらい食いつくやないか。期待しても、カモ氏はネギ背負《しょ》って来《け》えへんで」

ひょっとして、榎本はこの男に何か決定的なことを話したのではないだろうか。

あまり突っ込んで尋ねても怪しまれるだろうかと、真澄がぐずぐず躊躇《ちゅうちょ》しているうちに、石黒こだわりの〝レーコー〟を受け取った志田は、ストローをはずして味わう間もなく飲み干してしまう。

「ごっそうさん。ほな、わしはこれで」

さっさと亜子に金を払い、別れの挨拶《あいさつ》代わりに見事な合掌を一つ。その後、稲妻のような素早さで出て行った扉の外で、「レーコーに七百円て何やねん！」という独り言らしき悪態を一つ。

その変わり身の早さと目まぐるしい行動力に急き立《せ》てられ、真澄は頭の中で是非《ぜひ》を判断する間もなく、つられて動いた。

スツールの足下にしゃがみ、物を拾い上げるふりをしながら早口で二人に言う。

「お坊さんがハンカチ落として行かれたみたいなんで、追いかけてきます」

返事も聞かず急いで外に出ると、真澄は黒いクラウンのロックを解除している志田を呼び止めた。「お坊さん！」

京都という土地柄、僧侶《そうりょ》の存在はたいして珍しくなかったが、炎熱の日差しにサングラスをぎらつかせた男と対峙《たいじ》するのは、別の意味ですこぶる緊張した。

「あ、あの――」かすれた声を咳払《せきばら》いで直し、次の言葉をどうやって続けようかとためらっていると、一足早く志田の声が降ってきた。

「あんた、克也さんの通夜に来てたやろ」

「えっ……」

「読経《どきょう》終わって、退出しよ思てた時に、あんたがギリギリで焼香にきた。紺色の長いワンピース着て、ぺったんこの靴はいとった。急な通夜に来る時は、基本的に暗めの服なら何でもええけど、あら目立ったで」

バイトの休憩時間中、思いきって榎本に電話をかけたら父親が出た。その日の七時から通夜だと知り、居ても立ってもいられず大阪に駆けつけた。石黒たちには腹痛だと言って早退したものの、京都からでは喪服を用意する間もない。コンビニで香典袋とストッキングを買い、何とか時間ぎりぎりに葬儀場へ入ったが、悪目立ちしてしまったようだ。

「色白の美人さんが、カジュアルな服のまんま通夜の終了間近に入ってくる理由について、坊主なりの下世話な好奇心が頭をもたげてもうてな。あの人が亡くなってから通夜までは、日取りの関係で数日の間があった。仕事仲間やったら、通夜のことは前もって知っとるやろうし、アッシュベージュに髪染めて綿麻のワンピース着とる新聞社社員も珍しい。ほんなら恋人かっちゅうと、これまた情報を得るのが遅い気もする」

人差し指を真澄に向け、クラウンの屋根越しに志田は言った。

「切ない片想《かたおも》いやな。通夜の当日、克也さんが死んだて知って、ほんでこっから葬儀場に駆けつけたわけや。当たりやろ」

「お坊さんには関係ないでしょ」

志田の洞察力に内心舌を巻いたものの、真澄は癪《しゃく》に障《さわ》って言い返した。

「関係ないんやったら、お坊さんは帰んで。七百円分の汗が出てまうわ」

「ちょっと。それとこれとは……」

さっさとクラウンに乗り込もうとする志田に焦り、真澄はカフェエプロンの裾《すそ》をつかんで唇を噛みしめた。何を話そうか。どこからどこまで話そうか。

——真澄ちゃん、石黒さんたちに内緒で、今夜少し会えないかな？

あの夜、榎本は何を言おうとしたのだろう。その内容はきっともう永遠に分からないけれど、少なくとも榎本が真澄に会おうとした直前に何があったのか、自分が知り得たキーワードを繋《つな》ぎ合わせることによって、少しでも判《わか》るのではないか。

「榎本さんがどうして亡くなったのか、少し気になって……」

ただの一方的な未練だというのは承知している。いや、未練と言うほど付き合いが深かったわけではない。

ただ、自分自身の心のモヤモヤを振り払いたいのだ。

あの夜、榎本と待ち合わせた自分にも責任の一端があるのではないかという、独りよがりの罪悪感。死亡事故の周辺に、「古代豪族」などという非日常的な単語がちらつく薄気味悪さ。そんな収まりの悪い感情の数々を、唐突に榎本を失った喪失感や疑惑とともにぬぐい去りたいのだ。

「気になるて、何が。事故やったんと違《ちゃ》うんかい。出町柳《でまちやなぎ》の川縁《かわべり》んとこで……」

「それはそうなんですけど……。榎本さん、直前までカモ氏に関係する人と会ってたみたいなんで、お坊さん何か聞いてないかなあって」

「何であの人が死んだことに、カモ氏が出てくんねん。そう考える根拠は何や」

「じつは榎本さん、亡くなった日の昼間、カフェに来てるんです」

その夜会う約束をしたことについては、まだ黙っておく。

「電話がかかって来て、話しながら外に出て行かれたんですけど、その時すごく険《けわ》しい顔になって、様子も変で。何かトラブルかなあって……」

普段は笑顔を絶やさない榎本の変わりように、真澄だけでなく石黒も亜子も驚いたくらいだ。

「うちの喫茶店、扉の外でもけっこう声が聞こえてしまうんで……」

「仕事上の言い合いなんて、よくある話やないか」

「でも、ただの言い合いにしては怖いこと言ってて」

真澄の要領を得ない話しぶりに、志田がわずかに顔をしかめる。それでますます焦った。

「榎本さん、どうやら取材を進めていくうちに、カモ氏にまつわる大事なものを見つけたようなんです。でも、それがいわくつきだったみたいで。それでその後、電話の相手に会うみたいな感じで……」

あの時榎本は、「もうよしましょう。とにかくこの件は、あとで直接」と鋭い口調で言い捨てて、一方的に電話を切ったのだった。

「大事なもので何や。それは言わんかったんか」

ひどく現実離れした話だと、分かってはいる。それでも誰かに聞いてもらいたかった。

願い事は口に出した方が叶うのだと、以前榎本はそう教えてくれたが、この場合《ケース》は神様ではなく、古代史マニアの坊主の方が適任だろう。

「言ってましたけど、私には意味が分からなくて……」

「まだるっこい。言うならさっさと言わんかい」

こうなったら、腹をくくって話すしかない。

扉越しに聞こえた言葉を一言一句違《たが》わず思い出し、真澄は死者に代わってその内容を正確に声に乗せた。

――あの〝火を生む鏡〟、とんでもない代物《しろもの》じゃないですか。もうカモ氏は関係ない。人が一人死んでるんですよ！

そう真澄が告げた途端、サングラスの縁越しに覗《のぞ》いていた志田の眼《め》が、すうっと細くなった。

2

いいいい念のためと言われ、真澄が志田に電話番号を教えて、わずか数時間後。

――今から、お坊さんと一緒に夜遊びしよか。

仕事上がりを見計らったかのように、電話がかかってきた。夜の八時を過ぎて、まだ京都にいるらしい。

坊主のくせに、会ったばかりの女を誘うのか――。

しょうもない男たちとつき合ってきた経験から、真澄はとっさに言い寄られたと思ったのだったが、よくよく聞いてみるとどうも様子が違う。

——克也さんの死亡現場に案内せえ。

有無を言わせぬ口調で、物騒なことを言ってきた。

確かに榎本の死は気になっているし、その旨《むね》を志田に漏らしたのも自分だが、さすがに遺体の発見現場で警察や探偵の真似事《まねごと》をする気はない。しかも、素人《しろうと》が短時間で不審な点を見つけられるものでもないだろう。

「すみません。私ちょっと疲れてるので、今夜は……」

北に向かって歩きながら、さっさと通話を終了する。と、暗い路地に停《と》まっていた黒い車のクラクションがすかさずパッパーッと鳴って、下がったウィンドーから志田の強面《こわもて》がのぞいた。

「夜道の一人歩きは危険やで。出町柳経由で送ったるから、乗らんかい」

不意打ちを食らい、驚いた真澄は不格好に顎《あご》を引いてしまった。

「……こういうの、待ち伏せって言うんですよね」

「待ち伏せやない。お迎えや。心配せんでも、お坊さんに悪人はおれへん。乗らんかい」

「さっき光願寺のウェブサイト見たんですけど、住職さんは違う人でした。身分詐称してるんですか」

「あら親父《おやじ》や。わしの名刺にはな、見えないインキで〝将来の〟て書いてあんねん。つべこべ言わんと、乗らんかい」

結局、逃げ道を失った真澄は渋々クラウンの助手席に収まり、十分後には賀茂川と高野川が合流する出町柳までやって来た。

京阪《けいはん》電鉄・叡山《えいざん》電鉄の駅舎が、ひときわ明るい光を放っている。

志田は駅近くに堂々と路上駐車し、川端《かわばた》通を渡って川側に向かった。

盆地は今年もうだるような熱帯夜に悩まされていたが、ふと吹いてきた風の心地よさに、真澄は一瞬不満を忘れて目を細めた。

高野川に架かった河合橋《かわいばし》の右手には、十二ヘクタールの原生林「糺の森《ただす》」を北に控えた鴨川公園の木立。合流部の突端にある三角州は「鴨川デルタ」。南へ一直線に向かう清々《せいせい》とした水の流れと、川沿いの散歩道――。

昼間は学生や地元民で賑《にぎ》わう憩いの場だが、夜八時半も回って人影はほとんどない。

「確か、あそこだと聞きましたけど……」

真澄は橋のたもとの柵《さく》から身を乗り出し、傾斜した土手の先を指し示した。

その辺りは堤が途切れて一部分が短い鉄橋になっており、その下にある暗渠《あんきょ》の開口部が見下ろせる。昭和七年に付け替え工事が竣工《しゅんこう》した、太田《おおた》川《がわ》という小さな川らしい。水はなく、高野川との合流部は石畳になっているので、『あぶない‼はいるな』と黄色い警告表示があるにもかかわらず、ときどき物好きが探検気分で中に入ってみたりするらしい。

『山背新聞』の文化部記者だった榎本が亡くなっていたのは、その暗渠の入り口だった。

詳しくは知らないが、転落事故だったと聞く。

「さっきカフェ出た後、次の法事の用件ついでに、克也さんの親父さんと話した。警察が事故やて判断した経緯《いきさつ》も、詳しく聞いたで」

堤に下りながら、志田がこともなげに言った。真澄は自分の話に半信半疑だった志田が、ここまで素早く動いたことに内心で驚き、あの〝鏡〟の話が効いたのだろうかと勘ぐった。

「十日前の八月十六日。言わずと知れた、五山《ござん》送り火の真っ最中やったな――」

盆地を取り囲む山々に答を求めるように、志田はぐるりと首を巡らせて言った。

五山送り火――。

お盆の終わり、先祖の霊を見送るため、五つの山に炎で大きな文字や絵を描く伝統的な宗教行事だ。

東山如意ケ嶽《ひがしやまにょいたけ》の『大文字』。

松ケ崎西山《まつさきにしやま》・東山の『妙』『法』。

西賀茂船山《にしがもふねやま》の『船形』。

金閣寺大北山《きんかくじおおきたやま》の『左大文字』。

嵯峨曼荼羅山《さがまんだらやま》の『鳥居形』。

真っ暗な山々と夜空を背景に、八時から順々に点火されて浮かび上がる炎の文字は、息を呑むほど雄壮かつ幽遠な美しさだ。

そしてその夏の風物詩を一目見ようと、当日は京都市内外から見物人が押し寄せる。近年の観光客増加に伴い、見込まれる人出は十万人前後。動員される警官の数、五百人以上。市中は一部区間に交通規制がかかり、その周囲は人と車でごった返すのだ。

中でも出町柳付近は、『大文字』を正面に、北側に『法』が見られるスポットとして大変な混雑を極める。「橋の上で立ち止まらないでください、歩き続けてください！」と警官が叫ぶ中、闇夜《やみよ》に浮かぶ大文字に無数の手がスマホを掲げているのを、真澄も動画サイトで見たことがある。

「二十一時六分。交通規制が解けたか解けないかの辺りや」

土手から転落した人が動かない、と警察に匿名《とくめい》の通報があった。場所は、河合橋近くの暗渠の入り口。混雑の余韻で、警官と救急隊員が通常より遅れて到着すると、果たして暗い石畳に仰向《あおむ》けになった榎本の遺体を発見したのだった。

近くには本人のスマホが落ちており、ホームボタンを押すと直前までカメラを使っていたことが分かった。すでに撮った写真の中には、河合橋の混雑状況を写したと思われる八時五十分前後のものがいくつか。アングルから見て、暗渠入り口上部の土手からシャッターを押したものらしい。最後の写真は、真っ黒でぶれていた。

匿名ではあったが、目撃者がいたこと。貴重品は盗まれていないこと。頭部の傷と石畳の血痕《けっこん》の位置などに、不審な点は見られないこと。

これらの状況から犯罪性は薄いとされ、榎本は暗く足場の悪い斜面で橋の賑わいを撮影中、バランスを崩して落下し、石畳の凹凸に後頭部をぶつけて、運悪く死亡したものと判断された。

「警察が事故やったって判断したなら、そうなんやろうけど……」

志田は鉄橋の上にしゃがみ、スマホのライトで暗渠上部の石組みから石畳までを照らした。

「高さは目算で三メートルちょっととてとこやろか。転落言うても、それほど高ないな。よっぽど打ち所が悪かったんかな」

続いて、川端通の歩道の柵を見上げ、河合橋に視線を移し、最後に高野川から鴨川に到る東堤を見回した。

「橋と道路の上は人でいっぱいやったとして、河川敷は予想より暗いな。川縁にいてる人間の顔は、上っ側《かわ》からは分からんわ」

「どっちみち、みんな送り火をスマホで撮影してるんですから、他人のことなんて見てませんよ。目撃者が通報してくれただけマシです」

「克也さんが写真撮った時刻は、八時五十分前後やで。『大文字』は、すでに消えとる時間や。なんでこんなとこで河合橋の様子を写してたんやろな」

真澄には見当もつかなかったが、代わりに一つの疑問が自然と口をついて出た。

「じつは私、北山通のイタリアンで、八時に榎本さんと待ち合わせてたんです。でも遅刻するって八時十五分に電話があって、あと三十分で着くって言ってたのに。どうして悠長に写真なんか撮ってたんでしょうね？」

「あん？」

その途端《とたん》、下顎を突き出した恐ろしい形相で、志田が勢いよく振り返った。スマホのライトに下から照らされた、〝ライトアップやくざ〟だ。

「おうコラ。そんな情報、わしは聞いてへんで」

「だって……、言ってないから」

「切ない片想いや思て、人が同情しとったら。八時に待ち合わせ？　それやったら全然話が違ってくるやないか。無駄に知恵回さして、わしを馬鹿にしとるんか」

「……それはどうも、すみませんでした」

榎本の父親にいろいろ聞いてもらった手前、真澄が不承不承《ふしょうぶしょう》謝ると、今度は詳しく聞かせろと頭上からやいやい言ってくる。

悪趣味な上にうるさい男だとうんざりした途端、真澄のお腹《なか》が鳴った。昼から何も食べていない。

「何や、夕飯まだなんか。あんたには、わしもまだ話さなならんことがある。克也さんと待ち合わせた北山通のイタリアンに案内せえ。連れてったる」

「でもそこ、すごくお洒落《しゃれ》なレストランなんですけど」

「真澄ちゃん。そこの接続詞に〝でも〟はおかしいやろ」

臙脂《えんじ》色のズボンに両手を突っ込んでさっさと歩き出した志田を追いながら、真澄は最後に榎本を待った切ない思い出が、ギンギラギンの熱気で台無しになっていくのを感じた。


それから三十分後――。

食事中の真澄はイタリアンダイニングの店内を改めて見回し、何とも言えない感慨に耽《ふけ》った。

まるで十日前の再現のようだ。

小ぎれいななりをした若夫婦や、少し緊張した面持ちの学生カップル、地元在住らしき欧米人の家族が、本格的な窯《かま》で焼き上がるピザの香ばしい匂《にお》いに包まれて、思い思いに食とお酒を楽しんでいる。

ただあの時と違うのは、真澄の目の前が空席ではなく、チンピラもどきの坊主が姿勢良く無言でピザを口に運んでいることだった。真澄と会う前にラーメンを食べてきたと言っていたのに、前菜やピザやパスタを付き合いでオーダーし、次から次へ黙々と平らげていく。精進料理ではあるまいし、修行中とばかりの静かな食いっぷりは、同席者にとってはどことなく居心地が悪かった。

勢い、真澄が一人当夜の様子を話し続ける。

「あの夜、うちのカフェも閉店時間を一時間繰り上げたので――」

その仕事帰り、真澄は待ち合わせ場所に指定されたこの店で、八時十五分に榎本からの慌てたような電話を受けたのだった。

――こっちから誘ったのに、大遅刻だ。船がついちゃったな。

――え、海にいるんですか？

――違う違う、送り火。西賀茂船山の『船形』。……あっちの火は『妙』『法』かな。『大文字』も遠くに見えてる。すごい人でなかなか前に進めないんだ。ごめんね、三十分したら着くから、先に注文してて。そこのピザ、生地がもちもちで美味《うま》いよ。

そうして真澄は、今と同じようにアンティパストミストとマルゲリータを頼んだのだ。

冷房対策に持ち歩いているベージュのロングカーディガンを引っかけて、仕事中にゴムで結んでいた髪の癖を気にして。

「――そら変やないか」

真澄がそこまで話したところで、志田がふいに食事の手を止めて遮《さえぎ》った。

「『船』、あっこからは見えんやろ」

言われて初めて気づいた。定番の見物スポットである出町柳付近は、『大文字』は見えても『船』が見えるという話は聞かない。今出川《いまでがわ》の方まで下れば、ひょっとするとちらっと火明かりが確認できるかもしれないが、先ほど見てきた河合橋の辺りでは無理だし、わざわざ電話で『船』のことを最初に言わないはずだ。

志田はおしぼりで手を拭《ふ》き、「食事中にごめんやで」と律儀に謝って、スマホをいじり始めた。地図で五山の位置を確かめながら、独り言のように続ける。

「『船』と『妙』『法』が見えて、『大文字』も遠くに見える。送り火見物のスポットで、すごい人出っちゅうと、たいていどっかの橋の上やろな。となると、当日はどこも交通規制で車が通られへん。それで北山通に三十分以内で着ける場所言うたら……」

場所を割り出すのに、三分とかからなかった。

志田はくるりとディスプレイを真澄の方へ向け、Y字の左側——賀茂川の一点を指差した。

「下鴨神社の西っ側《かわ》にある、この出雲路橋《いずもじばし》辺りと違うか。そっから鞍馬口《くらまぐち》駅まで歩いて烏丸《からすま》線で北山へ行くか、徒歩で北上して行くか。どっちにしろ、三十分くらいやないか？ 知らんけど」

「ああ、確かに……」

「あっ……」

驚きに目を見開いて、真澄は志田とスマホを交互に見返した。条件に合う場所はほかにもあるかもしれないが、少なくとも東の高野川より西の賀茂川沿いの方が、位置的にも可能性は高い気がする。

「でもな、克也さんがあんたに電話した八時十五分の段階で、本当にこの出雲路橋付近にいたとなると、もっと妙なことになんで」

「そっか。私との待ち合わせ場所と、遺体の見つかった出町柳は、反対方向ですもんね」

榎本は、北山に向かうつもりだった。それなのに電話を切った後、出町柳方面へ向かった理由とは何だろう。

「しかも、仕事絡みやったらスマホで写真撮らんやろ」

「個人的な理由があったってことでしょうか。それも急ぎの」

「まあええわ。本題はこっからや」

志田はさらに身を乗り出し、素早くスマホを操作した。

「今夜あんたを呼び出したんはほかでもない。不審な点、ほんまに見つかってもうた」

思考の整理ができないうちに、どんどん新しい事実が襲いかかってくる。急に胸焼けがして、真澄はお皿を脇《わき》にどけた。

この人は一体何者だろう、と不思議に思う。

真澄はただ、榎本がカモ氏の研究者に会うとか、どこぞの博物館が所蔵している〝火を生む鏡〃とか、志田ならば耳にしたことがあるかどうかを聞きたかっただけなのだ。

しかしそれが分かったとして、その後自分がどうしたかったのか、今となってはもう分からない。

混乱し続ける真澄の眼前に、先ほどとは別の画面が突きつけられた。

「亡くなった日の、克也さんの通話の履歴や。スクリーンショットで親父さんに送ってもろた。スマホに表示されとる画面を、そのまま撮って画像にできるんやでって、説明するのに骨が折れた。その画像をこっちに送信してもらうのに、さらに骨が折れた」

ほれ見てみい、と志田が突き出してきた画像を、真澄は鈍い動きでのぞきこんだ。

おかしな所は何も見当たらない。同僚や会社との履歴が並んでいるだけだ。

「別に、変なとこはありませんけど……」

「通話相手やなくて、それぞれの時刻を見てみい。榎本さんが、カフェにいてた時にかかってきたていう電話。どこにある?」

「あっ、本当……」

あの日榎本が『ピエール・ノワール』にいたのは、遅めの昼。一時半を回った辺りだった。その時刻の履歴が、リストのどこにもない。

「克也さんが電話の相手に血相変えたて言うから、どこのどいつか調べよ思たのに、通話の痕跡《こんせき》がないねん。仕事もプライベートも同じスマホやったて言うし、ＬＩＮＥなんかの電話でもそれらしき相手はおれへん」

食事中の無言を返上とばかりに、志田は一気に続ける。

「ほんで、それだけでも妙やっちゅうのに、あんたの話聞いたら、いよいよおかしい。夜八時十五分。――あんたと話した履歴もない」

真澄は自分の体が強張《こわば》るのを感じた。あくまで対岸に住む知人の火事を心配していたはずが、いきなり風向きが変わって火の粉が飛んできた気分だった。

「それってつまり、どういうことになるんです？」

「分からんけど、克也さんがあんたと話した八時十五分以降、このスマホの履歴から二人の通話記録が消された。一人は、カモ氏の〝火を生む鏡〟とやらに関係する人間。そして二人目は、香坂真澄――あんたや」

意味が分からない。

真澄はこめかみに手をあてて動揺を抑えた。

榎本が自分で消したのだろうか。でもなぜ？　鏡の関係者や真澄と話したことを、誰かに知られたくなかったから？　何のために？　あるいは、別の誰かが消したのだろうか。その場合、他人が榎本のスマホを手にする機会と言ったら、彼が命を落とした後しかない。鏡の関係者だろうか。だが、真澄との通話記録まで削除する必要がどこにある――？

近くにいたウェイターにエスプレッソを二つ頼んでから、志田は改めて尋ねてきた。

「ところで、その日何で克也さんに呼び出されたか、心当たりはあるんか。これ以上情報出し惜しみしたら、温厚なお坊さんも怒んで」

「私は本当に、何も……」

期待していなかったと言えば嘘《うそ》になる。そう思ったら、我知らず顔が赤くなった。

――真澄ちゃん、石黒さんたちに内緒で、今夜少し会えないかな？

会計の時こっそり囁《ささや》くように言った榎本の表情は、直前の電話のせいでどことなく固かった。それでも真澄は、いかにも思わせぶりなその台詞《せりふ》に胸を高鳴らせ、いそいそと待ち合わせ場所へ向かったのだ。

学生時代にラガーマンだったという榎本は、〝正々堂々〟を絵に描《か》いたような、気持ちのいい性格をしていた。真澄は快闊《かいかつ》な笑顔から繰り出される話題豊富な会話に引き込まれていくうち、気づけば心密《ひそ》かに榎本の来店を待ちわびるようになっていったのだ。

男運のなかった私にも、ついにパワースポット巡りのご利益があったかな――。

そんなおめでたい思いを抱えていた自分が、今となっては情けない。

志田は年甲斐《としがい》もなく頬《ほお》を染めた真澄を、無表情でしばらく見つめていたが、本当に何も情報を引き出せないと知るや、「ほな、帰ろか」と伝票を持って立ち上がった。

十時近くなった北山通は交通量も少なく、南側にある広大な植物園の暗闇が歩道に影を投げかけている。

「ごちそうになりました。ありがとうございます」

「ところであんた、休みはいつ」

「火曜……明日ですけど」

いきなり尋ねられたため、真澄はよく考えもせず答えた。カフェの定休日の木曜以外にも、火曜日に休みをもらっている。その時間を使って、インテリアコーディネーターの資格試験勉強をしたらどうかと、石黒夫妻が勧めてくれたからだった。

「ふうん、さよか」

志田は軽く流すように相槌《あいづち》を打ち、また話を榎本の件に戻した。

「この死亡事故は何か臭《くさ》い。『人が一人死んでる』っちゅう克也さんの言葉も気になる。あんたもそう思うやろ」

「それは、まあ……」

軽はずみに相談したことを、今はかなり後悔していた。

「鏡そのものも謎《なぞ》や。わしは今日の午後いっぱいかけて、カモ氏の〝火を生む鏡〟とやらが何なのか調べてみた。図書館行ったり、資料館行ったり、ネット検索してみたり、わしと共同執筆した在野の古代史研究家に意見を聞いてみたり。それでも、どこにもそんな鏡はあれへん。となると、考えられることは二つ」

そんなことまでしてたのか、と呆《あき》れ半分の真澄に、志田はぴっと指を二本立てた。

した」

「あんたが聞き間違えたか、まだ世間にお目見えしてないお宝か」

「聞き間違えなんかじゃありません。扉越しでしたけど、確かに榎本さんはそう言ってました」

「せやったら、後者や。どこぞを発掘して出てきたとか、古文書にその存在が書いてあったとか、絶対非公開やった神社のご神体に科学のメスを入れて判明した事実とか――いずれにせよ、克也さんは最初、カモ氏の〝火を生む鏡〟なる謎の鏡に関して、未発表の何かを取材してたんと違うか」

言っていることは理解できたが、心情的には何となく面白くなかった。事件の真相を追う志田の本意が、やはりそこにあったのだと思ったからだ。

「つまり志田さんは、榎本さんの足取りを追ったら、その鏡のことも分かるかもしれないって考えてるんですよね？　それって、榎本さんのためというより、鏡が目的ですよね」

「あんたは克也さんに片想い。わしは古代人に片想い。二人で同じもん調べて、同じ結果に行き着いて、同時に万々歳やで。何の不満もないやろ。それにな」

点滅する横断歩道の明かりが、真澄をのぞき込む志田の片頰に滲《にじ》んだ。

「あの人に葬儀で引導を渡したんはわしや。戒名をつけたんもわしや。この世に百分の一でも成仏に差し障《さわ》る未練が残ったら、担当した坊主の面子《メンツ》は丸つぶれやないか。もし本当にただの事故やなかったとしたら、四十九日までにカタつけなあかん」

真澄の鼻先に、忘れていた線香のにおいが漂った。極楽を持ち出されては、何も言い返せない。そっぽを向いたら、頭上で志田の低い声が響いた。

「真澄ちゃんよ。これがほんまの〝弔《とむら》い合戦《がっせん》〟っちゅうもんやで」

3

真澄は地下鉄烏丸線の北山駅から、北に歩いて十分ほどの所に住んでいる。女子大が近くにあるため、北山通の周辺は女性専用マンションも多いのだ。そうした住環境については、ここへ越す前に亜子が全部教えてくれた。

志田はレストランを出た後、「送ろか」と言ってきたが、そこはきっぱり断った。見た目ほど悪人ではなさそうだが、初めて会ったばかりの男に住まいを教えるのはためらわれたし、北山通から一キロもないので、送ってもらうほどの距離ではない。

「ほんなら、気ぃつけて帰りや」

真澄の断りをあっさり受け入れた志田だったが、最後にちょっと気になることを言った。

「さっき、仕事終わりのあんた待っとる時やけど、妙な兄ちゃん見かけたで。カフェの前からあんたのこと尾《つ》け始めて、わしがあんたに声かけた途端、クルッとUターンして反対方向歩いてった。知り合いか？」

「そう言われても……。どんな人でした？」

「なんせ、暗いとこでサイドミラーで一瞬見ただけやからな。二十歳《はたち》前後で中肉中背。キャップかぶって、服装は白無地のTシャツにベージュのチノパン。ダッサいコーディネートやな思て」

一瞬だと言うわりには、よく見ている。志田にとっての〝ダサい〟とは何なのか聞いてみたい気もしたが、早く切り上げたかった真澄は肩をすくめるに留めた。

「きっとただの通行人ですよ。不審者って、もっと黒っぽい目立たない服着てません？　忘れ物思い出したとかで、たまたま引き返した学生なんかじゃないですか？」

「まあ、ええけど。最近は変なの多いし、気ぃつけや」

「お坊さんも、道中お気をつけて……」

そうして志田と別れて歩き出したら、何だかドッと疲れが出た。

自分の周囲にはいない人種の、どぎつい毒気にあてられたのだ。

真澄は普段、自分の外見、持ち物、趣味嗜好《しこう》、ライフスタイルを初めとして、〝見栄えのする〟環境に身を置くことに大半の注意を向けている。

石黒夫妻に憧《あこが》れるのも、彼らが大事にする「暮らしの価値」というものが、そのまま外側に表れているからだ。ありのままに、気取ることなく、ていねいに。だからこそ、二人のお眼鏡にかなった「いいモノ」が、しっくりと彼らの生活に溶け込んでいるのだ。

京都という土地。母方の従姉夫婦が営むカフェ。

東京での生活に嫌気がさした時、シンプルで豊かな人生を送る二人の存在を思い出し、自分もそんな風になりたいと考えた。それまでは流行《はや》りのものを追うのに夢中だったけれど、実際石黒の心地よい店で働くうち、たちまち夫妻の生き方に影響されてしまった。

「あとは私が資格さえ取ったら、お父さんたちにも大きな顔できるんだけど……」

淋《さび》しい夜道で誰もいないのを良いことに、真澄は一人呟いた。

じつのところ、両親と兄は真澄が石黒たちの世話になっていることを、あまり快《こころよ》く思っていない。特に父の昭典《あきのり》は、外構・エクステリア工事の会社を自分の代で立ち上げ、地元の町田でそこそこ成功しているという自負があるせいか、石黒の外見や生き様をいかにも頼りなく感じるらしい。

――女房の実家に頼って店出して、持ち家まであてがってもらってるなんて、俺《おれ》なら恥ずかしくてそんな真似できないね。大体何だ。男のくせに髪伸ばして、気持ち悪い……。

そんな居丈高な父に、〝女房の実家〟側である母・静恵《しずえ》も曖昧《あいまい》に追従《ついしょう》する。亜子の母親と姉妹なのだが、真澄が小学校低学年の頃《ころ》からなぜか疎遠になり、十三年前の亜子の結婚式で会った時も、お互い妙によそよそしかったのを覚えている。

「そういう家族に反発したわりに、選んだ夢が〝インテリア〟なんだよなあ――」

真澄が自嘲《じちょう》気味に考えた時、キャンバス地のトートバッグの中でスマホが鳴った。

亜子からだった。

——真澄ちゃん、夜分にごめんね。何度かかけたけど繋がらないから、ちょっと心配になって。今、家?

小顔と、ところどころに混じる柔らかいアクセントに安堵《あんど》する。同時に、ショートボブの亜子の顔と、自然素材で室内を統一した夫妻の住まいが脳裏に浮かんできた。二人は、『ピエール・ノワール』と同じ建物の三階に住んでいる。真澄の父が揶揄《やゆ》するように、建物自体が亜子の実家の所有なのだ。

「あ、ちょっと買い物してて……。もうすぐ着くから大丈夫。なあに?」

——あのね、最近、何か変わったことない?

「変わったことって?」

——例えば、変な人に付きまとわれてるとか……。

反射的に後ろを振り返った。「妙な兄ちゃんを見かけた」という志田の話を思い出したからだ。

静まりかえった夜道には、当然誰の姿もない。小さな外灯が一つ、二つ。あとは大きな一戸建てやアパートの間に、京野菜の畑や月極駐車場の暗い空間が挟まっているばかりだ。盆地の北縁に近いため、山と緑の気配を間近に感じる。

——サトシ君がね、昨日の帰り際に、真澄ちゃんの後を追っかけていく変な男見たって。何で今言うのって、怒ったとこ。

真澄が困惑していると取ったのか、ためらいがちな声が続く。

――その時は、気のせいかと思ったんだって。でも、今日店の方のポストに、何も書いてない茶封筒が入ってて……。心配するから言えなかったけど、中身は町中で真澄ちゃんを隠し撮りしたみたいな写真だったの。今日、真澄ちゃんずっとぼんやりしてたでしょう。もしかして、ストーカーとか、そういう目に遭《あ》ってるんじゃないかって気になって……。

得体の知れない不安が、靄《もや》のように心臓を包み込む。榎本のスマホの履歴から、真澄との通話記録が消されていたと知った時のような、曰《いわ》く言い難《がた》い不気味さだ。

「ちなみにマスターが見たのって、どんな人？」

――二十歳くらいの、若い子だって。キャップかぶってて、白いメッシュTシャツに、ベージュのチノパンはいた……。

息を呑んだ。志田が見たと言っていた若者と同じ姿だ。いや、同じ過ぎだ。

「それ、今日じゃないよね？」

――ううん、昨日。何？　やっぱり心当たりあるの？

「別に、そういうわけじゃないけど……」

曖昧にごまかしたが、頭の中は混乱したままだった。昨日と今日、まったく同じ格好をした若い男が、真澄を追い回していたわけだ。

――こんなこと言うたらあれやけど、真澄ちゃん綺麗《きれい》やのに、よく変な男に引っかかるから……。

ヒモだったバンドマン、二股《ふたまた》をかけていたバーテンダー、既婚だと隠していた先輩社員。年を追うごとに男運は負のスパイラルにはまりこみ、職場にはいづらくなり、戻った実家の会社で働こうにもみんなの好奇の目にさらされて、結局新天地へ逃げ出した。

真澄は母親とは違い、石黒の結婚式をきっかけに再び従姉と交流を始めていたから、そんなどうしようもない恋愛遍歴を、そのつど愚痴っていたのだ。

——サトシ君も心配してて。大事な真澄ちゃんに何かあったら、叔父ちゃんと叔母ちゃんにも申し訳ないし。

「心配かけてごめんね。様子見てみる。でも、年下に追っかけられるなんて初めてだな。ちなみにイケメンだった？」

——もう、真澄ちゃん。

「嘘、嘘。ごめん。気をつけます」

亜子をこれ以上心配させてはならないと思い、冗談ぽく返して通話を終えたが、胸の中に灰色の不安が広がっていく。背中が落ち着かず、何度も後ろを確かめた。

一刻も早く部屋に帰り着きたい気持ちの表れか、気づけばキーケースを握りしめていた。

ラッキーチャームとして長年身につけているハート型のビーズアクセサリーが、ケースにぶら下がって心許《こころもと》なげに揺れる。

日中炙《あぶ》られ続けたアスファルトの熱気が、いまだ夜の中に充満していて息苦しい。重たい湿気が、足下からじわじわと這《は》い上がってくる。

東西にまっすぐ延びた道のはずれまで歩くと、ようやく『ハイツコルネイユ北山』が見えてきた。鉄筋コンクリート造りの二階建てで、女性専用マンションと謳《うた》うだけあり、入り口はオートロックで全室ＴＶモニターホン完備だ。真澄の部屋は南向きの二階の角部屋で、道路に面している。

入り口には八つのポスト。

ちらしやダイレクトメールを真澄が急いで取り出した時、一番上に載った茶色の封筒に気づいた。宛名《あてな》や差出人はなく、封もしていない。

嫌な予感がした。

急に立ち止まったせいで一気に汗が噴き出し、コットンのチュニックが背中に張りつく。

まさか、まさかね――。

中身を見ないで破り捨てたい衝動と、すぐにでも確かめたい焦燥が額の裏でせめぎ合い、結局判断をつけられないまま、汗ばんだ手のひらで封筒を開いた。

思わず悲鳴を上げそうになる。

折りたたんだＡ４用紙に、切り貼《ば》りした歪《いびつ》な文字が十個。

《カモ氏の鏡に関《かか》わるな》

一体、何なの――？

半ばパニックになり、真澄は1DKの部屋に飛び込むや、手紙を丸めてゴミ箱に放《ほう》り捨てた。誰かに見張られている気がして、とても気持ちが悪い。ポストに入っていたということは、住んでいる部屋の番号まで突き止められていることになる。

「私は何も関係ないじゃない」

無防備に開け放していたカーテンを、急いで引いた。一日中閉め切っていた室内は蒸し風呂《ぶろ》状態になっており、震える手でエアコンを入れる。

続いて、冷えたルイボスティーを一杯。

それでも動揺は収まらず、狭い部屋の中を落ち着かなく右往左往した果てに、真澄は隅に置いた小さな本棚から、『京都はんなり寺社散歩』を引っ張り出した。引っ越してきたばかりの頃、少しでも街の名所を覚えようと買ったガイドブックだ。

大体、カモ氏って何なの――？

目次から該当する二社を探し出す。上賀茂神社と下鴨神社。

古代豪族など現実離れした話だとは思うが、こうしてまったく身に覚えのないことで脅迫されたり、死んだ榎本との通話履歴を消されたりしているのだから、知らず知らずのうちに真澄自身が「カモ氏」に関わっているのかもしれない。あるいは、悪意を持った誰かが、勝手にそう思い込んでしまったのかもしれない。

だが何かを推測しようにも、カモ氏を知らないままでは埒《らち》があかなかった。志田の説明は大ざっぱ過ぎたし、かといってネットを検索しても、古代史ファンのサイトばかりで素人《しろうと》には難しい。

いずれにせよ、カモ氏は上下カモ社との繋がりを抜きにしては語れないもののような気がしたので、まずはガイドブックに紹介されている両社の基本事項を読んだ。

どうやら「上賀茂神社」「下鴨神社」は通称で、それぞれ正式名があるらしい。

○賀茂別雷《かもわけいかづち》神社（上賀茂神社）
御祭神・賀茂別雷命《かもわけいかづちのみこと》。京都最古級の神社で世界遺産。古くは下鴨神社とともに王城鎮護の社として敬われ、伊勢《いせ》神宮に次ぐ格を与えられた。国宝の本殿・権殿《ごんでん》を初めとし、重要文化財41棟を有する。

○賀茂御祖《かもみおや》神社（下鴨神社）
御祭神・賀茂建角身命《かもたけつのみのみこと》と玉依媛命《たまよりひめのみこと》。京都最古級の神社で世界遺産。平安時代には上賀茂神社とともに王城鎮護の社とされた。本殿は国宝。重要文化財の社殿53棟がある。原生樹林「糺《ただす》の森」が境内《けいだい》に広がっている。

ともに「京都最古級の神社」で「世界遺産」と書いてあるが、長ったらしくてよく分からないし、漢字ばかりで覚えられない。当然、鏡のことなどまったく書いていない。

カモ氏の〝火を生む鏡〟——。

古代史好きの志田も、聞いたことがないと言っていた。図書館や資料館を当たっても分からなかったし、ネット上にもないし、同業のアマチュア歴史家も知らなかったと言う。

「だったら、私が調べるだけ無駄かあ……」

真澄が本を投げ出してベッドに倒れ込んだ時、当の志田から電話がかかってきた。

——わしや。ちゃんと無事に帰れたか気になって、ジェントルマンが電話したったで。

どこかに車を停めてかけているらしい。

何だか絶妙のタイミングに、真澄は先ほどの手紙と、石黒が見たという若者の話を打ち明けたくなった。だがすんでの所で思いとどまり、「カモ氏」に話を持って行く。

「今ちょっと、ガイドブックで上賀茂神社と下鴨神社を見てたんですけど、神社の正式名とか御祭神とか、なんかややこしくて意味分からなくて」

——そのくらいやったら、何も難しいことあれへん。上賀茂神社の御祭神はな、めっちゃイケイケの若い雷神《らいじん》さんやねん。

そんな言い方して大丈夫だろうか、と心配になりながらも、おかげで具体的なイメージが浮かんできた。金髪ヤンキー風の若者だ。

――ほんで、その雷神さんの母ちゃんと祖父《じい》ちゃんが、下鴨神社の御祭神や。

「あ、そんな単純なことですか……」

――下鴨神社の正式名をようく見てみ。賀茂御祖神社。この〝御祖〟は、本来『古事記』なんかの古語では母のことを指す。下鴨神社の場合、実際雷神さんの母ちゃんがいてるし、祖父ちゃんの方はカモ氏の祖先てされとるし、二柱《ふたはしら》引っくるめて〝御祖〟て考えてええんと違うかな。

素直に感心してしまった。そう説明されたら、よく分かる。

「上賀茂神社って言うから、てっきりそっちが最初な気がしましたけど」

――親の神社の方を先にして、〝下上カモ社〟て言う人もおるで。まあ、なんで下鴨の方に祖先神がいてるのかは、話せば長なる。とりあえずは、賀茂川の上流と下流て区別にしとけばええわ。

「じゃあ、雷神さんのお母さんもお祖父さんも雷神さんなんですか」

――違う違《ちゃ》う。祖父さんはカラスや。

「は？　カモなのに、カラス？」

よほど間抜けな質問だったのか、志田はへ、へ、と笑った。

——サッカー日本代表のエンブレムに、三本足のカラスが描いてあるやろ。あれや、あれ。あの八咫烏《やたがらす》が雷神さんの祖父さん。

サッカー日本代表のマークは有名なので、八咫烏くらいは真澄も聞いたことがあった。確か、天の神様から遣わされた八咫烏が、日本最初の天皇と言われる神武《じんむ》天皇の軍隊を道案内して助けたことから、勝利に導くシンボルとして日本サッカー協会が採り入れたとか何とか。

——要は、カモ氏はみずからを八咫烏の子孫て称して、下鴨神社に祖先神として手厚く祀ったわけや。ただな、カモ氏は八咫烏伝承が定着する八世紀前半より前に、すでに京都にいて幅きかせてた痕跡がある。

「つまりカモ氏は、ある時点で自分たちの祖先神を八咫烏に決めたわけですね？」

——うん。古代氏族研究は、なんでその一族がその神をみずからのシンボルにしたんか、ああだこうだ考えるんが楽しみの一つやねん。そこには必ず、氏族が発展していく上での歴史的な背景が隠れとるからな。

志田はそれで楽しいかもしれないが、真澄は今一つ興味が湧《わ》かない。榎本が追っていた鏡と、真澄自身にどんな関係があるのか、それが知りたいだけだ。

「じゃあ、カモ氏っていう一族はそもそもどういう……」

——心配せんでも、詳しくは明日ちゃあんと教えたるわ。おやすみなさい。ほなな。

早口で遮られ、また一方的に電話が切れた。

真澄はディスプレイを見つめて「えっ？」と声を漏らし、新たに生まれた動揺で頭をいっぱいにさせながら、物言わぬスマホに問いかけた。

「明日って、何？」

二章　太陽の先導者

1

「私、約束なんてした覚えないんですけど」

クラウンの助手席に身を沈め、真澄《ますみ》は仏頂面でぼやいた。

今朝八時四十七分、グラノーラとヨーグルトでいつもより遅めの朝食を取っていると、「おはようさん！」という無駄に元気な挨拶《あいさつ》一声、志田《しだ》から電話がかかってきたのだった。

昨夜の約束通り、一緒に榎本《えのもと》の足取りと「鏡」を追おうと言う。

気味の悪い手紙のことが心に引っかかっていたせいで、断りの返答が少し遅れたのがいけなかった。それからぐだぐだと浮かない返事をしているうち、近くのコンビニの駐車場で待ち合わせすることに決まり、十時半過ぎには志田の運転する車に乗り込んでいたのだった。

今は京都御所の方に向かって、烏丸《からすま》通を南進している。

遮《さえぎ》るもののない真っ青な夏空を背景にした、同志社大学の赤レンガ群が美しい。こんなキャンパスで学べる学生は幸せだな、とヨーロッパのような景色に目を向けつつ、線香のにおい漂う車内で、ますます自分のうかつさを呪《のろ》いたくなった。油断していたとはいえ、そもそも志田に休みの日を教えるべきではなかったのだ。

「大体、これからどこへ行くんですか？　榎本さんのこと調べるにしたって、警察じゃないんだし、素人《しろうと》が調べるのは限界があるでしょ」

「言うたやろ。やれるとこまでやらんと、供養にならんやないか」

「お目当ては鏡のくせに」

気に食わない相手にも愛想《あいそ》良くできるのが真澄の自慢だというのに、どうも志田には真っ向から突っかかってしまう。案の定、「何やと、コラ」と凄《すご》まれた。

「黙って聞いてればあることないこと。助けてお坊さん、言うて泣きついてきたんはそっちゃないか」

今日の志田は、意外なことに透けた黒紗《くろしゃ》の法衣《ほうえ》を着ている。これなら似合うじゃないかと真澄が感心したのは一瞬のこと、あろうことか足下は真っ赤な革靴だった。

「こう見えてわしは忙しい。盆が終わって彼岸までやっと時間が取れた思たら、今度は寄稿しとる古代史雑誌の〆切りや。ほんまは連チャンで京都来とる場合違《ちゃ》うで」

「そんなこと言っても、今日お仕事サボったんですよね。今朝、奥さんと話してたの聞こえちゃったんで」

真澄が電話を受けた時、志田の方は通話状態になったことに気づかず、しばらく熱心に女と話し続けていたのだった。

——わしがまた京都に行くこと、親父《おやじ》にバレたらうるさい。絶対言わんといてな。

——でも、今日はお寺の『何でもお悩み相談日』でしょう。芳信《ほうしん》さん頼って誰《だれ》か来はったらどうします？

——そんなもん、毎回来るんは隣の笹原《ささはら》のおっちゃんだけやないか。あの人の悩み言うたら、野球《トラ》か競馬《ウマ》しかあれへんがな。「次はいけるやろか」って、わしは占い師やないっちゅうねん。頼むわキミちゃん、この通り。

真澄はその会話で、ようやく志田が本当に僧侶《そうりょ》だと信じることができたのだが、だからと言って生臭《なまぐさ》坊主を信頼できるわけではない。

「あら兄嫁や。一つ屋根の下に仲良う五人で住んでんねん。わしは花の独身坊主やで」

「どんな花だか」

「蓮《はす》に決まっとるやろ」

そんな無駄話を続けているうち、一キロ余り続いていた京都御苑《きょうとぎょえん》の緑が切れ、丸太町《まるたまち》の交差点に出た。そこから南はがらっと風景が変わり、新聞社や出版社の入った茶系統のレトロなビルが続く。

ここに至って、はたと気づいた。

「お坊さん、まさか山背《やましろ》新聞社に行く気ですか」

志田は答えず、ゼブラ柄のハンドルをぐいと切ってコインパーキングに突っ込んだ。

「無理ですよ。いくらお葬式を担当したからって、簡単に話なんて聞けるわけないじゃないですか。大体、誰に会うつもりですか？」

「つべこべ言わんと、黙ってついてこんかい」

事前に分かっていたら、こんな格好してこなかったのに――。

ギンガムリネンシャツに白いロングスカートの出で立《た》ちは、どうも新聞社を訪ねるＴＰＯからはずれている気がする。ましてや、同行者が墨染めの坊主ではなおさら奇妙だ。

見てくれを気にする真澄にはかまわず、志田は肩で風を切るようにずんずんと山背新聞社に入って行くと、目を丸くする受付嬢二人に愛想のいい合掌を一つ、ためらいもせず受付用紙に名前を書きつけた。

「先だっての葬儀の件言うてくれたら分かりますわ」

やがて、内線を受けた三十前後の小さな男が、少し慌てたように受付ロビーへ現れた。

志田は再び営業用の笑顔で合掌してみせ、すまなそうに付け足す。

「先日はご苦労さんでございました。今日はどうも、お呼び立てしてしてもうて」

「あ、あの、お香典に何か問題でも……？」

「違います違います。あ、あっこ座らせてもろても宜《よろ》しいですか」

用件を言わないまま、ロビーの椅子《いす》を指す。〝葬儀の件〟で坊主に呼びつけられて、無下に断る社会人はあまり多くないから、男も神妙に頷《うなず》いてついていく。志田が法衣を着てきた理由が、何となく分かった。

「こちら編集局文化部の内山研二《うちやまけんじ》さん。ホラ、榎本さんの葬儀の時、ほかの二人と受付やってくれはった……」

座るなり、志田は真澄に男を紹介した。話を合わせろということなのか、真澄が「あ、その節は……」と白々《しらじら》しい挨拶をしたら、今度は内山に「こちら、榎本さんの」と真澄を曖昧《あいまい》に紹介する。

「それでそん時、受付三人のうちのどなたかが、この数珠《じゆず》忘れて行きはったみたいで」

すかさずパイソンのセカンドバッグから男性用の数珠を取り出し、志田は続けた。

「モノがモノやし、葬儀社さんも榎本さんのお父さんも困ってもうて、寺に預けはったんです。ほんで今日、こっち来たついでに寄らしてもろたんですわ。これ、内山さんのと違います？」

「僕のではないですね……」

「ほんならお手数やけど、ほかの二人にも聞いてもらえますか。もし持ち主が分からんかったら、光願寺《こうがんじ》まで送っていただければ、こちらでご供養さしてもらいます」

「分かりました。ご足労おかけしまして――」

押し戴《いただ》くように数珠を受け取った小男へ、辞去の隙《すき》を与えず坊主が畳みかける。

「ところで内山さんは、プライベートでも榎本さんと付き合いが？」

「ええ。いい先輩でした」

「わしもね、あの人とは昔っから気が合《お》うて。今度のことは、残念でなりません」

扇子まで取り出して居座り始めた坊主を前に、立ち去る機を逸した内山は、微妙な笑みを浮かべて同調する。

「僕もときどき一緒に飲みに行って、いろいろ教わりましたよ。正義感の強い人でね。うちは大体二、三年で配属替えになることが多いんですけど、あの人は六年も社会部にいて。その時の取材の仕方が抜けないなんて、よく笑ってました。文化部には、確か二年前に移ったって言ってましたね」

「うん。一緒に話してても、仕事熱心な感じが伝わってきましたわ」

「もともと凝り性だから、時間の許す限り調べちゃうんです。記事にしないことまで」

「亡くなる前も、地域のネタ担当してはったでしょ。何やったっけ、カモの――」

「『かもがも〜れ』でしょ。地域フェスの」

「それや」

志田が膝《ひざ》を叩《たた》いて内山を指差し、頑丈そうな白い歯を見せて笑った。適当な数珠を仕込んできたことといい、相手から新事実を引き出す口の巧《うま》さといい、真澄は志田の手口に開いた口が塞《ふさ》がらない。

「その『かもがも〜れ』て、どんなイベントです？」

「八月いっぱい、北山にある総合コミュニティセンターの敷地内でやってる地域フェスです。ミニシアターと展示室に入るのは有料。無料の方は、特設ステージと、人気店が出店する飲食スペースと、公式キャラクター『カモドス』のグッズ販売。あとは、上下カモ社を含めたスタンプラリー……」

「あ、それって、植物園の横にあるガラス張りの大きな建物の所ですよね？　何かやってるなあとは思ってたんですけど……」

口を挟《はさ》んだ真澄に、内山は「やっぱりそういう反応ですよね」と苦笑する。

「要は、上賀茂と下鴨地域を盛り上げようってことなんですけどね、前宣伝のわりに認知度低いし、完全に失敗ですよ、あれ。イベントの企画制作は、そこそこの広告代理店が手がけてるんだけど」

「聞けば、それなりに大がかりなイベントやないですか。なんで急に？」

「まあ、ぶっちゃけて言ってしまえば、オーバーツーリズム対策の一環ですよ。増えすぎた観光客を分散化させるのが狙《ねら》いです」

近年の京都の混み様は、いろいろな所で話題に上る。

騒音やゴミ問題、殺人的に混み合うバス、ホテルの満室に悩む出張サラリーマン。

真澄は本当の意味での地元民ではないし、古都のブランドイメージに憧《あこが》れて住んでしまったクチなのでえらそうなことは言えないが、住人の日常生活に影響を及ぼす混雑や交通渋滞には、正直閉口してしまう。

だが、魅力的な街に人が集まるのは当然で、混雑は一種の宿命とも言える。京都市は、そんなジレンマを解消するため、対策として観光客の分散化に取り組んでいるらしい。特に混み合う清水寺《きよみずでら》、祇園《ぎおん》、嵐山《あらしやま》周辺から、別のスポットへ人を振り分ける試みだ。

「ターゲットが観光客にしては、フェスの中身が地元密着過ぎぎやしませんか」

「そうそう。お坊さんもそう思いますでしょ。どうすんのかなあ、あんなのひと月もやって、大赤字じゃないの」

内山は顎《あご》をさすって、しきりに首を傾《かし》げた。カフェに来た榎本が、カモ氏のことばかりでイベントのことをほとんど話さなかったのも、そのためかもしれない。真澄と同じことを考えたのか、志田が続けた。

「榎本さんは、イベントよりカモ氏の取材に熱心やったみたいですけど」

「まあ、イベント自体は開催直後と、真ん中と、最後を記事にすればいいだけですからね。あの人は歴史系に強いから、関連コラムとしてカモ氏を取り上げようとしたんだと思います。会場になってるコミュニティセンターでも、上下カモ社に関《かか》わる企画展を併設してますから、榎本さんもそっちの方に力入れてたんだと思います」

「そのネタ、誰か引き継ぎはるんですか」

「イベントの方はね。でもカモ氏云々《うんぬん》は、形になる前に榎本さんが亡くなってしまったので、残念ながら……」

「わしね、副業で古代史研究やっとるんですけど、榎本さんが途中まで取材してはったものファイルか何か、見せてもらうことできませんか」

「すみません、さすがにそういうのはちょっと……」

内山は途端に油断ならざる記者の顔つきに戻り、腕時計をこれ見よがしにのぞいて、会話を切り上げたい素振りを見せた。

察しよく腰を浮かせた志田は、「ほな、お暇《いとま》しよか」と真澄を促しながら、たった今思い出したという風に世間話を重ねた。

「そう言えば、北山でカフェやっとる知り合いが、榎本さんの亡くなった日に近くで本人に会《お》うてるんです。『かもがも〜れ』の取材か五山送り火の方か知らんけど」

「詳しい取材内容は分かりませんが、送り火の担当は別の人間でした」

「内山さんは、榎本さんとは会えへんかった？」

「あの日顔を合わせたのは……、確か榎本さんがここへ戻ってきた時だけでしたかね」

「そら何時頃《ごろ》？」

「五時頃かな。僕もすぐ出ちゃったし、あの人も真剣に原稿チェックしてたから、挨拶もおざなりで……。結局、それが最後になっちゃいました」

やけにしんみり締めくくった内山に、志田も神妙な合掌で応《こた》えた。死者が介在した、生者同士の無言の対話。そこに生まれた一瞬の空白が、真澄の胸に「無常」という言葉を思い起こさせた。

毎日のように顔を合わせる相手と別れる時、それが今生《こんじょう》の別れになるとは誰しも考えない。真澄もまた、勘定を済ませて出て行った榎本の白いワイシャツを眩《まぶ》しく眺めながら、夕食に誘われたことの嬉《うれ》しさに胸を躍らせていただけだった。

人は、自分が日常だと信じていたものの皮を剝《は》がされた時、初めてそれがどれだけ儚《はかな》く尊《とうと》いものだったかを知る。

カフェで雑談に興じている時、真澄はもっと榎本のことが知りたいと思ったのだが、こうして他人の口からその人物像を聞いている今、肝心の本人はどこにもいないのだ。

そう考えたら、ふいに悲しさと虚《むな》しさが心をカラカラに干して、榎本の足取りを追うことさえ馬鹿らしくなってしまった。

もう会えないのに、こんなことして今さら何になるんだろう――？

生前の姿を追えば追うほど、知れば知るほど、その人を失った傷は深くなっていくのではないか。自己満足のためにその死を蒸し返すのは、亡き人への冒瀆《ぼうとく》ではないのか。

脅迫状めいた昨夜の手紙が脳裏に蘇《よみがえ》る。

《カモ氏の鏡に関わるな》

榎本とはほとんど接点がなかった真澄にさえ、あんな気味の悪いモノが届けられた。手紙を見た直後は興奮状態で、鏡と自分を繫《つな》ぐ何かを見つけようと必死になったが、やはりこの件には関わらない方がよいのではないか――。

新聞社を後にして隣のコインパーキングに向かいながら、真澄は炎熱に揺らぐ黒い法衣の背に、「お坊さん」とためらいがちに声をかけた。

「私たちが榎本さんのこと調べても、結局周辺情報だけじゃないですか。やっぱり、そっとしておきません？」

「何や、今さら」精算機に小銭を入れながら、志田が真澄を見下ろした。

「周辺情報言うても、少しは絞られたやないか。十六日、克也さんが〝鏡〟関係の人間に会った可能性がある時間帯は二つ」

ロックを解除し、サウナ状態の車内に素早く身を滑り込ませて言う。

「『ピエール・ノワール』にいた一時半から、新聞社に戻った五時までの間。その後会社を出てから、送り火の最中にあんたに電話をかけた八時十五分までの間」

「もう一つあるでしょう。電話を切ってから、遺体で発見される九時六分までの間」

「いや。克也さんは、一時半にカフェで電話をしていた段階で、すでに相手と会う約束をしとった。そのための時間は事前に確保してたはずや。あんたとの待ち合わせ場所に向かわんで、出町柳方面に取って返したんは、突発的な出来事やと思う」

「そしたら、榎本さんの死と〝鏡〟の人間は直接関係ないってことになりますよね。だったら、なんでスマホの履歴が消されてたんです？　それに、もう『大文字』が消えてるのに、榎本さんは何で河合橋の写真なんて撮ったんです？」

「それをこれから調べるんやないか」

エンジンをかけて、またどこぞへ行こうとする志田に、真澄は思いきって「やめます」と呟《つぶや》いた。こめかみに汗が流れるのを感じる。

「私、これ以上調べるのやめます」

「なんでぇな」

「なんか、怖くなったんです。榎本さんの死んだ理由を探るのも、周辺で人が亡くなる〝鏡〟のことを調べるのも」

ハンドルに右手をかけたまま、志田がじっと無言でこちらを見つめてくる。その視線の鋭さに耐えられず、今すぐ逃げ出したくなった。まるで蛇に睨《にら》まれた蛙《かえる》だ。

「――ひょっとして、まだわしに隠してることあるんと違うか」

「えっ……」驚いた真澄に、「やっぱりか」と志田が大げさに目を剝《む》く。

「昨晩の電話でいきなり熱心にカモ氏のこと聞いてくるかと思たら、その舌の根も乾かんうちにやめるて言う。気分が不安定。歯切れが悪い。様子もおかしい。これで何もないわけあるか。坊主騙《だま》すんは百年早いで。情報共有せな、分かるもんも分かれへんやないか」

「でも――」

「デモもカモもあれへん。さっさと洗いざらい吐かんかい」

怒られるのは何だか理不尽な気もしたが、そもそもこちらが志田を巻き込んだという負い目もあり、真澄は昨夜自宅に戻るまでの出来事を仕方なく話すことにした。

志田が見たという若者が、まったく同じ格好で前日にも真澄を追いかけていたこと。

カフェのポストに、真澄を隠し撮りした写真が入っていたこと。

自宅のポストに、《カモ氏の鏡に関わるな》という文字の切り貼《ば》りが入っていたこと。

志田は車を走らせながら耳を傾けていたが、やがて小さく鼻に皺《しわ》を寄せて言った。

「そのストーカーもどきの兄ちゃんと、ポストに写真や手紙を入れた人物が同じとは限らんけど、そら気持ちのええもんではないな」

道路標識を確認し、幅広の烏丸通から狭い二条《にじょう》通に左折する。

「それにしても、なんで写真と手紙をわざわざカフェと自宅の二つに分けて入れたんやろな」

「仕事場と自宅、両方突き止めてるぞってアピールじゃないですか？」

「でも、バイト先のポストに入れたら、真っ先に見るんはあんたと違うやろ」

そう言われればそうだ。事実、写真入りの茶封筒を見たのは石黒夫妻だった。

すべてが繋がっているような、まったく無関係のような、輪郭のつかめない出来事が次々に現れて頭を悩ませる。

「カモ氏の〝鏡〟って、一体何なんでしょうね……」

「切ない片想《かたおも》いにトドメ刺すようで悪いんやけど、あの日克也さんがあんたと待ち合わせたんは、〝鏡〟の話をするつもりやったんと違うか」

「どうして私なんかに？」

「分からんのはそこや。――クソボケ、通られへんやないか！」

路肩に停《と》めた軽トラへ、悪態とクラクションをこれでもかと浴びせた志田は、再び何事もなかったかのように話題を戻す。

「あんた、自分の知らんうちに関わっとるのかも分からんで。例えば、プレゼントと称して克也さんから何か重大なもんを預かったとか……」

「ですから、榎本さんとはそこまで親しいわけじゃなかったんです。大体、私が京都に来たのは半年前ですよ。その間に変わったことなんてなかったし」

「なんでこっち来た？」

さすがに、男が原因で東京に居づらくなったことまで言う必要はない。

「京都でインテリアコーディネーターになりたいと思って。母がもともと京都の人間だったんです。まあ、早くに東京へ出て父と結婚しちゃったから、私はあんまり関西のこと知らないんだけど。それで、今は従姉《いとこ》夫婦を頼ってカフェでお世話になってるわけです」

「ああ、あの人な。言われれば、顔や背格好が何となくあんたに似てたな」

「私の母と、亜子ちゃんのお母さんが姉妹。小さい頃は、亜子ちゃんとこにお祖母《ばあ》ちゃんも住んでたんで、夏休みになると会いに行ってましたよ」

「京都のどこ？」

「さあ……詳しい場所までは覚えてないですね。ただ、山がすぐそばにある場所だったから、伯母ちゃんたちが今住んでる中京《なかぎょう》の家とは違うはずです」

亜子も実家の話はほとんどしないが、伯父は製造業の工場を数年前に定年退職したそうだから、今頃は伯母と二人で悠々自適の隠居生活を楽しんでいるのかもしれない。

クラウンは寺町《てらまち》通に入り、再び北上を始める。この先、今出川《いまでがわ》通にぶつかって東に折れれば、賀茂大橋《かもおおはし》の向こうに出町柳がある。Y字の付け根、榎本の遺体が発見された所だ。

「これからどこ行くんです？」

「まず昼食食べて、それから総合コミュニティセンター。『かもがも～れ』行ってみよ」

送風口から吹きつける冷たい風と、背もたれの熱さに挟まれながら、真澄は小さく諦《あきら》めの溜息《ためいき》をついた。

地域フェスなんて行っても、解決できるわけないじゃない――。

頭ではそう思いつつ、志田に話を聞いてもらったことで、少しだけ清々《せいせい》した気になっていた。その微妙な心持ちの変化をとらえたのか、前方を見据えて坊主が笑う。

「あんたは運がええ。毎週火曜は、光願寺の『何でもお悩み相談日』や。相談された以上は、お坊さんがきっちりカタつけたるわ」

クラウンは今出川通から賀茂大橋へまっすぐに突き進んでいく。

建物が途切れ、眼前いっぱいに鴨川の景色が広がった。

2

午後一時十七分。

「ほぉ、北山は公共のもんまでシャレオツや」

日差しを眩《まばゆ》く照り返すガラス壁の建物を前に、志田は両手を腰に当てて言った。

〝過去と現在《いま》を未来へ繋ぐ〟をテーマに、古文書や考古資料の収集・保存・展示と、地域交流の場を提供する総合コミュニティセンターだ。

約二十四万㎡の敷地面積を誇る植物園に接しており、付近には大学などの各種教育機関、資料館やコンサートホールといった文化施設がそろい、さらに南へ下れば世界遺産の下鴨神社があるとあって、一帯は緑豊かな文教エリアとして名高い。

『ピエール・ノワール』は北山通を挟んで反対側にあるので、あまりこちらまで足を延ばす機会はないのだが、石黒がブックカフェを開いた時、京都ガイドの発信地として参考にした施設の一つらしい。

東玄関前の広場には『かもがも～れ』の焦げ茶色の幟《のぼり》が立ち、そろいのキャップとイベントベストを着けたスタッフが、拡声器《トラメガ》片手に随所で呼び込みをしている。入場の取っかかりとして、グッズ販売のワゴンも数台ある。予想よりも人出は多いが、大半は近くの学生か子供連れの主婦グループ、定年退職したと思《おぼ》しき年配者ばかりだ。

「まずは一通り偵察してみよ」

案内に沿い、施設の自動ドアをくぐった。志田はいつの間にかライムグリーンのサングラスをかけており、真澄は一歩距離を取って後に続いた。法衣を着ているが坊主には見えないし、並んで歩いて万が一にもカップルに思われたくない。

冷房の効いた屋内は、中央部が吹き抜けの三階建て。一階には展示室、ホール、事務室、飲食スペースなどがそろっている。反対側の出口へ通じる情報検索コーナーの脇《わき》に、今はチケットブースが設置してあった。

「展示室とミニシアターをご覧のかたは、ここでチケットをお買い求め下さ～い」

三人並んだ女の子たちの笑顔の前を素通りし、まずは一度外に出てみる。

協会の公式サイトによると、将来的に建て増しする予定の空き地と駐車場を、イベントスペースに当てたとのこと。

「なんとまあ、こっちは安《やっす》い作りやな」

塀を隔てて植物園の緑がのぞいているものの、プレハブのグッズ売り場、真っ白な箱形の仮設ミニシアター、三角コーンとバーで仕切られた会場は、どことなく殺風景で工事現場を思わせる。正面中央の特設ステージと、それを取り囲む有名店の屋台が、かろうじてイベント感を演出している具合だ。

「これでカモ氏と関係あれへんかったら、お坊さん泣くで」

「そう言えば、カモ氏はどんな豪族だったんです？　平安京ができるより前に、すでにあんな大きい神社を二つも祀《まつ》ってたんだから、相当な力を持った大豪族ですよね？」

「うん、そこがカモ氏解読ポイントその一や」

志田はそばにあった屋台で青汁を一つ買い求めると、真澄に手渡して日陰に移動した。一度行きたいと思っていた店の、『有機野菜のグリーンスムージー』だ。真澄は冷たくヘルシーな喉《のど》ごしを楽しみながら、まんざらでもない気分で志田のウンチクに耳を傾ける。

「──カモ氏の仕事はな、天皇の先導役やった」

古代の役職名で、主殿《とのも》と言うらしい。

主殿の中には、明かりを手に天皇の車駕《しゃが》に付き従って先導する仕事があり、カモ氏はそれに携《たずさ》わっていた可能性がある、という学説もあるそうだ。

「どや、そう聞いて何か思い出さんか」

「さあ、特には……」

「アホ、そこはすかさず〝ヤタガラス〟て答えるとこやろが」

ああそうか、と納得してしまったため、アホ呼ばわりされたことも気にならなかった。

下鴨神社の御祭神――賀茂建角身命《かもたけつのみのみこと》は、神武天皇を道案内した八咫烏《やたがらす》だとされている。

昨夜、カモ氏自身の職掌と、じつによく似ているではないか。

「つまり、カモ氏がある時点で自分たちの祖先神を八咫烏に決めたという話をした。

「つまり、カモ氏はみずからの仕事に箔《はく》をつけるために、八咫烏を祖先神として祀るようになったんですか?」

「そうはっきり言うたら、神社の御由緒と食い違って弊害が出る。まあ、信仰は別として、史料を史学的に時系列に並べたら、そういう解釈もできるて話や」

今に伝わる古代の書物や家系図などから、カモ氏に関わる記述を逐一《ちくいち》ピックアップしていき、その内容を精査して年代順に並べてみた上での解釈らしい。八世紀当時は、ちょうど『古事記』や『日本書紀』編纂《へんさん》の時期に当たっており、天皇を中心とした神話の中に、いかにして一族の出自を組み入れるかで、各豪族は様々に知恵を絞っていたそうだ。

「でも、八咫烏伝承が浸透するより前に、カモ氏もカモ社も存在してたんですよね? その時には、何の神様を祀ってたんですか」

「賀茂大神《かものおおかみ》や」

「名前、そのまんまですね」

「ここからがミステリー。この謎《なぞ》の神に対して、朝廷はめっちゃ気ぃ遣《つこ》てんねん」

まだ古墳時代だった六世紀のこと。風水害が国を襲った。託宣の結果、「賀茂大神の祟《たた》り」だと判明し、のちの競馬《くらべうま》の原形となる祭祀《さいし》がスタート。年月を経《へ》るに従い、その祭には京都内外の民が騎射のため群れをなして集《つど》うようになり、危険視した政府が禁止令まで出したらしい。

「な、おもろいやろ。本来なら、たかだか京都の一豪族が祀る氏神やで。それやのに、まだ奈良に都があった頃から、国家はその動向を神経質に気にして、せっせと奉幣《ほうへい》もして、しまいにはカモ社を伊勢神宮に次ぐ特別な大社にしてもうた。未婚の皇女を斎王《いつきのみこ》にして奉仕させるんも、伊勢と賀茂の二つだけ。今でも賀茂祭は京都三大祭の一つやしな。そう考えると、カモ氏は単なる地方豪族でもないし、ただの先導役とも違う気がしてくるやろ」

「じゃ、何です?」

「それが分かれば苦労はないわ」

「分からない? 住んでた地域も、職業も、祀ってる神社も分かってるのに、どんな人たちか分からないんですか?」

「そこがカモ氏研究のミソや。いてたのは確かなのに、その実体をつかむんは容易なこっちゃない。世界遺産級の神社が、二つあるにもかかわらずや」

その時、『カモドス』が可愛《かわい》らしく小股《こまた》で近づいて来た。舞子さん風の丸っこい鴨《かも》のゆるキャラが、スタッフに連れられて歩いてくる姿は、とても健気《けなげ》で可愛い。

真澄は歓声を上げて手を振ったが、志田はとたんに顔をしかめて、「取り込み中や、去《い》ね！」と無情に一蹴《いっしゅう》した。学生バイトらしき女性スタッフが真っ青になり、カモドスに何事かささやいてすぐさま方向転換する。

「ちょっとお坊さん。恥ずかしいことやめてくださいよ」

「どこが。大の男が着ぐるみ相手にニコニコする方が、よっぽど恥ずかしい。そこら辺うろちょろしとるお子さんがたんとこ行ったらええねん。わしの小《ち》っさい頃はな、あんなもん『おかあさんといっしょ』にしかおれへんかったで……」

と、そこで志田が唐突に言葉を切った。急いで真澄の肩を叩き、自分がたった今追い払ったカモドスを指差す。

「おう、あれ見てみい」

志田の言う〝あれ〟が分からないまま、真澄は不機嫌に目を瞬《しばた》いた。

「ほらほら、スタッフの格好」

何の変哲もない、タフタナイロン地の白いイベントベストだ。背には、カモドスがプリントされている。

「あの子たちが、どうかしました？」

「ベストの下。全員同じ、ダッサいコーディネートやないか」

「あっ……」真澄は目を見開いた。

白のTシャツにベージュのチノパン。

昨夜と一昨日、真澄のあとをつけていた若い男の格好と同じだ。

「『かもがも〜れ』のイベントスタッフの、服装規定だったっちゅうわけや」

真澄をつけ回している若者と〝鏡〟。

どちらも榎本が担当していたネタで繋がるとなると、昨夜ポストに脅迫的な手紙を入れたのは、その若者の可能性がぐっと高くなる。

「あんた、前に『かもがも〜れ』に来たことあるんか？　ほかのイベントは？　カフェの客？　ストーカー兄ちゃんに見初められたんなら、どっかに接点があるはずや」

「そう言われても、私はその人の顔さえ知らないんですよ……？」

真っ白な日光が視界を眩《くら》ませ、湿気を含んだ暑さがまともな思考を妨げる。

会場内のスタッフ総数は、見たところ三十人は軽く超えているようだ。この中から顔も定かでない若者を特定できるわけもないし、人を捜すには広すぎる。大体、今日のシフトに入っているかどうかさえ定かでないのだ。

だが、志田の動きは速かった。

会場中に視線を走らせたかと思うと、顎をしゃくってミニシアターの方へ真澄を促す。

「ええか、その色白の顔できるだけ青白《あおじろ》うさせて、気分悪なったて訴えるんやで」

何をする気か尋ねる間もなく、次の瞬間には線香臭い袖《そで》がぐるっと真澄の体に回り、そのままミニシアターの端に設けられたスタッフルームまで、引きずるように連れて行かれた。

「いきなりすんません」

プレハブの引き戸を開けて突然現れた坊主に、チーフディレクターらしき四十前後の男と、休憩中のバイトスタッフたちが、ペットボトル片手に押し黙った。やはり全員〝ダッサいコーディネート〟で統一している。

「はい、何か……」

怪訝《けげん》そうに尋ねてくるディレクター相手に、志田は『かもが～れ』の協賛をしている有名寺院の名を口《もん》にした。

「そこで広報やっとる者ですが、知り合いのお嬢さん案内してたら、急に気分悪なってもうて。あっちの休憩所いっぱいやし、こちらで休ませてもらえませんか」

腹立たしさと恥ずかしさで頭に血が上り、状況に追いついていけない真澄を抱えたまま、志田はしゃあしゃあと嘘《うそ》をついた。協賛の大寺に、イベントの下請けとも言える運営会社が逆らえるはずもなく、ディレクターは途端に筋肉質な胸をそらして姿勢を正し、「は、そういうことやったら……」と困ったように散らかった室内を見回した。

部屋の中央には、ペットボトルやプリント類の散乱した白い会議テーブル。壁際のスチールラックには、トラメガやトランシーバーの予備、誘導灯のほか、雑多な紙類が入った引き出し付きの収納ケースが置いてある。

「シアターの出口に、冷却シートあるんで持ってきます」

「じゃあ私、自販機でスポーツドリンク買ってきましょうか」

気を遣った女の子二人が出て行き、残りのスタッフも何となく彼女たちを目で追い、奥の椅子を整えるためにディレクターが背を向けた。

その瞬間だった。

志田の手が素早くラックに伸び、トランシーバーを一つかっぱらった。

えッ――！

目を剝《む》いた真澄のカゴバッグが、わずかに重くなる。入れられた。

その間《かん》わずかに三秒。振り返ったディレクターの手招きに合掌で応じた志田は、心配そうに真澄を介抱して席に着いた。

冗談でしょ、見つかったら私が悪者じゃない――。

心臓が波うち、本当に気分が悪くなる。

最悪だ。真澄は血の気の失《う》せた顔をうつむけ、ひたすら「最悪だ」と内心で繰り返した。

京都へ来ても、男運は最悪だ。好きになったまともそうな男は死んで、見ず知らずの若者にはつけ回され、うっかり相談した相手はチンピラ風情《ふぜい》の泥棒坊主。真相究明と称して、知らぬ間に悪事の片棒を担がされている。

「いやほんまに、こう暑いと具合も悪なりますわ。スタッフさんもディレクターさんも、ずっと外に立ちっぱなしでしんどいでしょう」

「まあ、イベントは夏が多いし、私どもは本職なんで慣れてますけど。バイトスタッフの体調には、それなりに気ぃ遣います」

「ははあ、こんなにいてたら大変や」

志田はごく自然にテーブル上のプリントを手に取る。今日のスタッフたちのタイムテーブルだ。縦に時間、横にスタッフ名が並び、彼らが何時にどこのポジションにつけばよいのかが表になっている。だが、それぞれのポジションは「A1」「B3」といった英数字で書いてあるため、部外者にはどこを指すのか分からない。

「バイトさんらはみんなこの辺の子ぉやろうけど、ディレクターさんがたはわざわざこのために京都来はりますの？」

「本社は東京ですけど、ここやってるんは京都支社の人間です。ディレクターもみんな関西圏やし、通勤にはそれほど不便しません。今は直行直帰が多いし」

ふうん、と相槌《あいづち》を打ち、志田はプリントの左上に並んだ五名のディレクター名と、目の前の男のネームホルダーをさりげなく確認した。

「あ、せや、ついでだから一つ聞いとこ。一枚のチケットで、こっちのシアターとコミュニティセンターの展示室がセットで見られるて聞きましたけど、向こうの方の連絡担当、展示企画課の山田《やまだ》さんがやってはるんやろか」

「いえ、私がお会いしたのは妹尾《せのお》さんです」

「え？　セノオさん？」

志田が大げさにのけぞり、「待って待って、聞いてへんわ。セノオ？　どんな字ぃ？」とプリントを裏返して、手近に転がっていたボールペンを取り上げた。

「妹の、尾？　これでセノオて読むんや？　へェ、一つ賢《かしこ》なったわ。で、下の名ぁは。危ない危ない、てっきり山田さんがやってはると思て、恥かくとこやったわ」

書きつけた紙を折りたたみ、ふところにしまう。まんまと出勤者の載ったプリントを手に入れたやり口に、トランシーバーを持たされたままの真澄は、殺意すら覚えた。そしてその殺意は、スタッフが持ってきた冷却シートを、志田が真澄の額に無様に貼り付けたことで、ますます膨れ上がったのだった。

そんな真澄の怒りも知らず、お坊さんは愛想良く二人の娘に礼を言う。

「休憩中にありがとう。二人とも、この後シアター入るん？」

「はい、私はシアター内でお客様の誘導。彼女は東玄関で呼び込み」

「さよか。頑張りや」

やっていられない――。

「――私、帰ります」

不機嫌に立ち上がった真澄の青白い顔は、そうとう具合が悪いように見えたらしい。ディレクターもスタッフも、もう少し休んで行けと引き留めてくれたが、「あとはこちらでやります」と申し訳なさそうに僧侶が辞儀を繰り返すものだから、結局三人そろって引き戸まで見送ってくれた。

それから特設ステージの方へ、歩くこと十数メートル――。

振り向いた真澄は、「馬鹿！」と言いながら志田の胸に冷却シートをぶつけた。

「信じられない。お坊さんのくせに泥棒するなんて」

「人聞きの悪い。知らないうちに借りただけや。ついでによく覚えとき、〝馬鹿〟てな口汚い罵《ののし》り言葉は、不用意に関西で使《つこ》たらあかん」

「私のことはアホ呼ばわりしたくせに」

「真澄ちゃん。〝アホ〟には愛があんねん」

カゴバッグから志田がトランシーバーを取り出した時、アンテナ部分にキーケースが引っかかって持ち上がった。ラッキーチャームのハートが、志田の指に触れる。

「ほれ見てみい。葵《あおい》がトランシーバーに引っかかってきたわ。アオイて言葉は〝神様のお力に巡り会う〟て意味やで。カモの神さんもわしを応援してはるんや」

「これは葵じゃなくてハートです！」

「どう見たって葵やろ。葉脈がビーズで色分けしてある。これが三つそろったら、黄門様《こうもん》の紋所。もし二つやったら〝双葉葵《ふたばあおい》〟言うて、上下カモ社の御神紋や」

言い返そうとした真澄の脳裏に、ふいに幼い頃の思い出が蘇った。

切れ切れに浮かんできた記憶が、また別の断片を次々に引き出しては、ぼんやりとした一つの情景を形作る。

学習机に並んだ難しい教科書や辞書。和室に敷いた二人分の布団と、長押《なげし》に掛けた夏用の制服。蚊取り線香のにおいと、涼やかな風鈴の音色。

朝日を受けて輝く、ハート型のビーズアクセサリー。

――もう要らないから、真澄ちゃんにあげる。

――じゃあ、ピンクの方が欲しい。

そう答えたということは、もう一つほかの色があったのだろうか――？

「ほら、早《は》よ来んかい」

ステージ裏から顔をのぞかせた志田が、物思いにふける真澄を現実に引き戻した。手に入れたスタッフのタイムテーブルを、こちらに押しつけてくる。

「このバイトは女子率が高い。今日のスタッフ三十四名中、男と思しき名前は八名。さっき会った人のぞいた四名のディレクター合わせても、全部で十二名や」

「だから？　十二人もいるんですよ」

「こういう特設ステージは、会場全部を見渡せるんが強みや。わしは若手坊主の助っ人で、しょっちゅう仏教ライブに出とるからよく分かる。——ターゲットの男がどっから現れるか、こっからよく見とき」

言うなり、トランシーバーの送信キーを押した。

「メーデーメーデー。こちら『コーヒー屋さん』。二日間の尾行を頑張ったあなた、好きなあの子が会いに来ました。お心当たりのかたは、お近くのコーヒーショップまでどうぞ。繰り返します。こちら『コーヒー屋さん』……」

誘《おび》き出してどうしようと言うのか。心配する真澄をよそに、志田はステージ脇の階段越しに人混みへ目を凝らした。

イヤホンを抜いたトランシーバーから、次々に声が聞こえてくる。《誰？》《混線？》《要確認！》突如入ってきた謎のメッセージに、全スタッフが混乱している。

「屋台のコーヒー店は一軒だけ。ストーカー兄ちゃんが今日もいてたら、あっこに現れるはずや。どこのどいつか、こっそり突き止めよ」

「十二名の中から、どうやって名前を特定するんです？」

「トランシーバーで名乗るやろ」

「名乗らなかったら？」

「ポジションで絞り込める。タイムテーブルの英数字、あらAがシアター、Bがチケットブース、Cが入り口の呼び込み、Dが会場回り、Eが休憩や」

真澄が「どうして分かったんですか」と尋ねる前に、志田は早口で続ける。

「念のために、さっき女の子らの名前見といた。そのタイムテーブルでは、二人とも今の時間帯はそれぞれE1とE2てなっとるから、Eが〝休憩〟のことやて分かる。二人はその後、それぞれシアターと呼び込みに入るて言うてたから、AとCのポジションも判明。BはB1からB3までしかあれへんから、三人立ってたチケットブースのこと。そしたら、残るDは会場回りで決まりや」

と、少し高めの男の声が、トランシーバーから聞こえてきた。

《シアター上映中なので、終了まで手が空いてます。会場確認に場を離れます》

よっしゃ、と志田がカモを引っかけた詐欺師のような悪人面で笑う。

「この時間、シアターに入っとる男のスタッフはおれへん。こいつはディレクターや」

カモドスの風船を持って走り回る子。色とりどりの屋台の日よけ。スタッフがかぶる青色のキャップ。ざわめきと食べ物の匂《にお》い。

日差しに炙《あぶ》られた千年の大地が、湯気を立てて喘《あえ》いでいるような蒸し暑さの中、真澄は息を殺して会場を見つめた。ガラス張りのコミュニティセンター、真っ白な箱形のミニシアター、土埃《つちぼこり》をあげる広場、唯一のコーヒー屋台『THOUSAND』のワゴン――。

今まで不確かだったストーカーの存在が、急に実体を伴って襲いかかってくる。この会場から『ピエール・ノワール』や真澄のアパートまでは、大通りを挟んで一キロもない。十分ほど歩くだけだから、仕事帰りに足を向けても間に合う。下手をすれば、近所に住んでいることもあり得るのだ。

果たして、イベントディレクターとカモ氏の〝鏡〟に、一体どんな繋がりがあると言うのか。榎本の死に、それらは関わっているのか否か。

線香臭い熱を発する墨染めの衣が、隣でぴくりと動いた。

「——来た」

シアターの方角から屋台の方に向かって、若者が足早に会場を突っ切って来る。表情までは見えないが、中肉中背でメリハリのない細身な体格は、どこにでもいるごく普通の若者のようだ。

「うん、わしが昨夜見たんはあいつで間違いない。どや、見覚えあるか?」

「そう言われても、ここからじゃ距離あるし……」

イヤホンを左手で押さえ、辺りを見回しながら『THOUSAND』まで来た若者は、そばに居合わせたスタッフの女の子と会話を交わし、再びトランシーバーに話しかけた。

《こちら小田切《おだぎり》。コーヒー屋台に不審者なし。念のため一回りして持ち場戻ります》

プリントの左上に並んだディレクターの名を、志田が一つ指差した。

小田切恒太《こうた》。

心当たりを問う志田の目つきに、真澄はこれまた首をひねって応《こた》える。

「ほんなら、コミュニティセンターの展示室へ行きがてら、もうちょっと近くで見てみよか。あんたはあいつに正体知られとるから、日傘で顔隠しとき」

志田はステージ上にトランシーバーを置くと、人の間を縫うように、ゆっくりと小田切の背後へ回り込んでいく。水玉の日傘を傾けて真澄も続き、コーヒー屋のワゴンからコミュニティセンターの出入り口に向かって歩を進めた。いつ振り向かれてもいいように、最大限の注意を払って小田切の後ろ姿を盗み見る。

平らな後頭部。少し猫背気味の背中。乾燥した両肘《りょうひじ》の皺――。

活動的な職種でありながら、物腰や雰囲気にどことなく暗い印象が漂うのは、ストーカーかもしれないという先入観によるものか。あるいは、単純な仕草の中にこそ、その人間の生活環境や人柄が滲《にじ》み出てしまうのだろうか。

屋台が切れ、コミュニティセンターの出入り口が近づく。チケットブースまで見回りに行くのだろう、小田切が建物内に入っていく。

後に続こうと、真澄が傘を畳んだ、その時だった。

アニメ『一休《いっきゅう》さん』の着うたが、志田のセカンドバッグで鳴った。

思いのほか大きく響いた明るいメロディーに、一瞬気を取られる。そうしてはっと視線を戻した時にはもう、振り向いた小田切と目が合っていた。

まずい——。

不安定に離れた小田切の細い目が、真澄を認めて歪《いびつ》に広がる。

その若者の表情に、真澄はなぜだか既視感を覚えたが、理由を探す間もなく小田切が駆け出した。「あッ、待たんかい！」志田が赤い革靴で地面を蹴《け》る。来場者をかき分け、燦々《さんさん》と光の降り注ぐコミュニティセンターを抜け、最初に入ってきた東玄関を飛び出す。

「ちょっと、どうするの……」

その場にいたスタッフや来場客が、突然始まった逃走劇を何事かと見やる中、置き去りにされた真澄は中途半端に折りたたんだ日傘をぶら下げて、確実に悪化した事態をただ呆《ぼう》然《ぜん》と見送るばかりだった。

3

コミュニティセンターの東玄関を飛び出した小田切恒太は、そのまま建物を回り込むようにいずこかへ姿を消し、息もできないほどの蒸し暑さの中で獲物を取り逃がした志田は、当然ながら不機嫌になった。

そしてその不機嫌の塊は、最悪のタイミングで電話をかけてきた相手にぶつけられたのだった。

「コラお前、間《ま》の悪い時に電話すな！」

電話越しに理不尽に怒鳴られているのは、志田の共同執筆者らしい。名を、時任修二《ときとうしゅうじ》という。

奈良で地元広報誌のカメラマンをしているそうだが、趣味の古代史好きが高じて、人生古代史一色になりかかっている冴《さ》えない独身男だそうだ。昨日、「カモ氏の〝火を生む鏡〟」に関して志田が尋ねたばかりに、気になってかけてきたらしい。

その時任に、志田が噛《か》みつくように唸《うな》る。

「そんなん昨日の今日ですぐに分かるわけあれへんやないか。雲をつかむような話やで。古代鏡かどうかも、実物があるかどうかも分からん言うたやろ。大体、お前が邪魔しなければ、サラッと解決したもんを」

コミュニティセンター内の飲食スペースには、今まで確かに大勢の人が座っていたはずだが、真澄の周囲だけ空白ができている。自販機の前に仁王立《におうだ》ちした長身の坊主が、黄色と黒のシマ柄手ぬぐいを首にかけ、右手にスマホ、左手にペットボトルのお茶を握って大声を張り上げているからだ。

「うん？　せやから、採火鏡の可能性は昨日検討したやないか。日光集めて火ぃ熾《おこ》すための鏡やないかて話やろ。そら確かに、カモ氏と火の関係は濃厚やし、比喩的《ひゆてき》に〝火を生む鏡〟て言うことはあると思うけど——は？　ハタエダ？」

そこでふいに志田の声色が変わり、「それを真っ先に言わんかい、ボケ！」で通話が終わった。何か手柄《てがら》を立てたのに怒られてしまった時任を、真澄が哀れに思っていると、やけに興奮した体《てい》の志田が、急いでテーブルに戻って来た。

「迂闊《うかつ》やった。カモ氏の、〝火を失う鏡〟ならある」

「は……？」真澄は面食らって瞬《まばた》きを繰り返した。まるでファンタジー映画やゲームに出てくるお宝アイテムのようだ。もっとも、カモ氏という古代豪族も、それを追うチンピラ坊主も現実離れしているから、非現実がまた一つ付け加わっただけの話かもしれない。

「この世は無常や。生きとし生けるもんはみな死ぬ。当然、カモ氏集団にも墓がある。ところが、縄張りの中には大規模な群集墳も大型古墳も見当たらない。ほんで、もう少し範囲を広げると、上賀茂の隣接地にちょっとまとまった墳墓群があったわけや。開発で無くなったもんもあるらしいけど、場所から言ったらカモ一族の墓やった可能性がある。それが、幡枝《はたえだ》の古墳群や」

「幡枝古墳群……」

せや、と力強く頷いて、志田は両手の人差し指を二十センチ幅に広げて続けた。

「その古墳の一つから、直径がこんくらいの古代鏡が見つかった。わりと大型の銅鏡なんやけど、その鏡背《きょうはい》の縁《ふち》に漢字が三つ刻んであった」

テーブル上に「失」「火」「竟《きょう》」と書く。

「最初の文字は〝夫〟とも見えるけど、〝失〟の方が意味が通る。最後のは〝鏡〟の字を簡単にしたもんで、三角縁神獣鏡《さんかくぶちしんじゅうきょう》にもよく使われとる。鏡を太陽の〝日＝火〟に見立てて信仰してた古代人もおるから、役目を終えた鏡を古墳に埋納する時、〝失火竟〟の文字を追刻したのかもしれん」

「ええっと、つまり――何がすごいんでしょう？」

「克也さんの調べてた、カモ氏の〝火を生む鏡〟。もしこれが、〝生火竟〟てな文字の刻まれとる未発表の出土品か何かやったら、大騒ぎになんで」

　失火鏡と生火鏡――。

「対《つい》になってるってことですか？」

「うん。ちなみに失火鏡の方は凸面鏡で採火はでけへん。対になる生火鏡があるとして、鏡面はどうなっとるんか、同笵鏡《どうはんきょう》か否か、何より出土地はどこか、それによってカモ氏に関わる定説が、大幅に変わる可能性がある」

　今の説明中、真澄には漢字変換できない言葉があったし、何がどう「大幅に変わ」ってしまうのか、志田もそれ以上のことは言わなかった。ただ、その推測が的を射ていたとして、そんな鏡がどう自分に関わってくるのか、ますます分からない。

　志田はペットボトルをゴミ箱に入れると、スロープの先にある展示室を顎でしゃくった。

「克也さんは間違いなくここに来とる。展示見がてら、担当者に話聞いてみよ」

「担当者とお知り合いなんですか？」

「さっきチーフディレクターが教えてくれたやろ。妹の尾っぽで妹尾さんやないか」

何て調子の良い――。

無駄に元気を取り戻した志田の後について行きながら、真澄は先行きを思って暗澹《あんたん》とした気分になった。正体を知られた小田切が、今後どういう行動に出るか分からないし、榎本の死の影響がどこまで膨らんでいくのかも予測できない。

照明を抑えた暗い展示室は、さほど広くない長方形のワンスペースで、三方の壁と中央の陳列ケースに展示品やパネルが並んでいる。客は一人もおらず、会場のミニシアターの方にはどれだけ人が入っているのか、他人事《ひとごと》ながら気になった。

「光願寺の志田言う者《もん》です。『山背新聞』文化部記者の榎本克也さんの紹介で参りました。展示企画課の妹尾さんお願いします」

部屋の隅の受付に名刺を渡したところ、接客中なので十五分ほど待ってほしいとのこと。仕方なく、『上下カモ社の信仰と神事』を眺めて待つことになった。

「葵祭」「御蔭祭《みかげまつり》」「競馬《くらべうま》」といった項目別のキャプションとともに、神事で使用する装具、四季折々の美しい自然を背景にした祭の景色が展示されている。

鮮やかな十二単《じゅうにひとえ》に身を包んだ斎王代の行列や、乗尻《のりじり》と呼ばれる騎手を乗せて疾駆する二頭の馬などを見ていると、薫風にそよぐ新緑の葉音や、清らかな小川のせせらぎまで聞こえてきそうだ。

「そう言えば私、小学校低学年の頃、巫女《みこ》さんに憧れてたんですよねえ。綺麗《きれい》な髪飾りつけて、五色の布を垂らした鈴を持って、お正月とか結婚式の時とか、おめでたい舞いを踊るでしょう。あれがやりたくて」

「小《ち》っさい割りに、えらい具体的やな。わしの甥《おい》っ子なんて、この前将来の夢聞いたら『焼き肉屋さん』やで。理由が毎日焼き肉食えるからて、小六でアホやろ。頭痛いわ」

「叔父さんが頭悩ませることじゃないでしょ」

「光願寺の跡継ぎは、今んとこ甥っ子だけや。あいつにその気がないんなら、わしが早いとこ嫁さらって来《こ》な」

何でも、志田の兄は交通事故で亡くなってしまい、まったく寺を継ぐ気の無かった次男坊の志田が、慌てて〝やっつけ坊主〟になったとのこと。今では両親、兄嫁、甥っ子との五人暮らし。巷《ちまた》では「坊主丸もうけ」などと揶揄《やゆ》されることも多い、一見気楽そうな商売だが、代々寺を維持していくための苦労がいろいろとあるらしい。

兄のことがなければ、大学で考古学の研究を続ける気だったという志田の、意外に硬派な一面を垣間見《かいまみ》ながら、真澄はなかなか思い通りにはいかない人生について考えた。

何か手ひどい目に遭うたび、真澄はその記憶を脇に押しのけて、よし次は頑張ろうと自分を鼓舞しながら前へと進んできた。相手に染まりやすい弱点は、裏を返せば適応力があるということだから、すぐさま新しい環境に順応して何とかやって来られた。

だが忘却を推進力にして荒波を乗り切ってきたようで、その実鋭い輪郭を持った挫折《ざせつ》の記憶は、けして自分の中から消えはしない。不用意に触れたが最後、治ったと思った心の傷は、すぐにぱっくりと割れて新たな血を流すのだ。

そんな時、幸せな思い出は真綿のようにふわふわと、惨《みじ》めな傷を癒《いや》してくれる。楽しかった記憶が、曖昧《あいまい》で、茫洋《ぼうよう》として、細部があまり定かでないのは、純粋な幸福感を人生の潤滑油《じゅんかつゆ》として心に与えるためなのかもしれない。

だから真澄がいまだに亜子に憧れるのも、昔もらったハートのビーズアクセサリーをラッキーチャームにしているのも、突きつめれば子供時代の幸福感に行き当たるのだと思う。楽しかった時代の何かに接していれば、いつでも楽しい気分を再生できるからだ。

小学校に上がるか上がらないかの頃は、一年に一、二度しか会えない従姉《いとこ》ではあったが、新幹線と電車を乗り継いで遠路はるばる訪ねた数日間は、どこへ行くにも、何をするにも、食事もお風呂《ふろ》も寝る時も亜子と一緒だったものだ。

「そっか、亜子ちゃんが巫女さんだったんだ」

誰に言うともなく、真澄はパネルを見ながら呟いた。

いつか忘れてしまったが、祖母に手を引かれて近くの神社まで行ったことがある。そこで神前に舞を奉納するバイト中の亜子を見て、すっかり感化されてしまったのだった。

わずか六、七歳にして、将来の夢の設定がやけに具体的だったのも、身近に現実的なモデルがいたからなのだ。

成長してないな、私——。

軽い自己嫌悪に陥《おちい》ったところで、痩《や》せた長身の女性が展示室に入ってきた。ショートカットで薄化粧のため、年齢はよく分からない。動きやすさを優先しているのか、半袖《はんそで》のブラウスもチノパンも、地味で素っ気なかった。

「お待たせして申し訳ありませんでした」

必要最低限の礼儀と愛想で、女性は「妹尾敏恵《としえ》」と書かれた名刺を寄こしてきた。

「榎本さんのご紹介とか……。失礼ですが、どういったご用件でしょう」

「カモ氏の〝火を生む鏡〟のことです」

榎本が妹尾敏恵に話したという確証はないはずだが、志田は自信たっぷりに切り出した。

「わしね、坊主のかたわら古代史研究やっとるんです。ほんで、例の鏡のこと小耳に挟みまして。〝失火鏡〟と関係あるんか榎本さんに聞いたら、まず貴女《あなた》に聞くんが一番やて言いはったもんで」

妹尾敏恵の眉《まゆ》が、わずかにひそめられた。

「榎本さんが、そう言わはったんですか？　亡くなられる前？」

「榎本家がわしんとこの檀家さんなもんで、お母さんの法事ん時に話しましてな。そのすぐ後に本人が亡くなってもうたんで、担当坊主なりにけじめつけようかと、こうして図々《ずうずう》しくお邪魔さしてもらいました」

妹尾敏恵は数秒ためらっていたが、僧侶を前に死者の遺志を尊重したのだろう、「立ち話も何ですから、場所移しましょうか」と二人を促し、廊下に並んだガラス張りの会議室の一つへ案内してくれた。

座るなり、妹尾女史は志田のまっすぐな視線を受けて話し出した。

「……私はスマホの画面でしか見たことないんですけど。おっしゃる通り、幡枝の〝失火鏡〟によく似た四獣鏡でした。鏡背の左側の縁に、『生』『火』『竟』と三文字……」

「やっぱり！」

志田が興奮気味に身を乗り出し、タイムテーブルの裏側にメモを取り始めた。真澄は「カモ氏の〝火を生む鏡〟」という情報だけでここまで辿《たど》り着いた、志田や時任というアマチュア古代史家のオタクっぷりに半ば呆《あき》れながら、思わぬ展開を見せ始めた事の成り行きに固唾《かたず》を呑《の》んだ。

「で、そらどういう経緯で？」

「七月の終わりでした。乾《いぬい》さんて男性が、展示の準備をしている最中に突然来やはって。骨董屋《こっとうや》で手に入れた古代鏡が、どうも幡枝の〝失火鏡〟と関係があるようだから、ぜひ見てくれって言わはったんです。そういうお宝鑑定みたいなことはしてないし、骨董屋いうんも何となく胡散臭《うさんくさ》いし、はっきり断ったんですけどしつこくて……」

「乾さんて、何してはるかた」

「七十近い年配のかたで、長年趣味で郷土史を研究されてるそうです。もともとは奈良の御所《ごせ》のかただと聞きました。今は下鴨に住んではる息子さんご一家のそばで、マンション暮らしやとか」

「郷土史て、京都やなくて御所の方？　葛城山《かつらぎさん》と金剛山《こんごうさん》の麓《ふもと》にある、あの御所市？」

妹尾敏恵は「たぶん」と小さく頷いた。

「乾さんは、〝生火鏡〟が御所にあったもんやって言わはったんです」

「そら驚き桃の木や。御所から出たん？」

「いえ、そこまでは。骨董屋から買った時、そう言われたと……」

地理や歴史に疎《うと》い真澄を置いてけぼりにしたまま会話は進行し、志田は落ち着かなく顎をさすり始める。先ほど志田は、〝生火鏡〟の出土地がどこかによって、カモ氏に関わる定説が大幅に変わる可能性があると言っていたが、それと関係があるのだろうか。

「でもやっぱり、専門家の目ぇから見て、その鏡は嘘くさかったんや？」

「鏡と言うか……」

「乾さん自身が変？」

「ええ……、こんなこと言うたらすごく失礼になるかもしれませんけど、態度とか話し方も引っくるめて、何となく雰囲気が――」

人の悪口を言うことに抵抗があるのか、煮え切らない様子で続ける。

「そういう目で見てしまうと、お顔の左側にひどい火傷《やけど》の痕《あと》があるんも、少し不気味な感じがして……。昔、何の仕事やってはったんやろかとか……」

そこで妹尾敏恵は、外見にまで言及してしまった自分を恥じるように、長い手を振ってその話題を打ち切った。

気づけば、真澄は薄ら寒くなった両腕を、無意識のうちに抱えていた。顔に火傷痕のある郷土史家の老人が、突然〝火を生む鏡〟を持ってきたことだけでも、じゅうぶん不気味だ。ましてや、それを追っていた榎本が死に、その前にも「人一人死んでる」というのだから、〝呪いの古代鏡〟と言われても今なら信じてしまいそうだ。

志田もいつの間にやら渋い顔で腕を組み、背もたれにふんぞり返っている。

「――それ、本物か偽物かは別にして、まともな品《しな》なんやろか？　何や、どこにも相談でけへん代物《しろもん》を、『かもがも～れ』のカモ氏展示にかこつけて持ち込んだ気がするわ」

妹尾敏恵は強張《こわば》っていた肩を緩めて同調する。

「私も何となくそう思いました。寄託するつもりはないようやったし、ご自分が所有してはるものの価値を、学問的にはっきり権威づけたかったんやろかって……」

「コレクターの心理も働いとるかもしれんね。すごいもん持ってたら、誰かに見せたなる。ちなみに、手に入れた骨董屋さんはどこか、言わんかった？」

「京都市内の店だそうですが、今はもう無いらしくて」

「何や、そっからして眉唾《まゆつば》や」

鏡の出所をごまかしたい乾老人が、口から出任せを言ったとも考えられる。志田が頭をかき回して唸った時、妹尾敏恵がぽつりと付け足した。

「――でも、鏡の現物なら榎本さんが持ってたと思いますけど」

「えっ」はからずも、真澄と志田の声が重なってしまった。

「そ、そらどういう……」

さすがの志田も予想していなかったのか、次の言葉が続かない。案の定、こめかみには青筋が立っており、少なくとも真澄には坊主の胸中の悪態が聞こえた気がした。――〝それを真っ先に言わんかい、ボケ!〟

「じつはその日、『かもがも～れ』の取材で榎本さんが私の所に顔を出さはったもんやから、つい乾さんの話をしてしまったんです」

すると榎本は、鏡の存在に興味を示した。学芸員のアカデミックな視点ではなく、カモ氏関連のネタを集めていた記者として、大衆寄りの好奇心がかき立てられたのだろう。榎本は乾に連絡を取りたいと言い、妹尾敏恵がもらった名刺を持って帰ったそうだ。

「それで榎本さんは、その週のうちに乾さんと接触して、鏡の実物を借り受けたそうなんですが、その後何かが起こったみたいで。今月の十三日か十四日……とにかく連休が明けてすぐ、乾さんが私にものすごい剣幕で電話をかけて来やはって。榎本さんが、乾さんから借り受けた鏡を返さないと言うんです」

「わしが法事であの人に会《お》うたんは十二日やったわ。乾さんが最初にここへ現れたんが七月の終わりで……その週のうちに鏡の貸し借りが行われたとすると、克也さんはわずか一週間の間に、態度を豹変《ひょうへん》させたわけか」

「きっかけを作ったんは私やし、すぐに榎本さんに電話したんです。そしたら、犯罪に関わる品を、そのまま返すわけにはいかないの一点張りで。……全容が分かるまでは、安全な場所に隠しとくって」

考古学的な話だったはずが、どんどん穏やかでない方向へ突き進んでいく。

「つまりあの人には、安全を確保せなならんて自覚があったと？」

妹尾敏恵は眉間《みけん》の皺をますます深くした。

「乾さん、相当怒ってはったんで、電話切りざま捨て台詞《ぜりふ》言うて。——あの記者ぶち殺したるわって……。本人には、もっときついこと言うてたかもしれませんね」

真澄は両手で口元を覆った。榎本が事故死したのは、その二、三日後のことだ。

この流れでいけば、五山送り火のあった十六日、『ピエール・ノワール』で榎本が電話していた相手は、乾の可能性が高い。

そしてその乾という老人が、自分の言葉通り本当に榎本をどうにかしたとするなら、榎本のスマホから通話履歴が消えていた不思議にも説明がつく。乾は、万が一警察が事件だと判断した場合に備えて、昼間に自分と話した痕跡を消そうとしたのだ。真澄との通話履歴まで消したのは、直前まで榎本が通話していた相手を、警察に知られたくなかったからだろう。

榎本はやはり、事故死ではなく乾に殺されたのかもしれない——。

事の重大さに固まってしまった真澄を前に、妹尾敏恵もまた暗い表情を浮かべて言う。

「榎本さんが亡くならはったて聞いた時、真っ先に乾さんの仕業やろかって疑いましたけど、事故死やったっていうし、言葉だけやったら何の証拠にもならへんし、こっちから乾さんに連絡しようにも、名刺は榎本さんに渡してしまったし……。何や私、あれからずうっとモヤモヤして……」

妹尾敏恵が部外者に話を打ち明けてくれたのは、誰にも話せず独り抱え込んでいた彼女自身の思いを吐き出したかったからだと、真澄は今になって気づいた。昨日、突然目の前に現れた坊主を前に、真澄がつい迷いをさらけ出してしまったのと同じ心理だろう。直前まで関わっていた人間が唐突に死んでしまった時、頭では無関係だと分かっていても、漠然とした後悔や罪悪感が心に根を張ってしまう。それこそジンクスを無条件に信じてしまうようなもので、どうしても知人の死と自分との間に因果関係を見出《みいだ》そうとしてしまうのだ。

それを証明するかのように、妹尾敏恵は真澄と志田の二人を見送りながら、独り言のように呟いたのだった。

「あの時、榎本さんに鏡の話なんてしなければよかった……」

総合コミュニティセンターを出た時、真澄は初めて深々と息を吸い込んだ。

アスファルトから立ち昇る炎熱に、ようやく現実を取り戻した気がする。北山通へ向かって歩きながら、隣を行く志田に言った。

「乾って人が、榎本さんをあんな目に遭《あ》わせたのかもしれませんね」

「分からんけど、もし鏡がまともな来歴の品やったら、法的手段に乗っ取って取り戻すこともできる。それをせえへんてことは、乾にも後ろ暗いことがあるっちゅうこっちゃ」

「榎本さんはきっと、鏡の来歴を調べてるうちに、『人一人死んでる』ことに気づいたんじゃないでしょうか。正義感が強いかたでしたから、放《ほう》っておくわけにはいかなかったと思うんです」

「ううん」首筋をさすり、志田はどこか同意しかねる口調で相槌を打った。

「見たこともない鏡受け取って、乾に黙って調べて、それが犯罪に関わっとるて突き止めて、かつ安全な場所に隠すっちゅう一連の行動を、わずか一週間でやったわけや。いくら新聞記者でも、早過ぎと違うか。ほかの記事も抱えてんねんで」

「そう言われましても……」

乾からまた連絡が来た時のために、妹尾敏恵には志田の名刺を渡しておいたから、今のところできることはない。榎本のことも、独りでじっくり考えてみたかった。

すっきりした幅広の北山通を渡る。

「ところで、コインパーキングはそこの通りですけど、何でこっち曲がるんです？」

「小田切恒太を取り逃がしたんはわしの手落ちやし、きっちり責任取ったるわ。これからカフェ行って、ポストに入ってたて言うあんたの写真見よ」

「お気遣いなく。私、今日休みなんで、写真は明日見せてもらいます」

正確には、志田と一緒に石黒たちの所へ行くのが嫌《いや》なのだ。昨日志田が帰ってから、三人でチンピラ坊主の悪趣味っぷりを物笑いの種にした。その坊主となぜ休日に会っているのか、いちいち弁解するのは面倒くさい。

「遠慮せんでも、目と鼻の先やないか。一度で済ませられる仕事は、いっぺんに済ます。できる男の基本や」

「でもお坊さん――」

「真澄ちゃん。昨日から黙って聞いとればお坊さんお坊さんて。わしには親からもらった志田芳信て立派な名前があんねん。さ、言うてみ。し、だ、さん」

わざわざ職業名で呼ぶのは、チンピラの連れだと周囲に思われたくないからだ。

あんたは呑気《のんき》すぎる、とか、小田切が鏡について言及するのは変やとか、頭上でわあわあまくし立てる志田に、真澄がつい根負けしかけた時だった。パイソンのセカンドバッグの中で、再び『一休さん』が鳴った。今度は兄嫁からららしい。

「どないしたキミちゃん、親父みたいな声して——って何や、親父かい」

舌打ちした志田は、しばらく仏頂面で京都にいる言い訳をしていたかと思うと、「分かった、帰るわ」と溜息交じりに通話を終えた。本物の住職は息子より上手《うわて》だと内心で拍手《はくしゅ》喝采《かっさい》する真澄に、未練がましい視線が返る。

「今日、克也さんの親父さんがわしを訪ねて来たらしい。おかげでいろいろ調べとること、親父に知られたわ。急な仕事も入ってもうたし、今日は帰らな。続きはまたな」

相手の返事も青信号も待たず、大股《おおまた》で横断歩道を歩き始めた志田の背中を見送りながら、真澄は今日一日ですり減った神経のことを、疲れた頭で考えた。

間章：「孫」の独白

ベッドの上に座ってリモコンの再生ボタンを押すと、『かもがも〜れ』を取り上げた地元テレビの番組が、暗い部屋に浮かび上がった。一通り目を通しておくようにと、今月初めに会社から配られた参考用の録画ＤＶＤだが、一通りどころか何度も見過ぎて、今や脳内でも再生できる。

女性レポーターの白々しい笑顔。ワタシは今、始まったばかりの『かもがも〜れ』会場に来ていまぁす。うっわあ、人気店のワゴンがたくさん出ていますね。こぉれは行列必至ですよぉ〜！

いつものように、倍速で飛ばした。

初めは別イベントに出勤するつもりだったが、直前になって『かもがも〜れ』に変えてもらった。特に何かを期待したわけではなく、ただ協賛の上下カモ社の神紋が双葉葵《ふたばあおい》だと知って、何となく選んだだけだ。案の定、イベント自体はクソみたいにくだらないが、偶然面白いものが見られたので、ハズレだったとも言えない。

画面に注意を向けながら、灰皿と百円ライターを引き寄せ、煙草《たばこ》に火をつけた。十五の時から吸っているが、二十歳《はたち》になってからは手に入れやすくなった。

手慰みに、ライターの揺れる火を網膜《もうまく》に映す。心が落ち着いたのは数秒だけ、すぐに呪《のろ》いじみた祖父の口癖が蘇《よみがえ》ってきた。

お前は不幸を呼ぶ子や――。

ジジイこそ、あの火事で死ねばよかったのだ。

地を這《は》い、柱を昇り、闇天《あんてん》に火の粉をまき散らしたあの夜の炎は、理由も告げず十年以上も孫を憎み続けた祖父を生き残らせ、さらなる怨嗟《えんさ》の火を生んだ。おかげで、何年経《た》っても祖父の鬱陶《うっとう》しい声が耳にこびりついて離れない。

喬《たかし》の子や思て、手元に置いたんは失敗やった――。

再びテレビに視線を戻し、適当な所で通常速度に戻した。

地域情報の番組全部を、カットもせずにそのままDVDに落とし込んだため、次のコーナー『キョウの一杯』まで入っている。地元の喫茶店や甘味処《かんみどころ》を紹介するものだ。

ブックカフェ『ピエール・ノワール』。

市内に無数にあるカフェの中から、『かもがも~れ』会場の近くということで同じ放映日に選ばれた偶然に、運命すら感じる。

最初の映像は、アンティーク家具に囲まれた店内で、いかにも〝カタカナいっぱいの暮らし〟にかぶれたような店主が、『自家製マフィンのコンフィチュール添え』について語っているところだ。その隣では、鴛鴦《おしどり》夫婦ぶった妻が、いちいち夫の言葉に頷《うなず》いている。

ほどなくして画面が切り替わり、店の日常を映し始めた。

ちょっとした備品を買い出しに行っていた、従業員の女が戻ってくる。寄ってきたカメラにまんざらではない笑顔を浮かべ、店主夫妻と同じような単語を使ってインタビューに答え始める。そこで大写し。この後ロッカーにエプロンでも取りに行くのか、つかんだままのキーケースから、葵のビーズアクセサリーが垂れている。

一時停止ボタンを押した。念入りに作り込んだ〝ナチュラルメイク〟が、画面上で固まる。今日一瞬だけ目が合った時も、こんな風に固まっていた。

何も証拠は残していないはずなのに、あいつはどうやって居所を突き止めたのだろう。やはりどう見ても堅気《カタギ》でない男を連れて会場に乗り込んでくるとは、思ってもみなかった。やはり侮《あなど》れない。

人を殺しておいて、何食わぬ顔で笑っている女だ。

香坂真澄《こうさかますみ》。

お前は一体、何者だ？

三章　カモ氏とカモ氏

1

翌日、水曜日――。

『ピエール・ノワール』は週のエアーポケットにはまり込んだか、モーニング目当ての客も少なく、その数人が帰ってしまった後は開店休業状態となった。

午前中の大半をもてあますことになった真澄《ますみ》は、悶々《もんもん》と榎本《えのもと》の事件に思いを巡らせ、ついには「真澄ちゃん。怖い顔してどうしたの?」と石黒《いしぐろ》にからかわれてしまった。

「眉間《みけん》に皺《しわ》寄ってるし。下顎《したあご》出てるし」

「嫌《いや》だ、そんな悪人面《あくにんづら》してました?」

志田《しだ》に連れ回されたせいだと気づいて、ショックを受けた。もともと、憧《あこが》れの人やつき合っている男の趣味に染まってしまう性質《たち》なのだが、たった一日ちょっとで好きでもないギンギラ坊主の影響を受けてしまったらしい。午後から出勤の亜子《あこ》に見られずに済んで良かった。

悪人面を指摘されたついでに、真澄は石黒に切り出した。

「ところで、ポストに入ってたっていう私の写真、見せてもらってもいいですか？」

「え、見るの？　あんまり気持ちのいいもんじゃないし、わざわざ見なくても……」

渋々といった様子で、石黒はアンティークの書類棚の一つから茶封筒を引き出すと、カウンターの上に写真を出した。

全部で十数枚。どれもズームで撮ったものだろう。

そのうちの一枚を手に取ってみる。真澄が北山通のパティスリーをのぞきこんでいるところだが、着ているノースリーブの水色のワンピースは、八月の初めに買って以来、先週の火曜に初めて着たものだ。ほかの写真も、服装や場所から推測するに、ここ十日あまりの間に撮ったもののようだ。

他人に指摘されるまでストーカーに気づかなかった自分の無防備を反省する一方、注意できるほどの理由がなかったのも確かだった。

本来なら、ストーカー行為はどこかに接点があって生まれる。だがあの小田切恒太《おだぎりこうた》というイベントディレクターはカフェの客でもないし、スーパーやコンビニで会ったこともない。真澄はブログもやっていないし、SNSの情報公開範囲も狭くしているから、ネットを通じてというわけでもなさそうだ。

そうなると、やはり〝生火鏡〟絡みかという気もするが、これまた身に覚えがない以上、見当もつかない。

「これ以外には何も入ってなかったんですか？　ほら、ドラマとかで犯人がよくやる、切り貼《ば》りした文字の手紙とか……」

「写真だけだったよ。何、やけに具体的じゃない。まさか、そういうの受け取ったの？」

「それは、その……」

石黒が鋭いのか、真澄の質問が単純だったのか、自宅のポストの方に入れられていた手紙のことを、思いがけず白状するはめになった。その流れで、昨日までに判《わか》ったあれこれも打ち明ける。

《カモ氏の鏡に関《かか》わるな》という文面。榎本が乾《いぬい》という老人から、〝生火鏡〟というカモ氏の鏡を取り上げたらしいこと。その鏡は犯罪に関わっているらしいこと。榎本と乾の接点となった総合コミュニティセンターで、現在『かもがも～れ』というイベントが行われていること。そこのイベントディレクターがストーカーであること――。

真澄が話し続けていくうち、スツールに腰かけて話を聞いていた石黒は、みるみる深刻な面持ちになって黙り込んでしまった。

これだから言いたくなかったのだ。真澄を預かっているという気持ちが強いからか、いつも必要以上に心配してくれる。ひょっとすると、真澄の家族によく思われていないことを、本人も薄々気づいているのかもしれない。石黒の店や住居に関する金銭の出所は、夫婦二人で納得済みの個人的な話であるにもかかわらず、知人の中には悪気なく余計なことを言う者もいる。

――いいねえ、全部お前の「こだわり」が詰まった店で。余裕あるんだ。

京都へ観光ついでに寄ったという石黒の友人が、カフェを見回して何気なく言った言葉の中に、真澄は自分の父親が石黒を揶揄《やゆ》する時と同じ臭《にお》いを嗅《か》ぎ取った。開店資金の大半は女房の実家の援助。住まいは女房の実家の持ち物。コーヒー豆、食材、道具や家具に到るまでの徹底的な「こだわり」ぶり――。

人様から後ろ指を指されることは何一つしていない石黒だが、「良いご身分」と斜め上から浴びせられる世間の目に、時折居心地の悪い思いをしているのは確かだろう。

だが、石黒はそんな素振りは微塵《みじん》も見せない飄々《ひょうひょう》とした物腰で、いつも真澄のことに気を配ってくれる。亜子の夫だからというだけでなく、実の兄以上に頼れる憧れの一人だ。

「それで真澄ちゃんは、そのストーカーとはどういう関係なの？　乾って人は？」

「どっちも全然知らない人なんですよ。まだはっきりしたことは分かってなくて。ストーカーは小田切恒太って名前が分かっただけだし、乾って人は顔に火傷《やけど》の痕《あと》があるってだけで……」

「ずいぶん特徴的な外見だな。何する人なんだろう」

「奈良の御所《ごせ》から京都に移って来たそうですけど、趣味で郷土史を研究してるとか。〝生火鏡〟も、もとは御所にあったものだって京都の骨董屋《こっとうや》さんに言われて購入したそうです。でも、コミュニティセンターの学芸員さんも出所が胡散臭《うさんくさ》いって……」

「……ねえそれ、一人でそこまで調べたの？　手紙もらったの一昨日《おととい》だよね。それとも、前もって榎本さんから何か聞いてたの？」

訝《いぶか》るような視線を受け、真澄は返事に困って口ごもった。先日、苦笑交じりに言った石黒の志田評を思い出したからだ。

――無駄にでかくて、知恵が回って、お喋《しゃべ》り上手で、あの派手な色使い。どう見たってカモじゃなくてコンゴウインコだよね！

不可抗力とはいえ、石黒が馬鹿にした相手と一緒にいたとはどうしても言い出せず、真澄はつい子供じみた嘘《うそ》をついてしまった。

「鏡のことは、榎本さんから少し……」

「おいおい、きっとそれだよ」

石黒は人差し指でお団子頭を掻《か》き、さらに眉《まゆ》をひそめた。

「その小田切ってストーカーは、真澄ちゃんが鏡を持ってるか、在処《ありか》を知ってると思ってるんじゃないの？　この写真も、榎本さんが亡くなってから撮られ始めたものじゃないかな」

五山送り火は十六日。真澄を写した写真は、少なくとも二十日以降。日にち的に考えたら、石黒の推測はあながち間違っていない気もする。

「でも私、榎本さんとつき合ってたわけでもないし……」

「小田切はそう思ってないかもしれないよ。実際、真澄ちゃんは榎本さんのことが好きだったでしょ。榎本さんもここに来て楽しそうだったし、何よりただの店員だと思ってる相手に鏡のことなんて打ち明けないよ。鈍感な僕でもお似合いだなあって微笑《ほほえ》ましく思ってたくらいだから、若い男が見たら深い仲だって勘違いするよ」

片想《かたおも》いを見抜かれていたのは恥ずかしかったが、いつになく真剣な石黒の邪魔をするのはためらわれて、真澄は黙って先を促《うなが》した。

「榎本さんは亡くなってしまったから、あとは〝恋人〟の真澄ちゃんに聞くしかない。でも、犯罪に関わるいわくつきの鏡だから、そう大っぴらにはできない。だから小田切は写真とか手紙を送ったり、後をつけ回したりして真澄ちゃんを脅してるんだよ、きっと。さんざん怖い思いをさせて、折を見て取り返そうって魂胆《こんたん》かもしれない。乾って老人と小田切がグルってことも考えられるし、お互いが先に手に入れようと張り合ってる可能性もあるね」

世俗離れした風貌《ふうぼう》の石黒が、鏡とストーカーと乾とを素早く関連づけた鮮やかさに、真澄は感心してしまった。十六日に榎本の会った相手が乾らしきこと、特定の通話履歴が消されていることは、石黒には話していない。それなのに、〝生火鏡〟を主眼にしてあちこち嗅ぎ回る志田よりも、ずっと早く結論を出してしまった。やはり普段から感性と人間性を磨いている人は違うのだ。

「――嫌やわぁ、お昼近いのに閑古鳥《かんこどり》鳴いてる」

石黒がなおも続けようとした時、両手に紙袋を提げた亜子が店に入ってきた。紺色のフレンチリネンのシャツは涼しげに、色白の亜子の清潔な魅力を引き立たせている。顔の作りや背格好は真澄とよく似ているのに、どこか物憂げな柔らかい表情は、歳月をかけてじっくり醸成された色気にほかならず、それが決定的な印象の違いを生んでいるのだった。

亜子には黙っていてほしいと真澄が目で訴えると、分かってると言う風に石黒が頷《うなず》いた。妻に隠し事をさせてしまうことに、一抹の罪悪感を感じる。

「二人とも難しい顔して何やの。私には内緒の話?」

ふう、と大きく息を吐きながら、亜子がカウンターテーブルに紙袋を置いた。小さい方は自家製コンフィチュールの追加らしいが、もう一つはかなり重量があるようだ。中をのぞいた石黒が、「あっゴメン、僕が運ぶつもりだったのに」とすかさず謝った。

「そう言うてサトシ君、毎回忘れるやないの。三階から一階に下ろすだけやのに」

真澄も興味本位で紙袋をのぞいたら、本がぎっしり入っていた。

「わあ、これ新しく買ったの?」

「そう。この前、糺《ただす》の森の古本まつりで」

エプロンを着けに奥へ行った亜子に代わって、続きは石黒が教えてくれた。

毎年八月の十一日から十六日まで、下鴨神社境内《けいだい》にある糺の森で、納涼古本まつりが開かれるのだと言う。南北に広がる原生林の緑陰のもとに、八十万冊の本が集結する一大野外古本市らしい。カフェの定休日である木曜、石黒は亜子と二人で買い付けに出かけたそうだ。

「いっぱいあって目移りするんだけど、結局はいつもと同じ『賀茂文文堂《ぶんぶんどう》』さんの本ばっかり。でもまあ、店舗で買うのと雰囲気違うしね。店主の木下《きのした》さんと、一時間も立ち話しちゃってさ。気づいたら昼近くなってて」

その後は、亜子が立ちくらみを起こして気分が悪くなり、早々に引き上げたらしい。しかし紙袋の中身を見るに、成果は十分だったようだ。

「いいなあ。来年は私も誘ってくださいよ」

「この間もそうしようと思ったんだけど、インテリアコーディネーターの一次試験、十月なんでしょ？　けっこう追い込みじゃないの」

今は演習問題や模擬試験で力をつけ、来月には総まとめに入る段階なのだが、一昨日から勉強が手につかない。榎本のこと、ストーカーのこと、鏡のこと、何より志田の存在そのものが、真澄の集中力をがちゃがちゃに引っかき回すからだ。

テーマ別に分けた本の一部を持って真澄が中二階に上がると、石黒が後を追ってきた。

「さっき聞きそびれたんだけど」と小声で付け足すように言う。

「真澄ちゃんは、本当に鏡の在処を知らないの？　普通なら会社とか自宅に置いておくのに、榎本さんがわざわざ隠したってことは、乾ってお爺《じい》さんが相当しつこかったからだと思うんだ。万が一そんな物を真澄ちゃんが持ってたりしたら、危ないじゃない」

「いいえ、それは本当に聞いてないんです……」

「また変なことがあったら、一人で勝手に調べたりしないで、ちゃんと言うんだよ。こんな僕でも、少しは役に立つはずだから。真澄ちゃんまで危ない目に遭《あ》ったら、榎本さんも気に病んで天国に行きづらくなると思うんだ。そういう人だったろ？」

ありがとうございます、と真澄は素直に頷いた。こんなことなら、石黒の方に真っ先に相談するべきだった。居心地の良いこの場所こそが現実で、昨日の不本意な奔走は、コンゴウインコが見せた極彩色の悪夢だったのだという気がしてくる。

いずれにせよ、いつまでも受け身のままではいられない。早く誤解を解くなり真相を見つけるなりしなければ、ますます厄介なことになりそうだ。

――これがほんまの〝弔《とむら》い合戦《がっせん》〟っちゅうもんやで。

やはり志田の言う通り、今回は能動的な供養こそが必要なのかもしれない。死者の秘密に踏み込むのは怖いことだし、他人が考えなしに首を突っ込むのはただの野次馬根性だが、死者に少しでも関わってしまった者にとっては、知らねば先へ進めない場合もある。じつに供養とはただの形式ではなく、生者が死者を送り出し、いつか死者に迎えられる日まで前を向いて生きるための、自分自身の心の浄化作業なのだろう。

榎本の好きだったブレンドコーヒーの香りが漂う店内で、匂《にお》いに刺激された記憶が心を締めつける。

思えば榎本が亡くなったのは、京都中がお精霊《しょらい》さんを炎によって空へ送り返す夜だった。ならば榎本の魂もまた、生者の手できちんと空に送ってあげなければならない。

カモや八咫烏《やたがらす》からの連想か、魂が鳥になって自由に大空を舞うイメージが、その時ふわりと真澄の脳裏に広がった。チベットやインドでは、鳥に遺体をついばませる葬送方法があるらしいが、自分が想像したのは本来の意味とは少し違った〝鳥葬〟なのだろう。神道や仏教の枠を越えた、もっと原始的《プリミティブ》な死生観の名残が、古代豪族の息づいていた土地でふと姿を現したのだった。

人間も歴史も事件もみな、表面や形式を見ているだけでは分からない――。

そんなことを感傷的に考えながら、中二階で壁面の本棚を整理していると、ふと『京都の古代豪族――平安京以前――』が目に留まった。

榎本が借りていき、法事で寺に置き忘れ、志田が返しに来たカモ氏関連の研究書。

何気なく書架から抜き出し、カモ氏の章を開いてみた。

目についた所を拾い読みしてみる。

次に、鴨脚《いちよう》家に伝わる『新撰姓氏録《しんせんしょうじろく》』逸文に見られる二系統のカモ氏——すなわち鴨県《かものあがた》主《ぬし》と賀茂朝臣《かものあそん》との関係を、『山城国風土記《やましろのくにふどき》』逸文から考察してみると……——

まったく意味が分からなかったが、何やら二つのカモ氏がいるような書き方だ。これはどういうわけだろうと真澄がわずかに首を傾《かし》げた時、ページの隅に目が吸い寄せられた。消せるボールペンで書いた文字を、消した跡《あと》がある。熱中すると他人の本にもうっかり書き込みをしてしまう榎本が、メモを取るために使っていたボールペンだ。

明るい場所に移動し、さらに目を凝らした。摩擦熱でインクを透明にする仕組みだから、紙質や筆圧によっては跡が残る。

○七五から始まる数字——京都市の市外局番から始まる、どこかの電話番号だった。

反射的に石黒たちのいる階下を見、また隠れるように体を元に戻した。波うつ心臓をなだめるように、胸に手を当てて深呼吸をする。まだ榎本が書いたと決まったわけでもないし、〝生火鏡〟と関係があるかどうかも分からない。今いたずらに騒ぎ立てるより、きちんと確かめてから石黒に打ち明けよう。

落ち着かないまま、真澄は昼を過ぎて増え始めた客の相手をし、ようやく四時前に休憩時間をもらうと、外の空気を吸いに出るという口実で店を出た。

どことなく疲れた感じの日差しを受けながら、北山通の有名レストランの駐車場まで小走りで歩く。夕飯までにはまだ少し間があり、車もあまり停《と》まっていない。人の姿がないことを確認してからスマホを取り出し、レシートの裏に急いでメモした電話番号を打ち込んだ。

大丈夫、間違い電話を装《よそお》えば問題ないはず――。

数秒迷った末、思いきって通話ボタンを押した。

緊張しているせいか、一つ一つのコール音が、やけに長く聞こえる。

一回、二回、三回、四回――。出ない。七回、八回、九回――。まだ出ない。

十五回まで待ち、真澄が諦《あきら》めて切ろうとした時だった。

ようやく繋《つな》がった電話の向こうで、高齢と思《おぼ》しき女が力なく応《こた》えた。

「――はい、小田切です」

カシラとガツ芯《しん》！　ホッピー「中《なか》」多め、お待ちどお！

背後で飛び交う焼きトン屋の喧噪《けんそう》に負けじと、志田が「はあ？　聞こえへんわ！」と腹式呼吸全開で怒鳴った。真澄はスマホを耳から離して顔をしかめながら、なぜ結局志田に相談したんだろうと早くも後悔してしまった。

仕事中にふと思いついたことがあったので、その夜自宅に戻るなり電話をかけたのだ。

「ですから、お坊さんの車にカーナビ付いてましたよね！」

閑静な女性専用マンションの一室で、志田に張り合ってつい大声を出した。きっと今、自分の顔も「悪人面」になっているのだと思うと、情けなくなる。

「カモ氏の本に、榎本さんが電話番号をメモしてたんです。京都市内の番号です。かけてみたら、お婆《ばあ》さんが出て小田切って名乗ったんです。絶対偶然じゃないでしょ。だから、カーナビの電話番号検索使ったら、ある程度場所が分かるかと思って」

志田の方に報告したのは、ただこのためだ。石黒は車を持っていない。

真澄はスマホを耳に押し当てた。「お坊さん？」と声をかけても、酔客のざわめきが聞こえるばかりで返事がない。やがて、

――町内の暑気払い懇親会やねん。お坊さんは、地域の顔や。秋の運動会にも出んで。聞いてもいない言い訳とともに、喧噪が少し遠ざかった。外に出たのか、今度は往来の音が微《かす》かに聞こえてくる。

――わしの方も、いろいろと収穫がある。あんたにはどのみち明日会うし、そん時言うたろ思ててんけど。

「え、嫌だ、またこっち来るんですか？」

――克也《かつや》さんがあの夜に土手から写した河合橋の写真。昨日、克也さんの親父《おやじ》さんにも

う一度見せてもろたら、バッチシ写ってたで。小田切クン。

クッションの脇《わき》に放《ほう》っておいたトートバッグを、思わずぎゅっとつかんでいた。中には石黒から渡してもらった一連の脅迫写真が入っている。

──十六日の夜、克也さんと小田切は同じ時刻の同じ場所にいたっちゅうこっちゃ。まだ確かなことは分からんけど、克也さんが以前から小田切と接触があったとしたら、死亡直前に会《お》うたのが小田切て可能性も出てくる。あんたiPhoneやろ。今からiMessageでくだんの写真送ったるから、確認してみ。

志田との通話をスピーカー機能で繋いだまま、ホームボタンを押す。メッセージアプリを開こうとした時、隣に新着メールの表示を見つけた。メールでやり取りする相手はほとんどいないため、何となく気になって先に開いてしまった。

知らないGメールアドレスのものが一通。

開いた途端、短い悲鳴が口をついて出た。

──何や、まだ送ってへんで。

志田の声をどこか遠くで聞きながら、白く浮き上がったディスプレイの文字を凝視する。

《警告。鏡のことと俺《おれ》のことを警察にしゃべったら殺す。よけいな真似《まね》したら殺す。ただの脅しだと思うな。すぐに証拠を見せてやる》

──おう、どないした。返事せえ。

真澄は泣きたい気持ちで視線を彷徨《さまよ》わせた。

小田切に、メールアドレスまで知られた。

自分に向けられた〃殺す〃という二文字が、予想以上の強烈な悪意とインパクトで胸を抉《えぐ》る。なぜこんな嫌がらせを受けるのかも分からず、不安だけが増殖《ぞうしょく》していく。

ふと、今度はローテーブルの上にあった郵便物の束が気になった。ポストから取り出してそのままにしていたのだが、ひょっとしてという思いが湧《わ》く。

ダイレクトメールを取りのけていくと、差出人のない茶封筒があった。カフェに届いた写真が入っていたのと、まったく同じサイズだ。

封を切り、四つに折りたたまれた紙を開く。今度は、汚い手書きの文字で一文。

《8月29日木曜夜7時、下がも神社の門（ただすの森のところ）に、百万持って一人で来い。今度は助っ人はなしだ。無視したらどうなるか分かってるよな》

「小田切からメールと手紙が届きました……」

――何やて？　また？

チン、という軽やかな音とともに、今度はメッセージアプリに志田からの写真が届いた。

亡くなる直前に榎本が撮った、河合橋の写真だ。大文字の送り火も消え、若干往来の少なくなった橋の部分を拡大してみれば、確かに小田切が写りこんでいる。

榎本は、小田切がいることに気づいて橋の写真を撮ったのだろうか？　もし榎本の死に小田切が関わっていたとしたら、小田切はなぜ自分の写真ではなく無関係な通話履歴を消したのだろうか？　それとも、榎本がその日の昼間にカフェで電話をしていた相手は、乾ではなく小田切の方だったのだろうか？

「お坊さん、どうしよう……」

――とりあえず、メールの文面と手紙の画像。両方こっちに送りや。

混乱をきたした真澄が、縋《すが》るようにメッセージを送って待つこと数分。返ってきた志田の開口一番は、「百万円寄こせて、小学生か！」というどうでもいいものだったが、次にはがらりとその口調が変わった。

――真澄ちゃん。こら両方変や。やばいで。

「やばいに決まってるじゃないですか。脅迫状なんですから」

――そういう意味やない。こらひょっとしたら……

その時だった。

玄関ドアの向こうで、ドン、と一つ大きな音がした。

突然の物音に、真澄の全身が強張《こわば》る。一呼吸置いた後、もう一つドン、と扉を蹴《け》る音がし、ドアノブががちゃがちゃと激しく動いた。「誰《だれ》か来た……」

突然のことに頭が真っ白になり、真澄はラグに尻《しり》もちをついたまま後ずさった。

「どうしよう、誰かが今、ドアの向こうにいるんです。うちのマンション、オートロックなのに」

——お隣さんがお裾《すそ》分《わ》け持ってきただけと違《ちゃ》うんかい。

「用があるならインターホン鳴らすじゃないですか……！」

——どこのどいつか確認してみ。ドアスコープはあるんやろ。

「そうだ、モニターホン……」

ノブの回る耳障りな音が響く中、壁につけたＴＶモニターの所まで、這《は》うように進んだ。玄関先の様子が確認できる［モニター］のボタンを押す。

四角いディスプレイに、玄関先が映し出された。突然点灯した夜間照明に驚いたか、黒いフードとマスクをつけた何者かが、さっと脇へどく。

「どうしよう、やっぱり小田切が来てる……！」

先ほどの脅迫メールの一文が、頭を過《よ》ぎる。《ただの脅しだと思うな。すぐに証拠を見せてやる》

真澄は口を手で押さえ、数十キロ離れた先の志田に必死で助けを求めた。

「お坊さん、どうしよう、怖い、どうしよう」

——落ち着け。モニターホンの通話ボタン押して、スマホの音量上げえ。

志田の意図を理解するのに数秒。はっと気づき、モニターホンの通話ボタンを押して、マイク部分に音量を上げたスマホを押しつけた。タイミング良く、志田の大声が響き渡る。

―どちらさん？　今開けますわ！

その瞬間、ノブの動きが止まり、すべての音が消えた。

志田の演技が、なおも猫なで声で続く。

―わしが出るから、ますみんは座っとき。ええてええて、今さら知らん仲でなし。お客さん待たす方が失礼やで。

耳を澄ませても、モニターをのぞいても、もう人の気配はない。

「行ったみたいですけど……」

さらに数分、真澄は放心状態で廊下にへたり込んだまま、じっと様子をうかがった。行き場を失った恐怖が喉元《のどもと》にわだかまり、心臓だけが激しく収縮を繰り返す。やがて志田の背後で、懇親会の席から消えた坊主を探しに来たおっちゃんたちの、どことなく場違いな笑い声が聞こえてきた。ここにおったわ芳信《ほうしん》さん、今夜は勝手に解脱《ゲダツ》させへんで～！

―ほんなら、また何かあったら電話せえ。二五九二《ジゴクに》－一〇五九《テンゴク》。どや、この番号覚えやすいやろ。明日は、九時にあんたんとこまで迎えに行ったるから、それまでの辛抱やで。戸締まりだけはしっかりな。それから、一昨日ポストに入ってたっちゅう手紙も、しっかり取っとき。ストーカー被害は、証拠が一定数集まらんと、なかなか警察に相手にされんて聞くしな。

ここで志田は一端言葉を切り、嚙《か》んで含めるように続けた。

——ええか、今夜はどんなに怖くても、絶対にそこ、、でじっとしとるんやで。分かったな。

いまだショックから立ち直れない真澄は、「はあ」と曖昧《あいまい》に頷いて通話を終え、のろのろと立ち上がった。もう一度鍵《かぎ》を確かめるべく玄関に向かい、念のためドアスコープをのぞいてから、最後に恐る恐るドアを開けてみた。

何か重たい。視線を下げると、外側のノブに百貨店の紙袋がぶら下がっている。

「嘘、やだ……」

また一気に血の気が引き、心臓の鼓動が早まった。紙袋を取り、急いでドアをロックしてから中をのぞいた。段ボール製の真っ黒な靴箱が収まっており、側面に切り貼り文字のメモがセロテープで貼り付けてある。《今度はお前の番だ》

何よ、何なのよ——。

箱を出し、膝《ひざ》の上に載せた。恐怖による吐き気で、胸がむかむかする。

思いきってふたを開けた。

首に縄の巻き付いた、鴉《からす》の死骸《しがい》。

箱の中身をそう認識した瞬間、真澄は今度こそ大声で叫んだ。

2

真澄がコンビニの駐車場に停まったクラウンに駆け寄ると、運転席から志田とは似ても似つかぬ地味な男が出てきた。

オレンジのTシャツとベージュのカーゴパンツが、痩《や》せた体に張りついている。垂れた前髪と悲しげな顔は年齢不詳の学生もどき、真澄とは共通の話題がまるでなさそうな、何とも冴《さ》えない素朴な風情《ふぜい》だった。

「あ、すみません。人違いでした」

さっさと謝り、志田を探して視線を巡らせた真澄に、男は喉に物が詰まったような声でもごもごと言ってくる。「志田さんやったら、すぐ来るんで……」

真澄が男に聞き返した時、スポーツドリンク片手に志田がコンビニから出てきた。金ぴかの懐中時計柄《がら》のシャツに、クロコダイルのベルトをつけた赤と緑のチェックのズボン。パープルのサングラス——。

昨夜助けてもらった礼を言う気が途端に失《う》せ、真澄は「おはようございます……」と及び腰の挨拶《あいさつ》をした。

「一晩じっとしとけ言うたやないか。なんで動いた」

「だって……」いきなり怒られ、真澄は口を尖《とが》らせて抗議した。

「本当に怖かったんですから。家に一人でいる方が、ずっと心細いじゃないですか。ちゃんとマスターが迎えに来てくれたんで、夜道も危なくなかったし」

昨夜、真澄は恐怖のあまり、亜子に助けを求めて夫妻の所に泊まらせてもらったのだ。

警察に相談したらどうかと二人は真剣に心配してくれたが、真澄はもう少し証拠を集めてみるつもりだった。《鏡のことと俺のことを警察にしゃべったら殺す》というメールの一文も、引っかかっているのだと思う。

かくして、早朝七時半に志田から迷惑電話がかかってきた時、真澄はまだ亜子のマンションでシナモントーストを食べており、その場で自宅の場所を教えるのもためらわれて、結局一昨日と同じコンビニで九時に待ち合わせることにしたのだった。

石黒と亜子は真澄の電話の相手が「新しい男」だと勝手に勘違いし、榎本を忘れるためにも、ストーカー撃退のためにも、その方がいいかもねと見当違いに応援してくれた。

志田は小さく肩をすくめ、今思い出したようにかたわらの男を真澄に紹介した。

「せや、これが件《くだん》の時任《ときとう》クン。昨夜の酒が抜けんわしに代わって、大阪からここまで運転を買って出てくれた奇特な友や」

ぺこりと男が頭を下げ、ぎこちない手つきで名刺をくれた。時任修二《しゅうじ》。一昨日『かもがも〜れ』の会場で、間《ま》の悪い時に電話をかけてきた、奈良のアマチュア研究者だ。

「〃生火鏡〃見せたるって志田さんが言うから、朝早く奈良から大阪まで行ったら……」

早い話が、ここまで騙《だま》されて運転してきたらしい。騙す志田もひどいが、たかだか古代鏡一枚に誘われて駆けつける時任に、真澄は改めて〃オタク〃の実体を垣間見《かいまみ》た気がした。

今回の騒動の一端には、乾《いぬい》という古代史オタクの老人が持ち込んだ鏡がある。真澄自身にはどこか非現実的に感じられる行動も、彼らにとっては理解の範疇《はんちゅう》に収まっているのかもしれない。

それからコンビニに車を置いたまま、三人で真澄のマンションに移動した。今日一日、〝探偵ごっこ〟につき合うと約束した手前、荷物を持っていく都合がある。

「ハイ、ちょっとお邪魔します」

志田はいかにも他人の家に上がり慣れた足取りで、図々《ずうずう》しく部屋の中に入ってきた。オーストリッチの白い革靴の中身が、まさかの足袋《たび》だったことに衝撃を受けた真澄をよそに、室内側のモニターホンを素早く探しあてる。

「これ、ちょっと見てんか」

「モニター」ボタンを押すと、女性専用マンションの外廊下に、一人置き去りにされて落ち着かない時任の、胸から上の部分が映った。

「こいつの身長は一七二や。ご覧の通り、この高さの人間がモニターホンの真っ正面に立った場合、ディスプレイの上辺ぎりぎりに頭のてっぺんが収まる。もしわしが立ったら、屈《かが》まんと頭の上が切れる。昨日あんたが見た奴《やつ》は、どんな感じやった？」

志田がなぜそんな質問をするのか分からないまま、真澄は昨夜の恐怖の記憶を辿《たど》った。

「頭は時任さんより下の位置にあった気がしますけど、すぐにどいちゃったから見たのは一瞬だけだったし……。え、でも、小田切でしょ……？」

志田は答えず、今度は真澄が部屋中から集めてきた脅迫状の〝現物〟に目を通し、最後に黒い靴箱の中身を開けた。

麻紐《あさひも》が首に巻かれた天然羽毛の偽カラスが、朝の光を受けて濡《ぬ》れ羽《ば》色に輝いている。初めて見た時は動転していたが、よく見れば本物そっくりに作られた迷惑鳥撃退用のダミーで、ネットでも簡単に手に入れることができるものだった。とはいえ、明るい所でも気味が悪いし、《今度はお前の番だ》という切り貼りのメッセージも禍々《まがまが》しい。

「ここまであんたが脅される理由は何やろな。それが依然として謎《なぞ》や」

「私と榎本さんとの仲を誤解した小田切が、鏡の情報を知りたくて尾《つ》けまわしてる可能性もありますよね？」

石黒の考えを披露した真澄だったが、「そら無理やで」と簡単に否定されてしまった。

「あんたと克也さんが顔合わせてたんは、カフェの中だけやろ。一方の小田切は客やない。二人の仲を勘違いする機会は、小田切にはあれへんやないか」

確かに、十六日の夜にイタリアンで待ち合わせするまで、真澄が榎本とカフェ以外で会う機会はなかった。石黒の推測があっさり崩れ去り、再び元の木阿弥《もくあみ》に戻ってしまう。

「まあ、克也さんと小田切の繋がりを確かめれば、何か分かるかもしれんしな。車戻って、電話番号の場所、探してみよ」

外廊下では、間の悪い時任が「ここ、男性立ち入り禁止ですけど！」と隣室の女の子に怒られており、志田はそれを他人事《ひとごと》のようにまじまじと眺めてから、しきりに首を傾《かし》げてマンションを出て行く。そう言えば、昨夜メールと手紙を見た志田は、「こら両方変や。やばいで」と途中まで言いかけていたが、何のことだったのだろう。

「あの……鏡はいつ見せてくれるん」

コンビニに戻り、再び運転席に座らされた時任の横で、志田がカーナビに電話番号を打ち込んでいく。ほどなくして、現在位置からのルートが表示された。

「中京や。三条辺りやったら、山背《やましろ》新聞社の目と鼻の先やないか」

「その場所に鏡があるん？」

志田の問答無用の「出発進行《デッパツ》！」とともに、クラウンは一昨日と同じルートをあたふたと走り出し、まずは下鴨本通《しもがもほん》から北大路《きたおおじ》通をめざして南下していく。

「クソ暑いわ」痛いほどの日差しが助手席側に差し込み、スポーツドリンクを飲み干して悪態をついた志田が、真澄についての豆知識を時任に話し始めた。

「この人、伯母さんが中京にいてるんやって。母方が京都らしいで」

へえ、と言いながら、今度は時任が真澄に直接話しかけてきた。

「せやったら、昔からよく京都に来てたんですか」

「幼稚園の頃《ころ》は、一年に一度か二度。伯母夫婦が中京に移る前は、祖母が一緒に住んでたんで。よく覚えてないけど、その時の家は町中《まちなか》じゃなくて山の近くでした。新幹線の後、

「オレンジ色の電車に乗って……」

途端《とたん》に志田が大げさにズッコケ、時任もまた運転席で落ち着かなく体を動かした。

「……それ、ひょっとして近鉄特急と違《ちゃ》います？」

「え？」目を瞬《しばた》いた真澄に、志田がうんざり顔で言った。

「真澄ちゃん。確かにわしも埼玉と千葉の区別はつかんけど、さすがに祖母《ばあ》ちゃん家《ち》が奈良か京都かくらいは分かるやろ」

「え？　奈良？」今度は真澄が聞き返す番だった。

「オレンジと紺のツートンカラーの電車やろ。そら全席指定の近鉄特急や。京都の丹波橋《たんばばし》過ぎたら、あとは奈良の大和西大寺《やまとさいだいじ》まで停まれへん」

当時真澄は、幼稚園児。「新幹線でキョートまで行って、特別にオレンジの電車乗るよ！」と説明されたから、祖母が住んでいたのは「キョート」だと思っていた。大体、母方は京都の人間だし、亜子の両親も今は京都市内に住んでいるのだから、長じてからも疑問さえ持たなかった。

「でも私、中学の修学旅行まで大仏様も鹿《しか》も見たことないですよ」

「大和西大寺は、鉄道マニア垂涎《すいぜん》の平面交差ハブ駅や。大仏と鹿ちゃんの待つ近鉄奈良駅方面以外にも、別の方向へ線が出とる。京都からやったら、大方橿原《かしはら》線やろ。そんだけガッツリ奈良盆地に踏み込んどいて、何が京都やねん」

アホな女や、とはっきり言われて真澄がムッとしているうちに、クラウンは賀茂川を越えた。そこから交差点を左折し、カーナビの指示に従って烏丸通《からすま》に入って行く。

どこまでもまっすぐな道。碁盤の目になった町は、計画的に造られた平安京の名残であり、それがいまだに機能していることこそ、京都が永遠の京《みやこ》だという証《あかし》なのだろう。

だが、この京よりもずっと昔から、糺の森の凛然《りんぜん》とした木立のもとに、時の朝廷から一目置かれた謎の古代豪族カモ氏が存在したのだ。カモ氏の神社は伊勢神宮に並ぶ大社として別格の扱いを受け、その祭は国家の祭儀にまでなってしまった。

ただの〝先導役〟に留《とど》まらない、カモ氏とは一体何者なのだろう――？

「そういえば、〝生火鏡〟が奈良の御所《ごせ》のものだと、どうして面白いんです？」

後部座席から真澄が尋ねると、時任がすかさず嬉《うれ》しそうに答えた。

「カモ氏のルーツに関わるからです。御所は、奈良のカモ氏の本拠地やから」

言葉を継いだ志田が、これまた得意げに二本指を突き出してくる。

「カモ氏て一口に言うてもな、二系統あんねん。京都のカモ氏と奈良のカモ氏。二つは別もんて考える説と、同じて考える説がある。せやから、〝生火鏡〟が御所のもんで、なおかつ京都カモ氏と関わりのありそうな〝失火鏡〟と対になっとるて判明すれば――」

「もとは同族かもしれんて説が有力になるわけです」

先を争うようにポンポン言葉を投げつけられ、真澄は面食らう。

「同じ名前なら、普通は一緒の氏族じゃないんですか？　別の氏族だという説は、何を根拠にそう言ってるんです？」

「京都と奈良のカモ氏がそれぞれ祀《まつ》ってる神さんの、所属が違《ちゃ》うねん」

「はあ……？」神様に所属先があるとは知らなかった。

「日本神話の神さんは、大ざっぱに天神《あまつかみ》系と国神《くにつかみ》系に分かれとる。ビッグネームで言えば、伊勢神宮の天照大神《あまてらすおおみかみ》は天神系、出雲大社《いずもたいしゃ》の大国主命《おおくにぬしのみこと》は国神系。こら常識中の常識やな」

二十八年日本人をやってきたが、そんなことは初めて聞いた。

「で、京都のカモ氏――正式名・鴨県主が祀っとる八咫烏は、天神のミッションで天皇を助けに行ったわけやから、天神系っちゅうことになる。一方、奈良のカモ氏・賀茂朝臣は、自分らが国神系の神さんの子孫やて言うとる」

これらのことはみな、鴨脚《いちょう》家という下鴨神社の社家に伝わる、『新撰姓氏録』逸文に書いてあるそうだ。言われてみれば、昨日見た『京都の古代豪族』にも書いてあった。

「一族が掲げる神様は、その一族のアイデンティティやから、そうコロコロは変えられません。ましてや、天神系から国神系への変更は、ひいきの球団を阪神から巨人に変えるようなもんです。だから、祀る神の違う二氏族は、別系統て説が成り立つんです」

「じゃあ、二系統のカモ氏が同じって考える人は、どうして？」

「別の文献――『山城国風土記』逸文という史料に、京都のカモ氏の祖先の神様がもとは奈良から北上して今の土地に定住したと書いてあるからです。これが百パーセント信じられる文面やったら何も問題はないけど、いろいろ検証せなならん箇所がいっぱいあるんで決め手に欠けます」

「一昨日、カモ氏の御祭神は〝賀茂大神《かものおおかみ》〟だったって志田さんが教えてくれましたけど、その神様も天神系ですか？」

「謎やから謎やねん」

「ちなみにお二人は、どっちの説？」

「僕は、〝奈良・京都同族派〟です」

勢いよく手を上げた時任の横で、「せやろ、わしもや」と膝を打って志田が同調した。まったく似ていない二人の顔は、いつしかまったく同じ表情になっており、大の男が子供のように夢中になる様子に、真澄は単純な羨望《せんぼう》を覚えた。それと同時に、榎本もこんな風にのめり込む癖があったことを思い出し、その行き過ぎた正義感と好奇心の果てに身を滅ぼしたのだとしたら、何ともやりきれないなと考えた。

「──克也さんも御所に行ってん」

ふいに話題が変わり、真澄は心を見透かされた気がしてぎょっとした。

「……今、何て？」

「八月十日。克也さんは奈良の御所に行った。翌十一日は、上賀茂神社で友人の結婚式に参列。十二日がわしんとこで法事。古代の地やら神社やら寺やら、毎日節操なくてかなわんて、克也さん本人が法事の日に親父さんに言うたそうや」

一昨日の『お悩み相談日』にやって来た榎本の父親は、志田に改めて何を話したのだろう。四十九日まで法要はないはずだが、それでも副住職を訪ねて寺の門戸を叩《たた》いたからには、何かしら息子の死に思い悩むことがあったに違いない。

志田に何度も息子のスマホを見せてくれるのも、問われるまま何気ない親子の会話を聞かせてくれるのも、息子の突然の死にいまだ心が納得していないからだろう。あの夜何があったのか、なぜ写真を撮っていたのか、最期は痛くなかっただろうかと、逆縁の渦の中で延々と息子の死について考え続けているのかもしれない。

だとすれば、志田は自分が榎本の葬儀を担当したその時から、死者に関わるすべての〝迷い〟を引き受けたのだ。カモ氏の鏡、真澄のストーカー事件、永遠に答が出せない遺族の問いかけ、死者に付随する謎が引き起こす、そのすべての生者の〝迷い〟を。

「御所まで行ったいうことは、そこに何かあるっちゅう確信があったんやろ。やっぱり行動が早過ぎると思わんか？　鏡受け取って、それが変やて気づいて、通常の記者の仕事もこなして、連休には奈良行って冠婚葬祭つき合《お》うて、週明けにはもう鏡を安全な場所に隠してたんやで？　いくらできる男でも、手際よすぎや」

「その、鏡を隠したって話ですけど、本当なんでしょうか？　家とか新聞社に置いてあるだけじゃ……」

答の代わりに、目の前に鍵がぶら下げられた。プラスチックのタグがついた、どう見てもコインロッカーのものらしき鍵だった。

「親父さんが確認した。家にも会社にも鏡はあれへん。財布の中には、これがあった。クサいやろ。克也さんは、どっかのロッカーに鏡を入れたんや。ただ問題は」

志田は鍵をチャラチャラ鳴らして続けた。

「どこのロッカーにせよ、安全な隠し場所とは言い難《がた》い。ロッカーに荷物を入れて一定期間が過ぎると、中開けて回収されてまうからな。しかも、万が一乾に隠すところを見られた場合、取り返される虞《おそれ》がある。そもそも執拗《しつよう》な乾から鏡を遠ざける目的で手間かけたのに、そんな危ない真似せえへんやろ」

「それじゃあやっぱり、ロッカーじゃないってことですか?」

「いや、安全なロッカーがあるのかも分からんで」

一大観光都市の京都には、星の数ほどロッカーがあるものの、その中で回収もされず、尾行してくる人間にも目撃されない安全な場所などあるだろうか――?

「あの、つまり僕は鏡が見れへんてこと?」

呟《つぶや》く時任のハンドルさばきで、クラウンはカーナビに従って一方通行の通りを抜けていく。丸太町以南の歴史的地区には、ビルや寺社や煉瓦《れんが》造りの建物の間に、古くからの町家や町家風の店舗が密集しており、幅の狭い道に踏み込めば、長い時間の重さに耐え抜いた家々の軋《きし》み音さえ聞こえてきそうな気がする。

カーナビは目的地周辺で案内を終了してしまい、時任が四苦八苦して車をコインパーキングに入れている間、志田は常套《じょうとう》手段となった〝情報収集〟のため、目についた地元のお香屋『妙薫堂《みょうくんどう》』に入って行った。

格子状の引き戸を開けると、クーラーの涼気とともに、奥ゆかしい香りに包まれた。真澄はアロマが好きだが、京都は上品に香る和の匂いこそよく似合う。伝統的な街並みの中、ふとさりげなく漂ってくるお香に、千年の古都が育《はぐく》んできた美意識を感じる。

レジの横で山背新聞を読んでいた店主の老人が、年季の入った四角い眼鏡をわずかに持ち上げて、「おいでやす」と観光客相手らしいおざなりな挨拶をした。

志田はさほど広くない店内にぐるっと視線を走らせ、渦巻きやコーン型のお香、香木、匂い袋、香炉などには目もくれず、進物用の高級線香を選んでレジに戻って来た。

「のしは不要です」

店主は再び眼鏡を持ち上げて、客を上から下まで一瞥《いちべつ》すると、最後にクンと小さく鼻を鳴らし、「坊《ぼん》さんが来るんは珍しいな」と呟いた。なんと、この悪趣味な風体《ふうてい》から見事職業を言い当てた店主に、真澄は内心脱帽する。

「小田切さん家《ち》、どこでしたっけ？　十何年も前に来ただけなんで、記憶あやふやで分からんようになってもうて」

「そこの駐車場の隣。店の方はもうないし、仕方ないわ」

「え、ない？　道理で。この辺見回ってもそれらしき店ないから、定休日で閉まっとるだけや思てたのに。なんでまた、なくなってもうたんです？」

相手が漏らすわずかな情報を次の会話のとっかかりに、志田はぐいぐい切り込んでいく。

一方で店主は、電卓を叩いて淡々と答えた。

「七年前の火事でな。放火て聞いた。店の方は木造やったから、あっちゅう間に燃えよった。家の方はモルタル壁やったから、何とか消火に間に合《お》うたけど」

燃えた跡地を駐車場にしたと言う。老朽化が進んでいた建物だっただけに、大家は内心好都合だったかもしれない、と店主は下世話な憶測を付け加えた。志田は目を剝《む》き、

「こないにせせっこましいとこで火事やなんて、考えただけでゾッとしますわ。失礼やけど、火事で誰か亡くなりはったとか……」

「幸い、三人とも無事やった。でも、売りもんの古美術は全滅や。旦那《だんな》さんはもともと気むずかしい人やったけど、火事以来世間体ひどく気にして、ほとんど近所づきあいしはらへんようになってもうた。ま、火事の翌年に脳梗塞《のうこうそく》で亡くならはったけどな」

真澄は膝が震えるのを感じた。乾が例の鏡を手に入れた「今はもう無い京都の骨董屋」とは、この小田切の古美術店のことだったに違いない。そうなると、乾の顔の火傷痕も、

七年前の火事とやらに関係があるのだろうか。

「ご店主が亡くなりはったんやったら、今は二人暮らしやね」

「孫はもう家出た。残ったはるんは奥さんだけや」

店主の言い方からすると、小田切恒太は祖父母と暮らしていたようだ。七年前に火事に遭い、その一年後に祖父が死に、今は家を出てイベントディレクターをしている——。

「その放火犯、捕まったんですか」

「さあ。捕まらんやろ」

店主は何やら含みのある言い方をし、「坊さんは、さすがに気遣い上手で感心するわ」と会計を済ませた線香を志田に手渡して、話を打ち切った。志田は得意の合掌とともに踵《きびす》を返したが、その足をふと止めたかと思うと、「ああ、そうやったんか……」と何事か納得したように呟いて、またくるりと店主に向き直った。

「もう一つだけ。——その放火事件、山背新聞に載りました？」

店主はぼんやりと手元の新聞に目を落とし、「うん、確か読んだ記憶あるなあ」と独り言のように答えた。

日差しの中に出た途端、むっとするアスファルトの熱とともに、蟬時雨《せみしぐれ》にも似た志田の早口が真澄の頭上に降ってきた。

「乾老人から鏡をふんだくった克也さんが、なんで一週間も経《た》たんうちにその鏡がいわくつきて分かったんか。——克也さんは、それ以前にすでに何かを知っとったんや。そう考えたら、短期間で鏡の謎に行き着いても不自然やない」

「どういうことです？」

「後輩記者の内山《うちやま》さんが言うてたやろ。克也さんは二年前に文化部に来る前は、六年間社会部にいてた。ひょっとして、ここで起こった七年前の火事を記事にしたんと違うか」

今ひとつ状況が理解できない真澄に、志田はもどかしげに説明を続ける。

「乾は克也さんに鏡を渡す時、出所を聞かれて小田切の古美術店の名前を言うたんやないか？　ほんで克也さんは、それが七年前に取材した店やて気づいた。……そっから先、何を知ったんかはまだ分からん。とにかく何やかや店の電話番号を見直して、急いで手元にあった本にメモしたっちゅうわけや。知らんけど」

「あの……」ためらいがちな呼びかけに振り向いた真澄は、そこで初めて時任の存在を思い出した。電柱の脇にたたずみ、眉《まゆ》をハの字にして困った顔をしている。

「僕もアホやない。さっきから聞いてたら、志田さんまた変なことに首突っ込んでるみたいやんか。鏡がないならないて、はっきり言うてくれたらええのに」

「言うたらお前、ここまで来《け》えへんやろが」

間髪《かんはつ》入れずに巻き舌で言い返したかと思うと、志田は今度は親しげに時任の肩を抱いた。

「ほんでも、鏡はちゃあんと存在しとる。そこでお願いがあんねん。今から北山の総合コミュニティセンター行って、調べ物してほしい。山背新聞の過去記事検索。七年前の古美術店の火事や。な、この子鹿《バンビ》ちゃん似の別嬪《べっぴん》さん助けると思て、頼むわ」

「志田さん一人で鹿せんべいあげたらええやんか……」

「残念ながらわしにはなつけへんねん。ひどい顔して歯ぁ剝《む》きよる。キミは使える男や。引き受けてくれたら、土子雄馬《ツチノコUMA》との共同企画パート2のテーマ、お前の好きにさしたる」

何かと思えば、古代史雑誌に二人で載せるトンデモ記事の話らしい。志田に借りがあるのか、弱味を握られているのか、反論するのが面倒なのか、時任は結局しぶしぶ承知して、「車、置いてってな!」の声を背に浴びつつ、烏丸御池《からすまおいけ》の駅めざして歩き去っていく。

心配せんでも、ああ見えてアウトドアな男やねん、と志田が顎をしゃくって言った。まだドローンが一般的でなかった頃、古代史関連の地形を様々な角度から見たいがためだけに、パラグライダーやモーターボートにまで手を出したとのこと。

「世の中持ちつ持たれつ。インドア派のわしは、お宅訪問と行こか」

線香の入ったビニール袋をぶら下げ、大股で駐車場を横切った志田は、今なおモルタル壁に焦げ跡の残る小田切家を仁王立ちで見上げた。

3

周囲に建つマンションが風の通りを遮《さえぎ》っているのか、総二階の古い家屋には、室内を現代風にリフォームしてなお拭《ぬぐ》えない、黴臭《かびくさ》い湿気が籠《こ》もっていた。

一階部分の間取りを推測するに、恐らくは町家独特の〝通り庭〟と呼ばれる細長い土間を床上げしてキッチンスペースとし、居間と一続きに改装してあるのだろう。

インターホンを押すこと数度。壊れた植木鉢や骨の折れた傘、土埃《つちぼこり》で汚れた下駄箱に占められたコンクリート床の玄関に二人を招き入れたのは、くたびれた小花柄のシャツと灰色のズボンを着た、年の頃七十前後の痩せた女性だった。

実年齢はもう少し若いのかもしれない。放火の被害に遭《あ》った過去を聞いた上での印象もあるだろうが、表情の乏《とぼ》しさが老女の顔をひどく陰気に老け込ませている。その微動だにしない暗さは、小田切恒太の能面じみた精気のなさに通じるものがあり、あの若者が確かに一定期間ここで生活していたのだと、真澄の心に妙な実感を湧かせたのだった。

昭和の家を思い起こさせる、玄関脇の電話台。その中に押し込まれた、表紙の破れたぶ厚い電話帳。周囲にびっしりと貼られた、出前のちらしや医院の連絡先。階段に積まれた古新聞。壁の月間カレンダーも六月で止まったまま、季節はもう夏を終えようとしている。

志田の格好を見た老女は、ほつれた白髪を耳にかけなおして言った。

「うちは借家です。話なら、そこの『妙薫堂』さんにお願いします」

「地上げの話違《ちゃ》います」

志田はにこやかに名刺を差し出しながら、「何やあの狸親父《たぬきおやじ》、自分が大家やったんかい」と小声で悪態をついた。光願寺住職、と肩書きの入った名刺に目を落とし、小田切の祖母は眉間《みけん》に微かな困惑を滲《にじ》ませて、「お寺さんが、何のご用でしょう……」と言った。

「いや、見ての通り、今日はプライベートです。じつは先日、父が亡くなりまして」

可哀想《かわいそう》に、本物の住職さんは死んだことにされてしまった。リビングに通じる扉の向こうで冷房がうなる中、話が読めない真澄も小田切の祖母も、ただギンギラのでかい図体《ずうたい》を無言で見つめる。

「坊主の道楽っちゅうんですか、生前小田切さんの店でよう買わしてもろたみたいで。本人以外価値分からんもんがドッサリですわ。この嫁は、自宅くらい北欧風にしたい言うて聞かんし、かと言うて親父の蒐集《しゅうしゅう》したもん捨てるわけにもいかんし、小田切さんとこに買い戻していただけたらて思て伺《うかご》うたんやけど……」

改めて真澄を見た老女の眉間の皺が、ぎゅっと深くなった。そこに嫌悪の情さえ込められている気がして、真澄は居心地悪く目をそらせてしまった。承知で寺に嫁いできたくせに、何が〝北欧風〟だとでも思っているのかもしれない。

「もう店は閉めてます。主人も六年前に亡くなりました」

「来てみたら店あれへんかったもんで、そこの『妙薫堂』さんに聞きましてん」

志田はビニール袋からすかさず高級線香を差し出した。

「ほんでこれ、ご仏壇に置いていただけたらて思いまして。ついでに経でも読ましていただければ、死んだ親父の顔も立ちます」

「いえ、おかまいなく、うちは……」

「そう言わんとご供養さして下さい。宗派は違うかも分からんけど、仏さんを敬う心は一緒やし、せめて手ぇ合わせるだけでも……」

亡き人に対して線香の一本でもあげたいという申し出は、家人としても断り切れない社交の一つ。ましてや本職が経を読むから上がりたいのだと言えば、たとえそれが見ず知らずの坊主であっても、嫌だと言える大人はそうそういない。

志田の魂胆としては、悪徳セールスよろしく理由をつけて何とか家の中に上がり込み、長話に持ち込んで情報を搾《しぼ》り取ろうということだろう。

「せっかくですけど……」

だが予想に反して、小田切の祖母はフローリングの玄関框《かまち》に立ったまま、まともに目も合わせず訪問者の申し出を頑《かたく》なに拒《こば》んだ。

「お気持ちだけありがたくいただきます。うちには仏壇もお位牌《いはい》もないし、お線香いただいても使えへんし……」

「そらどういう……」

「うちのは祖霊舎《それいしゃ》ですから」

「あっ、そらあかん」

志田が自分の額を叩いた。ソレイシャとは何ぞやという真澄の視線を受け、いかにも恨めしげな説明が返る。

「要は、神道の仏壇みたいなもんや。仏教のお位牌に似た〝霊璽《れいじ》〟っちゅう依《よ》り代《しろ》を収めて祀《まつ》って、祖先霊や故人に家を守ってもらう。形とか細工なんかは、神棚と同じやろか。大きさはいろいろあるけど――」

そこで一歩玄関脇の電話台に近づき、睨《にら》むように顔を寄せて、

「これが目算で七、八十センチとして……、せやなあ、大型の祖霊舎やったら、この電話台二つ分くらいの高さになるやろか」

家人を前に余計な解説まで付け加えた。

「まあとにかく、神式やったら坊主の出る幕あれへんわ」

なるほど、それなら手も足も出ない。志田から「僧侶《そうりょ》」を取ったら、ただの迷惑男だ。

案の定、次の一手を安易な「トイレを借りる」にしようとモジモジし始めた志田に代わり、真澄はここら辺が不審者に思われない潮時だと判断して、みずから辞去のきっかけを作ることにした。

「存じ上げなかったとはいえ、不調法な真似をしてしまって失礼いたしました」

真澄としては、丁寧に心をこめて辞儀をしたつもりだった。だがその言葉に、老女の無表情がまた崩れ、両方の眉根がぎゅっと中央に寄った。いわゆる般若《はんにゃ》の皺が、深く額に刻

み込まれている。本来はきつい性分なのかもしれないな、と真澄が思った時、

「……あんた、昨日うちに電話かけて来やはったでしょう」

間違い電話を装ってかけたことを言い当てられ、思わず口に手をやってしまった。どうやら声と口調でばれたらしい。暗に認めた真澄の姿を目の端にとらえて、小田切の祖母はにこりともせず独り言のように続けた。

「主人が以前、広告に店と自宅の両方の電話番号載せといたもんやから、いまだに方々《ほうぼう》からかかってくるんです。お得意様には、主人が亡くなった時にきちんとハガキ出したんやけど、お商売のしがらみは、どこまで枝葉が伸びるか分かりませんからね」

顧客の息子夫婦だと言いながら、店主の死を知らなかったこと。前日に電話をしておきながら、そんなことはおくびにも出さなかったこと。小田切の店とはほとんど交流がないくせに、図々しく家まで押しかけてきたこと。それらに対する漠然とした反感と皮肉が、真綿に針を包んだような物言いにこめられている。

場合によっては、榎本も七年ぶりに電話をかけたのかもしれず、そうした出来事が重なって老女の不信感を煽《あお》ったのかもしれない。すっかり縮こまってしまった真澄に、志田が横から口を出してきた。

「親父は最期の方はすっかりボケてましたんで、ご店主のことも忘れてたのかも分かりません。ちなみに、親父はもともとは乾さんからの紹介です。ホラ、頰《ほ》っぺたに火傷の痕が

ある……」

「誰ですて……?」

「奥さんはご存じないやろか。御所《ごせ》の郷土史調べてはった乾さん。何年か前に、小田切さんとこで〝生火鏡〟て銘の入った古代鏡買いはった……」

と、皺だらけの下瞼《したまぶた》が、二、三度痙攣《けいれん》した。

もっとまずいことを言ったのだ、と真澄は直感的に思った。何かのスイッチが入る瞬間というのは、誰にでもある。老女の眉根にぼんやりと漂っていただけの嫌悪は、今やはっきりとした悪意に変わり、薄い喉の肉が上下した直後、血色の悪い唇から「嘘や!」としゃがれた叫び声が飛び出した。

「出まかせも大概にしよし。乾さんが、あの鏡持ってるはずあらへんやないの! 大体、なんでみんなして今さら鏡のことほじくり返すん。あの鏡は——」

言葉に詰まってむせ返り、絹を裂いたような甲高い呼吸音が苦しげに響いた。「大丈夫ですか」と伸ばした志田の手を振り払い、痩せ細った身体《からだ》を翻《ひるがえ》してリビングに駆け込んでいく。

再び現れたその手には小さな壺《つぼ》が握られており、次の瞬間、真澄の顔面に真っ白い粒がばさっと投げつけられた。視覚より先に、舌が「塩だ」と判断を下した途端、あまりの衝撃に心臓が縮んで、すべての思考が停止した。

「あんたみたいな面相が一番厭《いや》やわ。出てけ、去《い》ねっ！」

烈《はげ》しい言葉が容赦なく真澄を射貫《いぬ》く。再び腕を振り上げた老女の姿が、線香臭い悪趣味な柄《がら》シャツに遮られて見えなくなった後、引き戸を開ける音とともにぐいっと腕が引かれ、眩《まぶ》しい光と夏の熱を肌に感じて、ようやく外に連れ出されたのだと分かった。

コインパーキングの看板の明るい黄色。細い通りを走り去っていくスクーターの軽快なエンジン音。近くにあるパンケーキ専門店を探す、観光客の女の子たちの楽しげなおしゃべり――。扉一枚隔てた日常の世界に戻って来てなお、圧倒的な憎しみに絡め取られた体は不快に浮わついて、いっこうに動揺が収まらない。

「あの人、尋常やないわ。あんたもどえらい災難やったな。口入ったらしょっぱいし、ペッペッしとき」

前髪、鼻先、口元。身を屈《かが》めた志田に手ぬぐいで順に叩《はた》かれるまま、これほど理不尽なことはない、と真澄は思った。態度や言い方が気に食わないと言われれば、納得のしようもある。だが、顔が気に入らないというだけで、こんな仕打ちはあんまりだ。

目が痛み、悔しさとともに塩辛《しおから》い水があとからあとから頬《ほお》を伝う。

「ひどい……」

「あんまり泣きなや」

「塩投げられるほど図々しくしたのは私じゃないのに」

「わしかい」

志田が手ぬぐいを引っ込めた時、『妙薫堂』の格子戸が開いて、はんなりした和服姿の女性客が、風呂敷《ふろしき》を抱いて出て行った。

「おっちゃん、あっこの家が神式て知ってて黙ってたやろ。高級線香買い損や！」

客のいなくなったお香屋の店内で、クレーマーよろしく志田が店主に嚙みついた。

「そら悪いことしたなあ。小田切さんの知り合いみたいやから、てっきり知ったはると思ててん。坊《ぼん》さんは他宗教の人にも寛容やなあて、気遣いに感心してたとこやわ」

山背《やましろ》新聞のクロスワードパズルを解きながら、しゃあしゃあと答えた店主に、志田が

「腹立つわあ」と冗談とも本気ともつかない悪態をつき、真澄を顎でしゃくって言った。

「この人なんかな、顔が嫌い言われて、塩投げられたんやで」

さすがに驚いたらしく、店主が四角い眼鏡を持ち上げて真澄を見上げた。「この美人さんが？」

適当なお香屋の店主にまで同情され、出来事を脳内でなぞり返すことになった真澄は、まだ生々しい傷に塩をすり込まれた気分になって、また泣きたくなった。憎悪に染まった般若の形相。たぶん、しばらく引きずることになるだろう。

店主は顔の前で手を振り、諦《あきら》めたような口調で言った。

「気にすることあらへん。あの夫婦は、血ぃ分けた肉親にもひどい仕打ちをしてきたもんや。時々、旦那さんが孫罵《ののし》る声が、路上まで響いて来てな。それも大したことない理由やで。目つきが気に食わないだの、はっきり喋らんだの……。いくらウマが合わへん言うても、相手は小さい子供やで。可哀想にな」

こめかみの青筋を引っ込めた志田が、へェと興味を示して言った。

「確か、恒太くんやったね。小《ち》っさい頃、あっこの店先で一度だけ会いましたわ」

「祖父母があんな風やから、孫もろくでもない子に育ってもうてな。同じ悪さしても、やりようが陰湿や。小鳥の死骸、よそん家《ち》のプランターに首だけ出して埋めたり。気に食わんクラスメートの机に、ぎょうさん釘《くぎ》打って『死ね』て文字にしたり。近所の母親たちが気味悪がって、一時は大変やった」

小田切恒太の偏執的な性根は、やはりあの家の中で培《つちか》われたものだったのかと真澄は思い、ふと心に浮かんだのと同じ疑問を、志田がぽつりと尋ねた。

「せやったら、古美術店に火ぃつけたんも恒太くんと違《ちゃ》いますか」

「滅多なこと言うもんやない。あの火事があった時は、確か中学上がったばっかしや」

「中坊やったら、もうたいていのことはできます」

何も答えずクロスワードを再開させた店主の態度が、志田の言葉の正しさを示していた。

先ほど、放火犯は捕まらないだろうと店主が意味ありげに言ったのは、このことだったのだろう。反《そ》りが合わない孫でも、身内から火を出したとなれば祖父自身の体面に関わる。出火元や出火原因が分からないので何とも言えないが、案外近所の者は孫の仕業と考えているのかもしれない。

七年前に中学一年ということは、今は二十歳《はたち》かそこらだ。高校は出たのかと尋ねる志田に、店主は首をすくめて「出たと言えば出たなあ」と答えた。祖父の死後、祖母は孫を無理やり市内の高校へ進学させた。退学処分になるほどの派手な問題行動はなく、ひとまず卒業したとのこと。家を出たのは、イベント運営会社に就職してからのことらしい。

「へえ、意外と真面目《まじめ》やな」

「表面上はな。裏では何やってるか分からん子ぉやった。そもそも、あの人らがここに越してきて二十年近く経つけど、いまだに何考えたはるんか分からへんにゃわ」

「恒太くんの両親は」

「さあ。最初から祖父母と三人暮らしやったな。他人の事情やし、よう聞かんわ」

志田は後頭部を撫《な》でながら、ううんと唸った。小田切恒太の人となりが少し明らかになったものの、記者の榎本と、郷土史家の乾老人、〝生火鏡〟、そして真澄自身との繋がりが、あと一歩のところで分からない。

「古美術て一口に言うても、小田切さんとこは、どんなもん扱《あつこ》うてたんやろ」

「えらい昔のもんやったな。土偶とか土器とか勾玉《まがたま》とか」

茶器や掛け軸の類《たぐい》を想像していた真澄は、縄文や弥生《やよい》といった「年表の最初の方」が商品だったことに驚いた。そうした品は、博物館にあるだけだと思っていたが、考えてみれば古代鏡が関わっているのだから、あり得ない話ではない。しかし、文化財にもなり得る古物を、一般に売り買いすることができるものだろうか？

志田は何食わぬ様子で、次々に質問を畳みかける。

「そう言や七年前の火事ん時、怪我人は出えへんかった？　古美術店の客とか」

「店じまい直後で、小田切さん一人やったからな。もう少し逃げるのが遅れてたら、危なかったわ」

「火事、おっちゃんも見はったんや？」

「当たり前や。夜空に火ぃ噴き上がって、そら恐ろしい眺めやった。だいぶ離れた場所からでもな、肌が焦げつくみたいにチリチリすんにゃわ。あん時は、消防車やら野次馬やら避難した近所の人やらで、この通りも大変な人出やったで」

「火事の後、マスコミとか記者とか、大家さんとこにも来はったんやろか。根掘り葉掘り、聞かれたんと違います？」

「そらないなあ……」店主は首をひねって否定し、志田は難しい顔で腕組みをする。

小田切恒太が鏡の周辺に現れる理由について、真澄も一緒になって考えてみた。

例えば七年前、「放火犯」の正体に薄々気づいた榎本が、熱心に取材して記事にしようとしたとする。暴露されかけた小田切恒太は、それを根に持ったとする。そして七年後、小田切は『かもがも〜れ』会場に榎本が出入りしていることを知り、かつて祖父の店にあった鏡のせいで、再び自分の過去がほじくり返されるのを恐れた——。

いやしかし、それにしては不審な点が多すぎる。

榎本は、鏡の周辺で「人一人死んでいる」と言っていた。だが七年前の火事では、幸いなことに誰も亡くなっていない。

だとすれば、いつ、どこで、誰が死んだのだろう。

そして小田切の祖母は、なぜ乾が鏡を持っているはずがないと言い切ったのだろう。

乾は、榎本の死にどこまで関わっているのだろう。

それぞれ関係があると分かっているのに、最後の決め手がない。

まるで、カモ氏の存在そのもののようだ——。

クロスワードパズルを解き終えた店主は、そこで初めて気づいたように志田を見上げて、怪訝そうに言った。

「何やあんた、いろいろ嗅ぎ回って。坊さん探偵か？」

「惜しい。スパイの方ですわ。この美女は、今作の坊主《ボンズ》ガール」

志田が一人で自分の冗談に笑った時、００７ならぬ『一休さん』の着うたが鳴った。

「あ、スパイ仲間からの連絡《つなぎ》や。ほな行きますわ」

急いで『妙薫堂』を後にし、隣の駐車場まで戻る。時任にしてはちょっと早いし、口調が丁寧だな、と真澄が思っていると、クラウンのボンネット脇で電話を切った志田が、早口で告げた。

「コミュニティセンター学芸員の妹尾《せのお》敏恵《としえ》。さっき乾から電話があったんで、わしの連絡先を教えたらしい。となると、接触するんも時間の問題や」

事態が思いがけない方面に展開し、真澄としては逆に不安が湧いてくる。

「でも、相手は怒ってるんですよね？　まともに話を聞けるかどうか……」

「せやから、鏡で釣るんやないか」

悪人面《あくにんづら》で笑いながら、志田はリモコンキーで車のロックを解除した。

四章　天に還《かえ》る

1

○中京　古美術店　全焼
十六日午後八時ごろ、京都市中京区××町の小田切《おだぎり》古美術店＝小田切象二郎《しょうじろう》さん（六〇）経営＝から出火、木造二階建ての店舗が全焼した。延焼やけが人はなかったが、狭い通りは煙に包まれ一時騒然となった。


北大路のバスターミナル近くの丼《どんぶり》チェーン店で昼食を食べながら、時任《ときとう》の調べてきた七年前の新聞記事を回し読みした。事実のみを伝えた、その小さな記事に記者の署名はなかったが、後日その火事を受けて木造家屋の防火対策にまで踏み込んだ特集記事には、志田《しだ》の予想通り、確かに「榎本克也《えのもとかつや》」と名前が入っていた。

「ほんでも、克也さんがこの火事から何に辿《たど》り着いたんか、やっぱり分かれへんな」

大盛りの生姜《しょうが》焼き定食を、精進料理ばりの禁欲的な姿勢で黙々と食べていた志田が、一端箸《はし》を休ませて首を捻《ひね》った。

「乾《いぬい》が鏡を持ってるはずないて、祖母《ばあ》さんは言うとったな。でも、乾と鏡のことは知っとったから、何らかの繋《つな》がりはあるわけや。っちゅうことは、どっかの時点で祖母さんの知らんうちに鏡が乾の手に渡ったことになる。〝人一人死んだ〟ていいわくがついたんは、それより前やろか、後やろか。克也さんは、何を知ったんやろな」

謎《なぞ》が増えていくばかりで、分かったことなどほとんどないではないか――。

端っこのテーブル席で、ふわとろ親子丼をつつきながら、真澄《ますみ》は不機嫌にそう思った。

小田切の祖母に塩を投げつけられたショックが少し薄れると、今度は理不尽な仕打ちに対する怒りが勝ってきた。なぜ自分がこのような目に遭《あ》うのか、この数日間に起こった諸々《もろもろ》の災難を引っくるめての憤懣《ふんまん》が、今さら不安を追い越した感じだった。

親子丼とうどんのセットをせっせと口へ運んでいた時任が、「あんな、そのことやけどな」と小声で何か言いかけたが、○・数秒の差で志田に遮られた。

「となると、何となく怪しいのは乾の火傷《やけど》や。いつ負ったんか。七年前の火事かて思たんやけど、どうも違う。そこまでひどい怪我《けが》したんやったら、店の前にたむろしてた野次馬が気づくやろ。でも、お香屋のおっちゃん曰《いわ》く、怪我人はいてへんかった。何より、小田切の祖母さんが知らんのはおかしい」

「なんで知らないって分かるんです？」

「わしな、さっき小田切の祖母さんにカマかけてん。あの人は乾を知っとったけど、火傷痕のある乾は知らんかったやないか」

あんな気詰まりな状況で、よくもまあとっさの知恵が回ったものだと、真澄は感心するより呆《あき》れてしまった。その代償をこちらが払わされたのだと思うと、ますますやるせない。

「まあ、わしは乾と直接会《お》うて頰《ほお》の火傷見たわけやないし、鏡の一件とは関係ないかもしれんけど、少なくとも乾は、鏡を持っとることも火傷の顔も、あの祖母さんには知られてなかったわけや」

「——御所違《ごせちゃ》うん？」

その時、ご飯をめいっぱい口に詰め込んだ時任が、リスのように頰を膨らませて言った。

「その小田切象二郎て人、京都に来る前は御所にいてた。郷土史家さんも御所出身やし、記者さんも御所に行ったんやったら、接点は御所違うん？」

「なんでお前が小田切の祖父《じい》さんのことまで知っとんねん」

「余計なことかもって思ったんやけど……」

時任は使い込んだアウトドアブランドのリュックの中から、折りたたんだもう一枚のコピー用紙をテーブルに置いた。

「七年前の火事とは別に、店主の名前で検索かけたら、気になる記事見つけてもうて……」

レイアウトや書体がどことなく古さを感じさせる、週刊誌の見開きページだ。右上には目を黒い線で隠された細面《ほそおもて》の男性と、時代劇の大物俳優の顔写真が並んで載っており、『名奉行、悪徳古物商をバッサリ⁉』という見出しが躍っている。

ページ下の日付は、今から二十年前のもの。真澄はまだ小学校の低学年、小田切の祖父も当時は四十七歳だ。そんな昔の記事を、時任は自発的によく見つけてきたものだ。

「コラ、もっと早《は》よ言わんかい」

「だって口挟《はさ》む間《ま》なかったやんか……」

志田の肘鉄《ひじてつ》を食らい、目を白黒させる時任の情報検索能力に、真澄は今度こそ感心してしまった。志田曰く、同時代史料が少ない古代史の研究というのは、切れ切れの確定要素を数珠《じゅず》つなぎに合わせて真相を探るしかないそうだから、時任もそうした思考パターンが習慣になっているのかもしれない。しかも実地重視のアウトドア派だそうで、人は見かけによらない典型のような男だ。

「こんな週刊誌ネタ、コミュニティセンターにようあったな」

「あそこの閲覧サービスな、新聞記事だけやなくて、雑誌記事も検索できるオンラインデータベース提供しててん。記事の掲載ページのまんまPDFで見られるし、印刷もできるから……」

要領の悪い時任の説明を右から左へ流しながら、改めて記事の内容を追って行く。

どうやら二十年前、古物蒐集《しゅうしゅう》を趣味としていた俳優が、当時奈良にあった小田切の古美術店で中国唐代の白磁《はくじ》壺《つぼ》を買った。それを収めてある箱には、以前の所有者として明治時代の有名な政治家の名が書いてあり、いわゆる「箱書き」の価値まで引っくるめての購入だったらしい。俳優はその有名政治家の役を演じたばかりだったため、感慨もひとしおだったという。

ところが後日、箱書きのサインが別人の手によるものではないかと友人の歴史家に指摘され、プライドを傷つけられた俳優は激怒。本物だと太鼓判を押した小田切を、詐欺で訴えたのだった。

「骨董商《こっとうしょう》を詐欺罪に問うんは難しいて聞いたで。明らかに贋作《がんさく》制作に関《かか》わった物証があるんなら話は別やけど、本物や思て売ったて言われたら、それで終《しま》いや」

だが名の知れた俳優だったことで、週刊誌のネタにはなったようだ。俳優側も、ただいたずらに騒ぎ立てることで、小田切の店の評判を落としたかっただけなのかもしれない。

実際、サインの真贋《しんがん》は判然とせず、すぐに訴えを取り下げている。いずれにしても、正義の味方がとんだイメージダウンだ。

「ほんでも、小田切の方にも、後ろ暗いことがあれこれあったわけや」

志田の指差す先には、週刊誌記者の調べあげた小田切の周辺事情が書いてある。

小田切氏は奈良県御所市にある鴨原《かもはら》神社の宮司をしていた。副業の古美術店の経営が不振になった際、神社の金を充《あ》てた疑いが持たれていたが、一年ほど前に当の神社が焼失。千五百年以上の由緒を持つ古社再建の見通しは立たず、地域の住民は戸惑いを隠せない。氏子のAさんは、「うさんくさい骨董ばかり扱っていてバチがあたったのだと思う。たとえ本殿が再建されても、宮司には戻って来てほしくない」と語った。

「小田切の祖父さんは、御所で神主のかたわら古美術店を経営しとったわけや。寺も神社も、今のご時世経営が厳しい。専業やと食ってかれへんからな」

しきりに同情する志田の隣で、真澄は紙面上で薄い唇を引き結ぶ、小田切象二郎の顔を見下ろした。目元を黒線で隠されてはいるが、細い輪郭や鼻筋から、何となく神経質そうな印象を受ける。

「ということは、二十一年前に神社を焼失させて、その次の年にこの騒ぎが起こったんですね。小田切一家が京都に移ってきたのは二十年近く前だってお香屋さんも言ってましたから、地元に居づらくなって引っ越したんでしょうね」

仏壇ではなく祖霊舎《それいしゃ》だったわけも、これで合点がいった。

「乾とは、この時代に知り合うたんやろか。〝生火鏡〟はその時の店にあったんかな。骨董業界も狭いて聞くし、一度変なケチついてもうたら、京都に移ってきたところでやりにくかったやろな……」

骨董の話が出たついでに、真澄は先ほど気になったことを志田に尋ねてみることにした。

「でも私、そもそも古美術店に土偶とか古代の鏡があるのが不思議なんですよね。そういう文化財っぽいものって、個人が所有したり売買したりできるものなんですか？」

「文化財保護法が制定されたんは一九五〇年や。それ以前に発掘されたもんは、個人が持ってても違法になれへん。そういう限られた遺物が、骨董市場でクルクル回っとる。ま、悪徳業者は今でもどっかの発掘現場からかっぱらっとるらしいけど」

「僕も欲しいなあ」

呑気《のんき》に相槌《あいづち》を打ちながら、時任がスマホをいじくり始めた。途端に「コラ、メシ食うとる時にスマホやめんかい」と志田の説教が飛び、店内の三分の二の客が振り向いた。いっせいにそそがれた冷ややかな視線に、真澄は居心地悪く身を縮め、罪を引っかぶった時任はしどろもどろで四方に謝りながら、「でも、心霊スポットが……」とよく分からない言い訳をした。

「心霊スポットがどないした。タクシー運転手が女の幽霊乗せるっちゅう有名なとこか。真澄ちゃん家《ち》の近くの」

知りたくもなかった情報を添えられ、また志田への怒りがぶり返した真澄だったが、それより早く時任がスマホを差し出した。

「もう無くなった神社でも、やっぱり祭神さん気になるやんか。それで『御所　鴨原神社』でネット検索したら、検索結果の最初の方は全部、心霊スポット紹介するサイトやった」

祭神が気になるという感覚は真澄には分からなかったが、時任が何を言おうとしているのか、そちらの方が気になった。

「何や、神社跡に幽霊でも出るんかい」

「うん。こういう噂《うわさ》って、神話なんかと同じで、それ自体は本当やないけど、ある部分は過去の事実を反映してるやろ。つまり、幽霊って死んでるやろ」

ひどい説明にもかかわらず、志田はすぐさま「ははあ」と納得し、一人置いてけぼりの真澄に、「過去に、神社で人が死んどるかもしれんてことや」と簡潔極まりない翻訳を寄こしてくれた。

試しに一つサイトを開いてみると、「金剛山麓《さんろく》最恐スポット！」「マジでヤバい」「絶対遭遇」という無責任な煽《あお》り文句とともに、その噂のもとになった事件が虚実入り混ぜて書き連ねてあった。

二十数年前に神社が全焼、焼け跡から焼死体が発見された。死亡したのは宮司の息子で、神殿内で吸っていた煙草《たばこ》が出火原因だという。葛城・金剛山は、古くから修験道《しゆげんどう》の聖地とされる強力な神の宿る場所。その神々の怒りに触れ、神罰で命を落とした息子の霊が、今も神社の跡地を彷徨《さまよ》い歩いている――。

ついに出た――。

とうとう現れた死者の存在に、真澄は動悸《どうき》が速まるのを感じた。今この場で正確な事実確認はできないが、二十一年前に起こった神社の火事で、小田切象二郎の息子が死亡していた可能性が出てきた。

二つのカモ氏ならぬ、二つの火事。榎本は小田切家を取り巻く火事の連鎖に目をつけ、神社火災事件の裏を取るために、わざわざ御所まで行ったのではないだろうか。

「克也さんも、同じようなアプローチでここまで辿り着いたんやろな」

志田が真澄の考えを読んだように言い、榎本が取ったであろう行動を推測してみせた。

榎本は八月初めに鏡を受け取った際、乾の言った出所が七年前の火事で全焼した店だと気づいた。その時点で、榎本が小田切象二郎の過去をどれだけ把握していたかは分からないが、その後一週間で丹念に事件周辺の情報を集め始めたのだろう。

「カモ氏を調べてた克也さんなら、鏡自体の出所にも興味があったやろうし、社会部時代の血が騒いで、必要以上に鼻をきかせたのかも分からん」

志田は人差し指で鼻を叩《たた》いて続けた。

榎本は古美術店の店主が火事の一年後に死んだことは知らなかった。そこで鏡の件を改めて聞こうと、当時自分が取材した資料か何かを見返し、燃え残った自宅の方の電話番号を、急いで『京都の古代豪族』のページ隅にメモした。

「小田切の祖母さんが、なんでみんなして今さら鏡のことほじくり返すんかて言うてたやろ。恐らく克也さんも小田切家に電話して、鏡の来歴を尋ねたんやないか？　どうせあの祖母さんのことやから、ろくに教えんかったと思うけど……」

そして連休初日の土曜日。榎本は事件の裏を取るため、日帰りで御所へ向かった。翌日は上賀茂神社で知人の結婚式に参列。その次の日が志田の寺で法事だ。

「克也さんは、御所で何か重要な情報を手に入れたんと違うか？　ほんで、週が明けた時には、はっきりと乾に鏡の返却を拒んだ。ほんで怒り心頭に発した乾は、コミュニティセンター学芸員の妹尾《せのお》敏恵《としえ》に一報を入れた」

「鏡を貸して一週間ちょっとで、そんなに怒ります？　それなら貸さなければいいのに」

「乾は当初、ちょっと見せるつもりで大事な鏡を渡した。ところが鏡に不審を抱いた克也さんは、調べる時間を作りたなって、返却を引き延ばそうとした。何と言ってもいわくつきの鏡やし、どういうつもりや、って乾が気ぃ揉《も》んで、一週間のうちに何度も催促《さいそく》の電話かけたり、会社まで押しかけてったりした可能性はあるな」

妹尾敏恵も乾をしつこい男だと評していたし、そういう人物ならば榎本に付きまとうのも納得できる。真澄は直接会ったわけでもない老人の〝生火鏡〟に対する執念に、ただの古代史マニアの心理では片付けられない異常な性質を感じた。

あとで数珠の件を尋ねるついでに、乾が新聞社に来え《け》へんかったかどうか、後輩の内山《うちやま》記者に聞いてみよ、と志田は付け足す。

「で、返せ返せて乾に催促される一方で、こらヤバい品やと確信を深めた克也さんは、乾に見つからんうちに鏡を隠した。流れとしては、そんなとこやないか？」

「確かに……それなら筋が通りますね」

話も食事も一段落したところで、丼チェーン店を後にした。志田は手間賃代わりだと言って三人分支払い、時任は「うわあ、金満坊主は太っ腹や」と冗談で返しながらも、なぜか神様への人身御供《ひとみごくう》に選ばれたような、神妙な溜息《ためいき》をついた。

幅広の交差点を行き交う車の流れを見ながら、横断歩道が青になるのを待つ。

昼を過ぎていよいよ蒸し風呂《ぶろ》状態となった盆地の熱が、数分も経《た》ぬうち真澄を不快にさせた。丼店のトイレで日焼け止めを塗り直してきたが、この分ではすぐに汗で落ちてしまいそうだ。

日傘を差した真澄の横で、サングラスをかけた志田が、再び疑問を口にする。

「今一つはっきりせえへんのが、〝生火鏡〟の周辺で人一人死んでるていわくのことやわ。その〝人〟っちゅうんが、神社で焼け死んだ息子のことやったとしたら……息子も鏡に関わってたてことやろか。それとも、鏡は古美術店やなくて神社にあったもんやろか。そのどっちかでなければ、〝生火鏡〟と宮司の息子の死は結びつかんやろ」

時任の検索と志田の推測のおかげで、榎本や鏡の周辺がだいぶ明らかになってきたものの、やはり釈然としない所がいくつもある。小田切恒太が、榎本や鏡、そして真澄とどんな関わりがあるのかという点も、いまだよく分からない。

「亡くなる十六日までの克也さんの足取りも分からん。全容が分かるまでは鏡を隠しとくて、妹尾敏恵に言うたってことは、御所でも最後の決め手がなかったわけや。つまり、鏡に関する調査は死ぬまで続行中やった。ほんなら、克也さんは次にどういう一手を打とうとしたんか……」

信号が青になる直前に歩き出した志田は、むせ返るような線香のにおいをまき散らしながら、突然「あぁクソ、暑くて頭働かんわ！」と忌々《いまいま》しそうに叫んだ。

「今度の一件は、真っ向からアプローチしたらどうもうまく繋《つな》がらん。カモ氏と同《おん》しや。実像を知りたければ、あの氏族が祀《まつ》った神々を通して見るしかない。――鏡に映った虚像をな」

「うまいこと言うたね」

すかさず合いの手を入れた時任は、横断歩道を渡りきると、「ほな、僕はひとまずこれで」と真澄に向かって辞儀をした。

「お一人で？　お坊さんと帰ればいいのに」
いや、と煮え切らない口調で答えつつ、時任は志田の方をちらっと意味深に見やる。
「時任クンはな、これから式場の下見やねん」
「え、ご結婚されるんですか。それは、おめでとうございます」
ずいぶん意外に思いながらも、社交辞令で祝福した真澄に、「はあ、まあ、どうも」と
ますます煮え切らない困り顔が返る。こういう母性本能をくすぐる感じがいいのかな、と
真澄は無理やり納得し、駅とバスターミナルを併設した商業施設の方へ歩いて行く時任の、
いかにも頼りない背中を見送った。
一方の志田は、コインパーキングに向かってさっさと歩き出しながら、肩越しに真澄を
見やった。
「で、残る問題は小田切恒太の脅迫や。あんた今夜、百万持って糺《ただす》の森行くんか」
「まさか。私は付きまとわれる理由も、脅される覚えもないんですよ」
真澄は膨れっ面で首を横に振った。いろいろあり過ぎて意識していなかったが、小田切
恒太は昨夜、ついに強請《ゆすり》の手紙を寄こしてきたのだった。糺の森に包まれた、下鴨神社の
朱《あか》い楼門の所に、夜七時に一人で百万円を持って来いと――。
「そう言えばお坊さん。昨日の夜、脅迫メールと手紙が両方変だって言ってましたよね。
あれってどういう意味です？」

「ああ、あれな……。何でもないわ」

志田にしては歯切れ悪く答え、話を打ち切ってしまう。それからふいに、

「あんたんとこの喫茶店に雑誌置いてあったな。店が紹介されとるやつ。ああいうもんに、自分載ってへんか」

唐突に話題を変えてきた。石黒《いしぐろ》の「レーコー」を待つ間、志田が雑誌をぺらぺらめくっていたことを思い出しながら、真澄は従業員の自分まで雑誌に載った覚えはないと答えた。

たいてい夫婦経営のブックカフェとして紹介されているので、アンティーク家具に囲まれた店内の様子とともに、仲良く並んだ石黒と亜子《あこ》の写真が載っているものばかりだ。

そこまで考えた時、一度だけ真澄も取材されたことがあるのに気づいた。

「地元のテレビ。『かもがも〜れ』会場から近い喫茶店てことで、イベント紹介番組の後に『キョウの一杯』で取り上げられました！」

京都へやって来て半年足らずの真澄が、外部に向かって顔をさらしたとすれば、その番組一回だけだ。

「それやったら分かりやすいわ。イベントチェックしとった小田切恒太が、そん時あんたに目ぇつけたとしたら――」

志田は真澄を指差し、片方の口角を持ち上げて笑った。

「一方的に追っかけ回される、アイドルますみんの誕生や」

一の鳥居をくぐった先には、鮮やかな芝生の馬場が、一面に広がっていた。

その黄緑色の絨毯《じゅうたん》を白くまっすぐな道が貫《つらぬ》き、参拝客を二の鳥居まで導《みちび》いている。

山の麓《ふもと》に広がった境内《けいだい》は、およそ七十六万平方メートル。その広さの実感は、この遮《さえぎ》るもののない芝生の馬場の光景から来るものに違いなく、いつ来ても上賀茂神社は清々《せいせい》した聖地だと改めて思いながら、時任修二《しゅうじ》は朱い柱の脇《わき》で汗を拭《ぬぐ》った。

自分が主催する古代史関連のガイドウォークやトレッキングで脚力に自信があるせいもあり、北大路から二キロほどの炎天下の道のりを、バスには乗らず賀茂川に沿って歩いて来たのだった。

まったく、何が〝式場の下見〟や——。

水分補給に、途中の自販機で買ったミネラルウォーターを一口。

まずはきちんと参拝しようと、時任は二の鳥居の入り口で頭を下げた。一歩中に入れば、木々の緑に囲まれて、いっそう神域の感が強まる。

正式名・賀茂別雷《かもわけいかづち》神社。

祭神・賀茂別雷大神。

神紋・双葉葵《ふたばあおい》。

世界遺産であり、山城国一之宮《やましろのくにいちのみや》であり、かつて朝廷から伊勢神宮に次ぐ格式を与えられた古社は、荘厳な意志さえ感じさせて上賀茂の地に鎮座している。境内には東に御物忌川《おものいがわ》、西に御手洗川《みたらしがわ》が流れ、合流した後〝ならの小川〟となって馬場の脇を南流する。その水音も清らかなY字の中に、国宝の本殿を含む多くの社殿が収まっているのだった。

下鴨神社が、賀茂川と高野川のY字の中にあることと、少しは関係あるんやろか――。

とりとめもなく考えながら、時任はまず細殿《ほそどの》の前に二つ並んだ円錐形《えんすいけい》の白砂――立砂《たてずな》の正面に立った。上賀茂神社というと、ここの写真が使われることが多い。清めの砂や盛り塩の起源ともされるが、そもそもは神が降りる依り代《よりしろ》だという。

と言うのも神代《かみよ》の昔、御祭神である雷神が、社《やしろ》の北北西にある円錐形の神山《こうやま》に降臨したとされているからだ。立砂はその山に因《ちな》むものと説明板にあり、本殿も神山を遥拝《ようはい》するように建っている。

カモの神は、降って顕《あらわ》れる。雷神はもちろんのこと、祖父神の八咫烏《やたがらす》も天から降った。

時任はスマホで立砂を撮影し、自分の思いつきを頭に刻んだ。

同じ氏族の社だからと言ってしまえばそれまでだが、上下カモ社には共通点が多い。

例えば数ある上下カモ社の神事のうちで、最重要と言っても過言ではないのが、上賀茂の「御阿礼祭《みあれさい》」、下鴨の「御蔭祭《みかげさい》」という〝みあれ神事〟だろう。この〝みあれ〟は〝御《み》生《あれ》〟、すなわち神の顕現《けんげん》や誕生、降臨を表す言葉であるという。

葵祭に先駆けた五月十二日、上下カモ社はそれぞれの御祭神を再生すべく、祭儀を執り行う。上賀茂は「御阿礼所《どころ》」、下鴨は「御蔭山」で、新しく生まれ変わった祭神を社へ招きなおすらしい。

名前や場所は違えど、本質は同じ。カモ社やカモ氏は多くの謎に包まれているが、これもまた連綿と執り行われてきた神秘的な共通神事の一つだろう。

御手洗川を越え、楼門を抜けた中門の所で本殿を参拝。今度は御物忌川に架かった玉橋を通り、母神の玉依媛命《たまよりひめのみこと》を祀った摂社《せつしゃ》の片岡社《かたおかのやしろ》へ回った。

小さな社殿の横には、ハート型にも見える葵《あおい》の葉を象《かたど》った絵馬が鈴なりにぶら下がっており、若い女性たちの切々とした縁結びの願いを引き受けている。

緑風が葉を揺らし、小川の清らかなせせらぎが、暑さに倦《う》んだ時任の耳を打った。

静かだ。これだけ歴史ある大社だというのに、市中から少し離れているせいか、南の下鴨神社ほど観光客の姿は見られない。もっとも、下鴨の方も以前はあまり人が来ず、地域活性化の一環として糺の森の古本市を始めたと聞いたことがある。

「さて、そろそろ行かな……」

ゆっくりと広い境内を散策していると、ついここへ来た目的を忘れそうになる。

——ええか。わしがゴーサイン出すまで、子鹿《バンビ》ちゃんに言うたらあかんで。

あの香坂真澄とかいう女性が、化粧直しで丼店のトイレに行っている間、志田が次なる密命《ミッション》を時任に押しつけてきたのだった。

ストーカー騒ぎとか、記者の事故死とか、志田は相変わらず割に合わないことをしていると時任は思う。

他人様《ひとさま》の迷いを動物的な嗅覚《きゆうかく》で嗅《か》ぎつけ、気づけばいつも全力で解決しようと奔走している。時任含めた凡夫は、ああしたいこうしたいという欲や打算で動くものだが、傍《はた》から見れば一文の得にもならない厄介事を、二心《ふたごころ》も下心《したごころ》もなく、善行を為《な》そうという意識もないまま背負い込むのが志田という坊主だ。

周囲の者《もん》には、はた迷惑な天職やねんけど――。

闘志《とうし》溌剌《はつらつ》、ガツガツと衆生済度《しゆじようさいど》に勤《いそ》しむ絶滅《ぜつめつ》危惧種《きぐしゆ》の坊主に、「一つ頼まれてくれんか」と熱心に言われてしまうと、何やらやる気が伝染するのか、こちらも好奇心の回転数が上がってしまう。迷惑だ迷惑だと思いながら引き受け、最終的に楽しい気分にさえなってしまうのは、ひとえにギンギラギンの法力のおかげなのかもしれない。

それにしたって、清浄無垢《むく》なこの場所とは正反対の男や――。

うっかり境内案内図を確認し忘れたことに気付き、時任は細殿《ほそどの》の横手にあるお守りの授与所で、社務所はどこかと巫女《みこ》さんに尋ねた。

2

時任が上賀茂神社に辿り着いたのと同じ頃《ころ》、真澄はたいそう気まずい思いで石黒家のテーブルにかしこまっていた。

向かいの席には、やはり微妙な面持ちの石黒。亜子はお茶の用意をしてくると言ったま
ま、キッチンから出て来ない。

「突然お邪魔してもうてすみませんねえ。カフェが定休日やなんて知らなくて」

この場の白々しい雰囲気を作り出している元凶の志田が、これっぽっちも申し訳ない素振りを見せず、真澄の隣で言った。他人宅に上がり込むことに慣れきった坊主の図々《ずうずう》しさに、当の住人の方が落ち着かなくなっている。

リノベーションした広めの2LDK。温かな木製家具と、随所にセンス良く配置されたファブリックや植物の緑。オーガニックアロマの香る心地よいリビングが、ものの数分で線香のにおいに染まった。

「かまいませんよ。家に居たって、最近はダラダラしてるだけだし」

石黒は大人の対応で、そつなく雑談を続けていく。

「東京にいた頃は、休日になると近くの山へトレッキングに行ったりもしてたんですけどね。これでも大学時代は登山部だったんです」

「へぇ、ここにも意外なアウトドア派がおったとは」

石黒はそこで「いや、それにしても……」と真澄と志田を交互に見ながら、再び事情を把握しかねるような困り顔で苦笑した。

「真澄ちゃんのお相手が、まさかお坊さんだったなんて……」

「へ、へ、略奪愛ですわ」

志田は肩を揺すって〝チンピラ笑い〟をする。

「よく行くカフェにえらい美人さんおんねんでって、克也さんが紹介してくれたんです。ほんでも、二人の関係はまだ内緒にしてくれって真澄ちゃんが言うから、この前お邪魔した時はお口にチャックしてましてん」

真澄は自分がひどく険悪な顔つきになっていることを自覚しつつ、「なんか言い出しづらかったんで……」と屈辱的な嘘《うそ》をついて話を合わせた。

――あんたが出てる『キョウの一杯』、わしも見たい。録画してへんのか。

志田がそう言い出したのは、丼店からコインパーキングへ向かう道すがらだった。小田切恒太が真澄に目をつけたきっかけが、『ピエール・ノワール』を紹介する番組だったとしたら、その映像にも何か手がかりがあるかもしれないと考えたらしい。

確か石黒がDVDに落としたはずだと真澄が答えると、それなら今から借りに行こうと無理を言う。結局真澄が石黒の家に電話をするはめになり、DVDを借りたい旨を伝えると、まさか相手が例の「コンゴウインコ」だとは夢にも思わない石黒が、デート中ならここで一休みして行けばと三階の自宅に誘ってくれた。

石黒家のインターホンを鳴らす直前、志田は自分のことを「新しい彼氏」で通すようくどいくらいに言い、くれぐれも話を合わせるんやでと、えらそうに指示してきた。真澄は仕方なく同意する代わりに、夫妻の前で一連の事件の話はしないでほしいと条件を出した。

石黒には一度小田切のことを相談していたが、亜子にはまだストーカーの氏素性を伝えていない。昨晩の脅迫メールと手紙、偽カラスのことだけでも相当心配をかけてしまったので、これ以上保護者の不安を煽りたくはなかった。

大げさでも何でもなく、この従姉《いとこ》夫婦はまさに真澄の保護者だった。二人が京都にいるからこそ、真澄は思いきって新天地に飛び込めた。いくら親の出身地という縁があっても、土地鑑のない場所に単身移り住むのは、とても勇気が要る。家探し、引っ越しの手伝い、カフェのバイトと、二人が何から何まで支えてくれたことで、真澄は新しい生活をつつがなく始めることができたのだった。

石黒は今、真澄の親戚《しんせき》の顔をしようか、雇い主の顔をしようかと悩んだあげく、〝少し年の離れた友人〟のポジションで乗り切ることにしたらしい。店にいる時よりもややくだけた態度で、プラスチックケースに入ったＤＶＤを志田に差し出した。

「どうします？　十分程度のもんですから、ここで見ます？」

「ほんなら、お願いしようかな。可愛《かわい》い真澄ちゃんがテレビに出てるとこ、じっくり見さしてもらいます」

悪代官顔負けの強面《こわもて》で志田が笑っていると、キッチンでケトルがピーッと鳴った。馬鹿らしくてつき合いきれなくなった真澄は、石黒に志田を押しつけて、亜子の手伝いに駆けつけることにした。

キッチンはテーブルからは死角になっており、真澄が隣に並んだ途端、亜子はすぐさま小声で話しかけてきた。

「もう。つき合ってる人がいるなら、そう言うてよ。しかも相手があの人やなんて、びっくりするやないの」

「ごめん、細かいことは、今度ゆっくり話すね……」

「人を見た目で判断するんはよくないけど、どう見ても悪いお坊さんやないの。大体、チェックのズボンに白足袋《たび》て何やの。真澄ちゃん、自棄《やけ》になったらあかんよ」

たとえ自棄になっても、あんな奴《やつ》とはつき合わない。自慢ではないが、真澄がつき合ってきた男はみな、中身はクズだが見た目は洗練された都会風の優男だった。

亜子は温めたティーポットにアッサムの茶葉を人数分入れ、沸騰したお湯を注ぎ入れた。ていねいな暮らしを実践する亜子は、紅茶を淹《い》れるのも上手《うま》い。

「真澄ちゃんのマンション女性専用やし、出入りしてるの分かったら怒られるよ。引っ越

し の時だって、サトシ君が手伝いに行ったら注意されたやないの」

普段あまり人の悪口を言わない亜子だったが、どうしても志田の存在を受け入れがたいのか、ポットの中で浮き沈みする茶葉を見ながら、そっと溜息をついた。

「真澄ちゃん、てっきり榎本さんが好きやと思ってたわ。榎本さんの方も、まんざらでもなさそうやったのに、よりによってあんな人紹介しやはるなんて……」

このままでは亡くなった榎本まで悪者になってしまいそうだったので、真澄は温めていたティーカップの湯を捨てるついでに、急いで話題を変えた。

「そうだ亜子ちゃん、一つ聞きたいことあるんだけど」

「うん、何？」

「お祖母ちゃんが一緒にいた時、亜子ちゃんたちどこに住んでた？　小一くらいまで、私よく泊まらせてもらってたでしょ。あれって京都じゃないの？」

「何やの、突然」

「私、今までずっと京都だと思ってたんだけど、オレンジ色の電車乗ったんなら絶対に奈良だって、あの人が私のことアホ呼ばわりするから」

下顎を突き出してリビングの方を振り向いた真澄に、亜子は「そんなこと」と柔らかく苦笑し、「あれは奈良やわ」と短く言った。

「しまつ屋の叔母ちゃんが、真澄ちゃんのために特急乗って橿原《かしはら》まで来やはって。そっから乗り換えれば早いのに、いつの頃からか、うちのお父さんと私がわざわざ車で橿原の駅まで迎えに行って……あれもアホらし言うたらアホらしいけど、みんなでドライブしながら帰ったんは楽しかったわ」

やはり志田と時任の予想通り、幼い日の自分は近鉄特急でガッツリ奈良盆地に踏み込んでいたらしい。真澄は自分の記憶が間違っていたことに人知れず敗北感を味わい、小さく肩を落とした。

やっぱり、奈良だったのか――。

幼い真澄は、お気に入りだったピンク色の子供用リュックを背負い、改札を出た所にいる亜子のもとへ走っていったものだ。そこから伯父の車に乗り、幼稚園で習った歌などを歌いながら、祖母の家を目指したのだった。

「山の近くだったけど、どこら辺なの？」

「金剛山の麓。御所ってとこ」

驚いた真澄は、スコーンに添えるためのコンフィチュールの瓶を、思わず取り落としてしまった。石黒が、「大丈夫〜？」とリビングから声をかけてくる。平気です、と答えながら、真澄は先ほどより少し大きめの声を出して、「御所？」と亜子に繰り返した。

「なんで御所になんて住んでたの？」

「当時お父さんの勤めてた工場が御所にあったから。家は山に近いとこやったから、風強いし日が暮れるの早いし買い物不便やし、こんな田舎かなわんわて、お母さんが嘆いてばっかしやったわ。……私も、あの場所大嫌いやった」

最後は吐き捨てるように言い、亜子は固く唇を引き結んだ。

亜子は同じ市内に住んでいる両親と、ほとんど交流がない。カフェの開店資金は出してくれたようだから、不仲とまでは言えないだろうが、話題にも出さないため真澄も聞くのを躊躇《ちゅうちょ》している。だから今の「あの場所大嫌い」は、周囲からは窺《うかが》い知れない複雑な家族関係が、ひょっとしたら御所時代に根があるのではないかと思わせるような、きつい物言いに聞こえてしまった。

それにしても、このタイミングで御所が出てくるのは、偶然とは思えない。

真澄が鏡に関して謂《い》われのない脅迫を受けるとしたら、この「御所」が接点の一つになっているのではないだろうか。神社で火事があった二十一年前と言えば、まだ亜子たちが御所にいた頃だから、聞いてみたら何か分かるだろうか。だが御所と言っても広いだろうし、一体どこから説明したものか――？

助けを求めるようにリビングの方を見たが、志田はこちらの会話などまったく聞いておらず、「高校時代は二年B組の〝組長〟やった」とか「剣道部と軽音部を掛け持ちしてモテモテやった」とか、テレビ画面に向かって操作を続ける石黒の背に、どうでもいい話をひたすら喋《しゃべ》り続けている。

亜子が紅茶、真澄がスコーンを載せたトレイを持ってリビングに戻ると、ちょうど『キョウの一杯』が流れ始めた所だった。

《店主みずから厳選した、こだわりのアンティーク家具がそろう落ち着いた店内》――。

テロップでの紹介に続き、石黒のインタビューが続く。誰《だれ》かの〝ストーリー〟の一部になるような場所にしたいこと。硬軟《こうなん》合わせた総合的な〝京都学〟を楽しむブックカフェを目指していること。コーヒーと本のある豊かな時間を過ごしてもらうため、あえて主張しすぎない味わいにしていること。コーヒー以外のイチオシは、妻が作る『自家製マフィンのコンフィチュール添え』であること。

店のコンセプトを熱心に語る石黒の隣で、亜子が柔らかく頷《うなず》いている。

画面が切り替わり、店の日常を映し始めた。

客からの注文を受けた石黒が、丁寧にドリップしている所へ真澄が戻ってくる。タイミング悪く生クリームが切れたので、急きょ買い出しに行ったのだが、撮影が見たくて走って帰ってきたため、少し息が切れていた。スタッフさんの意見もくださいと撮影クルーが言ってきたので、照れくささを感じながらも張り切ってコメントしたのだった。

――お客様にこの店で心地よく過ごしていただけるよう、少しでもお手伝いできればと思っています。

画面から流れてくる声は、自分が普段聞いている声とは別人のようで気恥ずかしい。

カメラが寄っているので、胸までしか映っていない。店の奥にあるロッカーにエプロンを取りに行こうとしていたため、つかんだままのキーケースについているハート型のビーズアクセサリーが、右に左にぶらぶら揺れていた。

そこでまた画面が変わり、今度はお客さん視点のカフェ紹介へ移る。薄型ノートパソコンから顔を上げた常連の学生が、「そうですね、集中できるんでよく利用させてもらってます」と無難なコメントを発した。

志田は鋭い目つきで食い入るように画像を見つめ続け、番組が終了した所でようやく背もたれに背を預けると、「これ見たら、改めてコーヒー飲み行きたなるわあ」と見え透《す》いたおべっかを言った。

何か気づいたことがあったかと、その場で志田に聞けるはずもなく、真澄は葬儀後の会食のような抹香臭いティータイムを早く終えようと、せっかくのスコーンと桃のコンフィチュールを、味わう間もなく平らげてしまった。

「お坊さん、そろそろ行きましょう。私たち、邪魔ですよ」

「せやった、これから下鴨神社でデートの続きやった」

志田が膝《ひざ》を叩き、また勝手な予定を告げてくる。

「美味《おい》しいお茶とお菓子とで、あんまり居心地ええもんやから、すっかりくつろいでもうたわ。奥さん、ごっそうさまでした」

合掌して礼を述べた志田に、石黒の気遣わしげな視線が返った。次の行き先が下鴨神社だと聞き、小田切の脅迫状に思い至ったのかもしれない。

案の定、下まで送ると言って、石黒だけが一緒についてきた。

「下鴨神社の後は、どこか回るんですか」

彼氏の志田がどこまで知っているのか、石黒はさりげなく探ってくる。小田切が手紙で指定してきた時刻は、夜の七時。志田がどうするつもりなのか、石黒はその魂胆を見極めようとしているに違いない。

「そらアベックやったら、やっぱり糺の森のとこにある相生社《あいおいのやしろ》に行かな。そこに〝連理《れんり》の賢木《さかき》〟て摩訶《まか》不思議な木が生えてますやんか。二本の木が、なぜか上で一本に繋がっとるんで、縁結びに霊験あらたか……」

「──ストーカーのこととか、鏡のこととか、志田さんは知ってるんですか」

一階の『ピエール・ノワール』の前に停《と》めたクラウンまで来た時、とうとう業を煮やした石黒が、笑みを消して真剣に言った。

「僕も妻も、真澄ちゃんがこんな目に遭《あ》って心配してるんです。自宅まで首つりカラスを送りつけてくるようなイカれた奴でしょう？　どうするつもりですか。今夜、真澄ちゃんと一緒に小田切と会うつもりなんですか。ちゃんと彼女を守れるんですか」

ほかの人がこう言えば、「甘い」だの「青臭い」だのといった醒《さ》めた感情が先に立ち、かっこつけんなと一蹴《いっしゅう》したかもしれない。だが砂漠の行者のような痩身《そうしん》に似合わぬ断固とした石黒の言葉に、真澄は頼もしさを感じた。それは十三年前の結婚式に呼ばれた十五歳の真澄が、童話のラストは現実にもちゃんとあるのだなと感動を覚えた、石黒の若々しい新郎スピーチを思い出させたからだった。

当時二十七歳の石黒は、いたって大真面目《おおまじめ》に、決意表明じみたスピーチをした。

二人のそもそものなれそめは、石黒が通勤路の途中にある図書館で、司書をしていた亜子に一目惚《ひとめぼ》れして猛アタックしたとのこと。本好きなことや、生活スタイルの好みが似ていたことから、出会って半年でプロポーズしてしまったという。「ほかの人と結婚してほしくない」と強く思ったのだそうだ。

——惚れた方が負けなら、僕は最初から負け戦です。ですから彼女に愛想《あいそ》を尽かされないためにも、僕は二人がともに白髪になるまで、これからもずっと幸福で居続ける努力と工夫を重ねる所存です。僕の好きな小説の一つ、『モンテ・クリスト伯』の主人公エドモン・ダンテスは言いました。幸福の宮殿の前には龍がいるので、幸福を得ようと思ったら、その龍と戦わなくてはならないと。人間はそう簡単には幸せになれないと。ですから僕は、彼女のために戦います。二人で幸福の戦いを続けます。皆さま、どうか未熟な僕ら二人のために、これからもお力をお貸し下さい。

披露宴会場は拍手に包まれた。真澄もまた新婦側の親族席で力一杯賞賛の拍手を送った。

自分のイメージする〝幸せ〟は、ほんわりした靄《もや》のような柔らかいものだったから、そこに烈《はげ》しい〝戦い〟という正反対の単語がくっついたことも、もやしっぽい文学青年の石黒がそんな言葉を使ったことも、新鮮なギャップとして女子中学生の心に響いたのだった。

その後の人生において、真澄は何となく流されるましょうもない男遍歴を重ね、現実世界に幻滅を繰り返し、いつの間にか当時の石黒夫妻より年上になってしまったが、だからこそ幸福を求める前のめりの戦いがどれほど重要かということも、その戦に勝つのがどれほど困難かということも、かえってよく分かるようになった。

スピーチから一回り以上の年月が過ぎた今も、夫妻は真澄が憧《あこが》れるような生活を送り続けるために、人知れず〝幸福の戦い〟を続けているのかもしれない。店のこと、金銭のこと、私生活のこと、人間関係のこと——。その戦いの延長線上に、亜子の従妹の懸念事項も組み込まれているのだと言いたげな、力強い石黒の詰問だった。

志田はしばらく首筋をさすって何事か考えていたが、ややあって人目を憚《はばか》るように小声で答えた。

「わしね、何か問題が起こった時、ポクポクポクて頭の中で木魚《もくぎょ》が聞こえるんですわ。で、チーンて鈴《りん》が鳴って解決。禅宗やないけどね」

「はあ……?」アニメ『一休さん』のネタでふざける坊主に、石黒が眉《まゆ》をひそめた。だが志田は意にも介さず、両手の人差し指を頭の上でくるくる回して言った。

「ほんで、もう少しでそのチーンが鳴りますねん。でもまだ確実やないんで、誰にも言わんといてくださいね。——例の鏡、どうも奈良の御所にあるようですわ」

「えっ、なんでまた、そんな所に？」

虚を突かれた石黒が、素《す》っ頓狂《とんきょう》な声を上げた。真澄も聞いていないことだから、このわずかの間に閃《ひらめ》いたのだろう。

志田は一歩石黒に近寄り、さらに一段声を低めた。

「克也さんに聞いたことから推測すると、御所の可能性が一番高いんです。あの人は亡くなる前の連休中、何かを調べにわざわざ御所に行った。そのついでに、鏡を隠したと考えればすっきりします。それなら、鏡返せって克也さんを追っかけ回しとった老人の目も、逃れられますからね」

「その、乾って人には会ったんですか」

「近いうち会います」

「榎本さんの事故死との関係は……」

「それは今夜、小田切とっつかまえてはっきりさせますわ。真澄ちゃんには、指一本触れさせませんからご心配なく」

高校時代に剣道部だったと言う志田は、〝昔取った杵柄《きねづか》〟をアピールしたいのか、竹刀《しない》を握るふりをして、一、二度面を打つ真似《まね》をしてみせた。

明るいうちに、下鴨神社の偵察しとこ――。

石黒家を出ると、志田は真澄が断る余地も与えず、クラウンを発進させた。いつの間にか、小田切恒太の呼び出しに応じることが前提になっている。作戦としては、志田が隠れて様子をうかがい、真澄のもとに小田切が現れた所でつかまえるというのだが、それほどうまくいくかどうか、怪しいものだった。現に一度、志田は『かもがも～れ』の会場で小田切を取り逃がしている。

「時任も合流するから、心配あれへんわ」

その時任は、先ほど志田のスマホに連絡を寄こしてきた。漏れ聞こえたのは「ビンゴ」という一言だけだったが、式場の下見をなぜ志田に報告するのか、一体何が〝ビンゴ〟なのか、真澄の興味と推測の域を超えたやり取りは、すぐに脇へ押しやられてしまった。

すっかりお馴染《なじ》みの〝ドライブルート〟になってしまった下鴨本通を南下し、下鴨神社――正式名・賀茂御祖《かもみおや》神社へ。

神社の駐車場は混雑している可能性もあったので、近くのコインパーキングにつけた。

「京都観光は車で来るもんやない」とは志田の文句。少し歩き、木立に囲まれた西参道から入っていく。境内の南側にある糺の森を抜けて来れば印象もまた違うのだろうが、こちらから望むと広さはあまり感じず、「少し大きめの神社」といった趣《おもむき》だ。

同じく西のバス通りからやって来た大勢の観光客に交ざって鳥居をくぐると、色とりどりのお守りやグッズが並んだ授与所の先に、本殿へ通じる中門が現れた。それ自体が重要文化財だという中門の、くすんだ焦げ茶色の柱や屋根が直線的に視界を覆っているので、神様の社と言うより平安貴族の屋敷のようだ。

真澄は上下両方のカモ社へ行ったことがあるはずなのだが、どちらも広い境内と複数の建築物だらけだったため、混同して区別が付かなくなってしまった。

「ここ、円錐形の白砂が並んで立ってるとこでしたっけ？」

「そら上賀茂神社」

すかさず否定され、真澄は悔し紛れに言い返した。

「でも、両方ともカモ氏の神社なんだし、興味ない人には同じに見えますよ」

「せやろ。二社とも似てんねん。そこでわしは一つ、オリジナルの説を考えた……」

どうせくだらないトンデモ説だろうし、ウンチクを聞くのも億劫《おっくう》なので、真澄は歩調を速めて中門をくぐった。まずは祠《ほこら》を少し大きくしたほどの社が、正面に二社、向かって右手に二社、左手に三社の配置で並んでおり、それらの奥に堂々たる檜皮葺《ひわだぶき》の幣殿《へいでん》が控えている。国宝の東西本殿は、公開日以外はこの幣殿を通してお参りするらしい。リーフレットによれば、御祭神は東が玉依媛命《たまよりひめのみこと》、西が〝八咫烏《やたがらす》〟こと賀茂建角身命《かもたけつのみのみこと》だという。

両手の合わせ方に何となくお坊さん臭が出ている気もしたが、隣の志田のやり方を真似て、真澄も二礼二拍手一礼をぎこちなくこなす。榎本が無事に成仏できますようにとお祈りしかけ、ここは神社だったと思い直して、無事に事件が解決するよう改めて拝んだ。

「この二柱の御祭神て、上賀茂神社に祀られているイケイケ雷神様の、お祖父様とお母様なんですよね？」

何を祈ったのか、どことなく穏やかな面持ちで踵《きびす》を返す志田に、真澄は尋ねた。

「――そしたら、雷神様のお父様は？」

志田は二、三秒真澄を見つめ、それから秘密を打ち明けるように身を屈《かが》めて囁《ささや》いた。

「それがな、どこの神さんだか分かれへんねん」

「分からない……？」

「玉依媛さんが、ある日川で丹塗《にぬ》りの矢ぁ拾って、寝室置いといたら妊娠してん。丹塗りの矢は男神の化身やで。分かるやろ、見たまんまやし、比喩《ひゆ》にもなれへんわ」

はぁ、まぁ、と真澄は曖昧《あいまい》にぼかした。日本神話は、性的シンボルが分かりやすい。

「で、生まれたんが上賀茂神社の雷神さんや。ところがある日。祖父さんが神さん大勢招いて宴やっとる最中、お前が父ちゃんや思う相手に酒飲ましたらんかい、て孫に言うた。そしたら孫は、ほなそうするわー言うて、盃《さかずき》持って天に還《かえ》ってもうたっちゅう話や」

父神の分からない子――。天に昇ったということは、父神は天神《あまつかみ》の誰かだったのだろうか。神話とは言え、その出生の秘密が気になる所ではある。

「言うても、父親の有力候補はいてる。火雷神《ほのいかづちのかみ》。漢字の通りの神さんや」

「雷神様のお父様が、火や雷を司《つかさど》る神様なら、理解も納得もしやすいですね」

「うん、さっき話した『山城国風土記』には、乙訓《おとくに》の神社にいてる火雷神が父親やて書いてあんねんけど、別の史料には別の神社の神さんて書いてあるし、それぞれ丹塗り矢伝承残っとるし、学者によっても解釈違うから結局分かれへん。カモ氏にまつわるもんは、たいがいこんな具合や」

そうして志田は、件《くだん》の乙訓の神社は角宮《すみのみや》神社のことだの、京都古代豪族の雄・ハタ氏が祀る松尾《まつのお》大社との関わりがどうのと、真澄には意味不明のウンチクを、さらに延々と語り続ける。一つ質問すると、百倍になって答が返って来るのにうんざりして、最後の方は聞き流した。

アジア系の外国人たちが、小川を背景に自撮り棒で写真を撮っている。

傾いた陽光に輝く金色の釣《つ》り灯籠《どうろう》。空の青と、大樹の緑と、白砂利の境内。鳥居や橋の鮮やかな朱。確かに境内のどこを見回しても、日本的な色のコントラストが美しい。

それから境内に点在する社殿をざっと見て回り、最後に南側にある高さ約十三メートルの朱塗りの楼門を抜けて、糺の森側に回った。小田切が待ち合わせに指定してきた場所だ。

左右に伸びる廻廊《かいろう》が、鳥の翼を思わせる。

「問題は、小田切がどっち側から来るかや」

地図を思い描いてみた。糺の森を抜けた先は、賀茂川と高野川の合流地点。榎本が亡くなった出町柳も近い。あの夜、榎本が真澄との約束を翻《ひるがえ》してまで会った「誰か」とは、乾老人か、それとも土手から撮った河合橋に写っていた小田切恒太か。突発的な出来事だったという志田の推測が正しいなら、乾より小田切の方が怪しいように思うが、一度別れた乾が再び取って返して榎本を呼び止めた可能性はある。

いずれにしても、小田切本人を問いただせば分かることだが――。

圧倒的な大樹が重なり合う森は日陰が多いが、それで京《みやこ》の蒸し暑さが防ぎきれるはずもなく、思ったほど涼しくなかった。汗の臭《にお》いで蚊の大群に襲われてはかなわない。デオドラント作用もある防虫のアロマスプレーを、むき出しの肌に吹きつけていたら、「風情《ふぜい》のないやっちゃ」と志田に呆《あき》れられた。だったらパープルのサングラスは風情があるんですかと言いかけたが、これも百倍で言い返されたら面倒なのでやめた。

朽《く》ちた倒木、苔《こけ》むした幹、幾層にも積もった落ち葉、清らかな小川――。発掘調査でも古代の祭祀《さいし》跡や土器が見つかっているそうで、この土地が相当古くから信仰の対象となっていたことが窺える。だがせっかくのマイナスイオンや時間の厚みをパワーとしてもらおうにも、この湿気と暑苦しい講釈が全力で邪魔をしてくる。

「この前電話であんたと話した時、なんで祖父さんの方が下鴨で、孫が上賀茂かて言うてたやろ。とりあえず川の上流と下流で覚えとけて……」

「そうでしたっけ」

「こらな、カモ氏が定住してった順序を表してんねん」

目を瞬《しばた》いた真澄に、志田は両手を上下に並べて地理を説明し始めた。

「祖母《ばあ》ちゃん家《ち》が京都や思てた人には分からんかもしれんけど、京都の南に奈良いう所があるんです」

馬鹿にされた真澄がムッとするのもかまわず、志田は熱心に続けた。

「むかしむかし、平安京どころか平城京もできてなかった古代。カモ氏は南の奈良から京都の方へ北上していった。やがて鴨川を遡《さかのぼ》って、Y字の合流点に落ち着いた。それがここ、下鴨や。だから御祖《みおや》の神さんを下流に置いた。賀茂建角身命っちゅうんは、要はその時一族を率いてきたカモ氏の首長が重ねられとるんやないか。まあ、百歩譲って京都と奈良のカモ氏が別物《べつもん》やったとしても、カモ氏の京都開拓は南から北へ行われたはずや。こっからはわしの推測やけど、奈良時代にカモ社が下上に分かれる時、そういう一族の動線に関する意識が働いたんと違うかな」

上でも下でも、奈良でも京都でも、古代人の引っ越しなど真澄には正直どうでも良かった。ただ、小田切の祖父が御所の神社を捨てて京都にやって来たことが重なり、ふと疑問が口をついて出た。

「何かあったんですかかね？」

「うん?」

「カモ氏。単身赴任とかじゃなくて、一族そろって引っ越したんでしょ。何かよほどの事情がない限り、そんな面倒くさいことしないでしょ。京《みやこ》が移ったから仕方なくって言うなら話は分かりますけど、平城京もできる前だったら、大和朝廷とかの時代ですよね。当時なら御所の方が首都に近いのに、なんでわざわざ地方に行ったんですか」

「真澄ちゃん。初めて的確な質問をしてくれて、お坊さんは嬉《うれ》しい。でもその答を言うには、古代史を始めの方からレクチャーする必要があんねんけど」

「じゃあ、けっこうです」

そう言えば、小田切の祖父が神主をしていた神社の名は「鴨原神社」だった。社名に〝鴨〟の名が入っているのは、奈良のカモ氏と何か関係があるのだろうか。

真澄が尋ねる前に、まだ説明し足りない志田が、肩で風を切るようにあとをついてくる。

「わしはな、京都のカモ氏っちゅうんは、セルフコーディネートとセルフブランディングとセルフプロデュースの末に生まれた、幻の一族や思てんねん。せやから、その本質を探ろ思たら、カモ氏が生み出した虚像《イメージ》を鉄腕強打でブチ抜いていかなあかん」

志田は自分の二の腕を叩きながら言った。

「同《おんな》しモノでも、言い方変えたら別物《べつもん》に変わってまうやろ。もちろんイメージ戦略的なメリットはあるけど、そこから本質を見抜くんは大事《おおごと》や。だからわしは、ジャムのことをわざわざ〝コンフィチュール〟言うヤツは、端《はな》から信用せえへんことにしとる」

最後は独断と偏見に満ちた志田らしい皮肉だったが、真澄は何だか自分の弱点を指摘された気がして、小さく肩をすくめた。内面は自《おの》ずから外見に滲《にじ》み出るものだと信じていたが、自分の場合はただ「こう見せたい」という思いが強すぎて、確固たる中身を持たないまま、見てくればかり囚《とら》われていたのかもしれない。

人の言う通りに漫然と物体を眺めても、自分らしさはかえって薄まっていくばかりだ。物事の本質をとらえて、見つめて、感じて、考える力を養わねば、感性や審美眼を磨くどころか、自分自身が何者なのかさえ分からなくなっていく。

「難しいですね……」

真澄自身の立ち位置や、事件や、カモ氏のことを全部ひっくるめての感想がこぼれ出た。

榎本が鏡を御所に隠した詳細や、亜子が祖母と住んでいたのも御所だったことなど、いろいろ尋ねたり話したりすることはあったのだが、原生林の静寂と古代人の紡《つむ》いできた神話に耳を傾けていると、時間を把握する感覚が百年、千年単位に広がってしまい、今現在に起こっている出来事すら、その途方もない歴史の一部に組み込まれてしまう。

これがその場、その土地を理解するという感覚なのかもしれない。あるいは、昔の人が自然の中に神の存在を感じたのは、こうした瞬間だったのかもしれない。自分自身の感性が研ぎ澄まされた時、初めて外側にある世界を感知できるのだ——。

その時、志田が「あっ」と短く叫んだ。何事かと振り仰いだ真澄に目もくれず、志田は立ち止まって木立に遮《さえぎ》られた空を仰いだ。

「父親は、もう天にいてたやないか！」

さっき真澄に説明した神話を、なぜか唐突にもう一度繰り返した。

「だから祖父さんが孫を育てた。ほんで大きなった孫は、ひょんなことから己の根源《ルーツ》を辿ろうとしたんやわ――」

いつまでカモ氏の話を続けるつもりかと文句を言いかけた真澄は、今までの熱中ぶりとは明らかに質の異なる暗い滾《たぎ》りを志田の目の奥に認め、思わず言葉を呑み込んだ。

夕方になったせいだろうか――。

時刻は間もなく、五時になろうとしている。

もうじき楼門は閉まるはずだが、逆に人が増えているような気がした。参拝客も、みな足早に出町柳方面へ向かって行く。

浴衣《ゆかた》姿の女の子たちが、茶屋をバックに写真を撮ってくれと声をかけてきた。真澄がスマホを受け取った時、茶屋脇のポスターを見た志田が目を剝《む》く。

「――何やこれ。ライトアップのイベントやっとるんかい」

糺の森から下鴨神社境内まで、大がかりな光のアートイベントが開催されているようだ。五山送り火が終わった十七日から八月末までやっているらしく、すぐさまスマホで口コミを見てみると、楼門の辺りはけっこうな人出になるらしい。

「すごい混むって聞いたんで、早めに来たんですけど、下駄痛くてヤバいです」

浴衣の女の子たちが情報を付け足してくれた。確かに注意して辺りを見回すと、足場やライト、オブジェなどが、森のあちこちに散見される。志田のウンチクがうるさいせいで、ちっとも気づかなかった。

「小田切の奴、何考えてんねや。大混雑のとこで百万円の受け渡しなんてできるかい」

「ここでイベントやってるって知らなかったんじゃないですか？　普段なら夜には楼門も閉まるし、そうすれば暗いし静かだし……」

「あいつはイベントディレクターやで。入場客数を予想するために、周辺でやっとるほかのイベントは全部チェックしとくもんや。しかも下鴨神社は『かもがも～れ』スタンプラリーのポイントにもなっとるし、知らんわけあるか。小田切は、ここでイベントがあるて分かった上で、わざわざこの日時と場所を選んだんやわ」

「それなら、ドラマでもあるじゃないですか。身代金の受け渡し場所をわざと混雑した所にして、刑事の目をまくパターンの」

眉根を寄せたまま、志田は真澄を見下ろした。

「そら犯人自身が安全に金をふんだくるためやろ。そのパターンやと、小、小、小田切自身が身の安全をはかりたいっちゅうことになんで。あいつは、あんたが怖いんか？」

「助っ人の志田さんが怖いんですよ、きっと。脅迫状にも書いてあったでしょ、《百万持って一人で来い。今度は助っ人はなしだ》って」

「小田切はあんたに会うんが目的で、金は口実な気がすんねん。言うに事欠いて、百万円やで。わしの甥っ子の〝大金〟と発想が同しや」

志田は再び考え込むようにうつむき、ふいに脱力したかと思うと、「やめや」と唐突に言った。

「やめるって……今夜小田切と会うのをやめるってことですか？」

「このクソ暑い時に、木よりも人のが多いとこで待ちたないわ。それに克也さんが亡くなったんは五山送り火の混雑時やし、乾が鏡持ち込んだんも『かもがも～れ』が発端やった。偶然にしたって、今回の事件は行事と一緒に起こっとる。何や知らん、今夜も悪い予感がしてかなわんわ。相手の用意した土俵で勝負して、あんたに万一のことがあっても困る。人混みは避けよ」

「私のこと囮《おとり》にしようとしてたくせに……」

ただ単に混雑が嫌いなのか、それとも仏様や法力が本当に何かを告げるのか、志田は「やめや、やめや」と連呼しながらもと来た道を戻り始めた。

「でも、約束すっぽかしたら、小田切キレません？」

昨夜の恐怖が、夕暮れとともにひたひたと押し寄せてきた。首に紐《ひも》の巻き付いたカラス。

切り貼りした脅迫文。《今度はお前の番だ》——。

「安心せえ」ポケットに手を突っ込んだまま、志田が取り立て屋よろしく言った。

「こっちから会いに行ったるわ」

3

ゆく河の流れは絶えずして、しかももとの水にはあらず。

そう『方丈記《ほうじょうき》』に書き記した鴨長明《かものちょうめい》は、名前の通りカモ氏の出。父親は下鴨神社の禰宜《ねぎ》だったという。神職の道を閉ざされ、庵《いおり》を結んで慎《つつ》ましやかに暮らした長明は、川の流れにままならない世の無常を思ったのだろうか。

午後五時三十分。合流する川の瀬音も高い、出町柳の路上——。

待ち合わせ場所に時間通り現れた時任は、なぜか昼間に別れた時より膨らんだリュックを背負ってクラウンに乗り込んできた。これから浄土寺東田町《じょうどじひがしだちょう》にあるストーカーの家へ乗り込むのだと、志田が説明する。てっきり『かもがも〜れ』会場で仕事上がりを狙うと思っていた真澄は、思いがけない事態に戸惑《とまど》った。

「七時にあんなとこで待ち合わせできるっちゅうことは、小田切は仕事休みやろ。ほんなら自宅に押しかけた方が確実やないか。ライトアップは六時半から。混雑で入場に手間取る時間も入れたら、家を出るんは、遅くとも六時。駐車場は使われへん、駐輪場も満杯とくれば徒歩やしな。運悪く行き違いになっても、帰って来たとこ捕まえたらええわ」

「そういうことじゃなくて、お坊さんがどうして小田切の家を知ってるんですか？」

「〝こうたの家〟て住所と電話番号、祖母さん家の電話台んとこに、でかでかとメモ貼《は》ってあったやないか」

真澄は絶句した。あの時、祖霊舎の大きさがどうのこうのと言いながら電話台に近寄ったのは、周囲にびっしりと貼ってあるメモを近くで見るためだったというわけか。後部座席の時任が、「志田さんは、目も耳も手も早いから」と褒めているのか貶《けな》しているのか。傍目《はため》にはどんな繋がりがあるのか分からない三人組の、奇妙な道行きとなった。

太い今出川通を目指してハンドルを切りながら、思い出したように志田が言う。

「乾も、もうそろそろ電話かけてきてもええ頃なんやけどな。――せや、先に一本かけなならんとこあったわ。退社してても困るし、早《は》よかけな」

出町柳から二キロほど離れた目的地へ向かう。この先の百万遍《ひゃくまんべん》を過ぎれば京都大学のキャンパスになるから、小田切の家があるのは京大生も多く住む界隈《かいわい》なのだろう。この数日は、学生の街や文化都市としての京都を意識することが多い。

真澄はウィンドーに頭を預けながら、孫の住所と電話番号を電話台の脇に貼っておいた祖母のことを考えた。祖母が孫の住まいを知っているということは、まだ少しは肉親としての交流があるのだろうか。祖父に忌み嫌われていた孫を、祖母はどう思っていたのだろうか。そして七年前に骨董店へ火をつけた孫の心にあったのは、祖父への憎悪か、日常の鬱憤《うっぷん》か、あるいは炎に対する愉悦《ゆえつ》だったのか――。

今出川通をさらに進むこと一キロほどで、白川通《しらかわ》にぶつかる。確か銀閣寺《ぎんかくじ》や哲学《てつがく》の道《みち》が近かったはずだと真澄が地図を思い浮かべていると、クラウンは細道に入り込み、やがて五階建てのマンションの前で停まった。建物の横には、いかにも学生が乗り回しているようなママチャリやスクーターが、乱雑に並んでいる。

「小田切が出てこんか見張っといてな」

志田はエンジンを止めるなり、パイソンのセカンドバッグからスマホを取り出すと、山《やま》背新聞記者《しろ》の内山に電話をかけ始めた。内山はこれから北山のコンサートホールで音楽関係の取材をするらしく、開演まで時間つぶしをしているとのことで、先日会った時よりも硬さが取れている。数珠《じゅず》の忘れ物に関するやり取りがスピーカーフォンを通して続き、やがて志田が本題を切り出した。

「ところでね、変なことお聞きしたいんやけど、榎本さんの生前、左頰に火傷のあるご年配の男性が会社に訪ねて来ませんでしたか。乾さんて名前の……」

少しの沈黙の後、拍子抜けするほど軽い「ああ」という相槌《あいづち》が返ってきた。

――来ました来ました。確か亡くなる前日かな。ちょうど昼飯の時間が一緒になって、僕が榎本さんとロビーに降りてったら、お爺《じい》さんがいきなり詰め寄ってきて。なんか鬼気迫る感じで、「返せ、泥棒ぉー」って。こう言ったらなんですけど、あの顔だし、目つきヤバいし、ポロシャツよれよれだし、ちょっとホラーみたいでした。

「で、どうなりました？」

――追って連絡するからって榎本さんがなだめても、お爺さん興奮しまくってるんで、すぐに警備員さんが来てお引き取り願いました。でも、これが初めてじゃないって榎本さん言うんですよ。いろんな所で待ち伏せされるんだって。こんな商売やってると、筋違いなことで恨み買うことも多いですけど、時間もてあましたおかしな爺さんに付きまとわれちゃあ最悪ですよね。

だから榎本は、翌日改めて乾と会う約束をしたのだろうか。

――榎本さん、そうとう参ってたみたいでね、ぽつりと言うんですよ。最近じゃこっちも被害妄想気味になって、いつでもどこでもあの人に見張られてる気がするって。だから僕、四六時中ってことはないでしょって言ったんです。だって爺さん、老舗《しにせ》書店の『賀茂文文堂《ぶんぶんどう》』さんの袋持ってたし。

「え？」思わず声を漏らした真澄に、志田の怪訝《けげん》な視線が返った。

十五日木曜の昼前、糺の森で開催されていた納涼古本市の『賀茂文文堂』には、石黒もいたはずだ。カフェに置く本をあれこれ物色するついでに、店主と一時間以上も話し込んでしまったのだと、昨日本人から聞いたばかりだ。

だが、もし石黒がいる間に乾が客としてやって来たのなら、あれだけ目立つ特徴のある老人を石黒が記憶していないのも変だ。恐らく乾はその時刻より前に本を買ったか、出店ではなく本店の方へ行ったのだろう。

それにしても、それほどしつこく乾に追いかけ回されたら、安全云々《うんぬん》にかかわらず鏡自体を手元に置いておきたくない榎本の気持ちも分かる。身近にその〝モノ〟があるだけで、鏡にまつわる過去のいわくや乾の必死の形相が、身体《からだ》にまとわりついてくるのだろう。

喩《たと》えて言うならば、榎本も乾もあの古代鏡の呪力に犯されたのだ。鏡というのはそもそも神事に使われてきた神の依《よ》り代《しろ》だというし、人の姿を映すことから魂や想念が籠《こ》もりやすいとも聞く。ましてや、千数百年分の錆《さび》がこびりついた古代鏡ならなおさらだ。物質に支配された現代においてなお、鏡の力に魅入られたり、畏怖《いふ》の念を覚えて遠ざけたりすることは、眉唾《まゆつば》ものの精神論とは言い切れない。

――ひょっとしてその爺さん、お坊さんの方にも行ったんですか。

「これから会う予定なんやけど、何や癖ありそうやなあて思て。けっこうね、榎本さんが亡くなりはった余波が続いとるんですわ。ほんならどうも、おおきに」

礼を言って切ろうとした志田に、舌が勢いづいた内山が話を続けてきた。

――余波と言えば、先日お会いした時、お坊さんおっしゃってましたでしょ。北山でカフェやってる知り合いのかたが、榎本さんの亡くなった日に会ってるって。

さすがに記者らしく、志田が便宜上《べんぎじょう》ついた嘘の内容までよく覚えている。

「はあ、言ったかもしれんけど」

――それって、『ピエール・ノワール』の奥さんじゃないですよね？　あそこ、榎本さんの行きつけだったんで、僕も一度連れてってもらったことがあって。

思いがけないことを言い出した。志田はわずかに片眉を上げ、一言尋ね返した。

「なんで奥さんの方て思うんです？」

――え、そりゃ、だって……。

自分から尋ねたことだというのに、内山はそこで返事を渋った。普段質問するばかりの記者は、逆に質問されて「まいった、藪蛇《やぶへび》だあ……」と情けない声を上げる。

――これも確か、亡くなる週だったんですけど。鴛鴦《おしどり》の旦那《だんな》に内緒で、どうやったら嫁さんとこっそり逢《あ》えるかなあって、榎本さんが冗談交じりに言ってたんで……。ちょっと
その、下世話な想像を……。

車内は一瞬沈黙に包まれ、志田の表情がにわかに険しくなった。真澄は予想外の場所から放たれたカウンターパンチに衝撃を受け、電話が切れてなお、助手席のシートと窓の間に背中を押しつけたまま凍りついてしまった。

榎本が頻繁にカフェへ来たのは、そういう邪《よこしま》な気持ちからだったのか。

いやまさか、あの人や亜子に限って、そんなはずはない――。

狼狽《ろうばい》する真澄の横で、志田は首筋に手を当ててじっと何かを考えていたかと思うと、ややあって不自然なほど唐突に、にやにやと笑い始めた。

「こらまいった。克也さん、石黒の奥さんにちょっかい出そうとしてたわけや。確かにミーハー全開な真澄ちゃんと違《ちご》うて、あの人には物憂い色気があるしな。きっと年上が好みなんやろな」

真澄は自分のこめかみがひきつるのを感じた。今までは一瞬ムッとするだけで聞き流していた軽口も、取り払えない重石《おもし》に変わって胃の底に落ちていく。過去につき合ってきたしょうもない男たちの上に、また同類が一人積み上がったのかもしれないという予測は、少なくとも他人の口から告げられて素直に納得できるものではなかった。

「しょうもない。克也さんの事故の発端は、石黒の奥さんとの浮気やわ」

真澄の心情などおかまいなしに、志田は面白がるように続けた。

「鏡も乾も、あの事故とは関係あれへんかった。克也さんはカフェを出てすぐ乾と会って、何らかの話し合いをした。それで鏡の件は終《しま》いや」

「そんな馬鹿な……」

「克也さんが真澄ちゃんをイタリアンに誘ったんは、自分のことを憎からず思っとる奥さん似の従妹で妥協しよ思たからと違うか。ところが待ち合わせに向かう途中、奥さんと会《お》うたんや。やっと時間が取れて、急きょ会えることになったのかもしれん。とにかく、克也さんは真澄ちゃんの方をドタキャン。二股がバレんように念には念を入れて、真澄ちゃんと通話した証拠は削除。乾との履歴も、気分が悪いからついでに削除。――これで、スマホから通話履歴が消されていた説明もつく。何のことはない、本人が消したんや」

「じゃあ、榎本さんがスマホで橋の写真撮ってたこととか、そこに写ってた小田切とか、どうやって説明するんですか」

「デート写真を撮るつもりで、ふざけて土手に上がったか下りたかしたんやろ。その時、それを小田切に見られた。あっこは『かもがも～れ』会場からの小田切の帰宅ルートやからな。で、小田切は、七年前に骨董店の放火を取材した記者と、自分が付きまとっている女が働くカフェの奥さんとが、仲良く火遊びしとるとこを見てもうたわけや。そして」

ゴロゴロゴロと言いながら、志田は人差し指を回転させた。

「あっと驚いた克也さんは、バランスを崩して転落。打ち所が悪くて、そのまま動かなくなってもうた。焦ったのは奥さんや。救急車や警察を呼んだら、浮気が旦那にバレる。そこで匿名《とくめい》で通報し、こっそり自宅に戻った……」

「私への脅迫はどうなるんです」

「そら小田切か乾の問題であって、榎本さんの事故死とは関係あれへんわ。何か勘違いしたんやろ」

あーあ、と大げさに溜息をつき、志田はシートベルトをはずして伸びをした。

「走り回って損したわ。何のことはない。これが真相。ポクポクポクチーンで解決。あんたもあんまり気ぃ落とさんように。克也さんの親父《おやじ》さんにも、適当に言うとくわ」

真澄は何か言い返そうとしたが、唇がわななくばかりで言葉にならなかった。この四日間の付き合いで、ようやく志田のやり方や物言いに慣れてきたと思っていた矢先、手ひどい裏切りにあった気分だった。万事につけ強引な男だが、人を傷つけるような真似はしないと思っていた。何より、あれだけ熱心に調べ回っておきながら、記者の何気ない質問一つで簡単に結論を出してしまった豹変《ひょうへん》ぶりが信じられなかった。

調べが進むにつれ、志田の態度の何かが変になってきたと考えたのもつかの間、それを上回る怒りが真澄の思考を止めた。

「ちょっと、本気で言ってるんですか。それって失礼でしょ」

「何がぁな」

「勝手な憶測で、みんなを侮辱しないでよ」

「憶測やない。ほんまのこっちゃ。あんたが認めたないだけの話やろ」

「何も知らないくせに」

ますます頭に血が上り、真澄はむきになって言い返した。石黒夫妻の十三年にわたる〝幸福の戦い〟も、取材対象に向かう榎本の真剣な横顔も、真澄自身がどれほど幸せを求めてこの土地にやって来たのかということも、何も知らないくせに、仏様の代理ぶって何を言っても許されると思っている。真澄が大切にしている人たちの顔に、興味本位で泥を塗りたくろうとしている。

「みんながみんな、お坊さんと同じような人間だと思ったら大間違いだから」

「ほう、わしが一体どんな人間なんか言うてみ」

「ふざけないでよ、馬鹿！　色欲坊主！」

とうとう声を荒らげて嚙《か》みついた真澄に、志田は小さく一つ鼻を鳴らし、ハンドル片手にぐっと助手席へ身を乗り出すと、

「ほんならとっとと帰らんかい」

真澄のシートベルトをはずして、鋭く言い放った。

「もとはと言えば、あんたがカモ氏だの鏡だの言うて事情を複雑にしたんやないか」

「言われなくても帰ります。二度と連絡してこないで」

「上等や。骨折り損のくたびれもうけ。ああ、アホらし」

志田はそうして後部座席の時任に顎をしゃくり、「小田切がいてるかどうか確認してくるわ」と仏頂面《ぶっちょうづら》で言うと、運転席のドアを乱暴に閉めてマンションへ入って行ってしまった。真澄は収まらない怒りに身を震わせながら、もう一度「馬鹿」と悪態をついた。

何が腹立たしいと言って、志田の推測を真澄自身が否定しきれないことだ。否定できないからこそ信じたくないし、信じたくないものは信じられない。そういう多くの矛盾した

感情を孕《はら》んだ熱塊のようなものが、どろどろした怒りになって体中を駆け巡った。

こんな低俗な結末を迎えるために、暑い中榎本の足取りを辿り、偽カラスの恐怖にも耐え、小田切の祖母に塩を投げつけられたのかと思ったら、また悔しくて涙が出てきた。

「あ、あの、志田さん本気やないと思うんで……」

いたたまれなくなった時任が、後生大事にリュックを抱えたままあたふたと志田を追って出て行く。真澄はしばらく動く気にもなれず、ハンカチを両目に押し当ててじっと怒りが収まるのを待った。

と、アームレストに置きっぱなしになっていた志田のスマホが、『一休さん』を奏でた。

真澄は反射的にびくりと肩をすくめ、鳴り響く電話を見つめた。

放《ほう》っておいても、いっこうに鳴り止《や》まない。ディスプレイには番号だけが表示されているので、登録している家族や知人ではないようだ。

コール音が「好き好き好き好き」とあまりにうるさく続くので、腹立たしさも手伝い、迷った末に手を伸ばした。もしかしたら、という予感めいたものもあった。

「はい」一言で電話を受けた真澄に、ぶっきらぼうな老人の声が聞こえてくる。

――コミュニティセンターの妹尾さんに聞いてかけた乾ってもんやけど。これ、志田って人の携帯やないんか。

やっぱり乾だ――。喉が渇いていくのを感じながら、真澄は唾《つば》を飲み込んだ。

「志田は席を外しております。私も事情は承知しておりますので……」

――新聞記者が盗んだ鏡の件で、知ってることがあるって聞いた。今、どこにあんねや。

ふいに、何か志田に一矢報《いっしむく》いてやりたいという感情が湧《わ》き上がってきた。

もはや志田をあてにすることはできないし、したくもない。榎本の事故死に乾や鏡は関係ないと言い張るなら、もう情報を共有する必要もない。第一、あんな言い争いの後で、乾から電話があったと言葉をかけるのも無様《ぶざま》だ。ならば――。

「あいにく鏡は手元にありませんが、記者が隠した場所はすでに見当がついています。電話でできる話ではありませんので、直接お会いできませんか？」

数時間前に「乾を鏡で釣る」と言った志田の作戦だけが、今の真澄の理性が受け入れられる唯一の切り札だった。

鏡は御所だ。地元民でもない榎本が立ち寄って隠せるのだとしたら、御所駅か、あるいはどこかの公共施設のロッカーだろう。

とにかく、すべてのことをはっきりさせたかった。できることなら、あのふざけた志田の憶測も、ぬぐいきれない自分の疑惑も、すべて間違いだったと確かめたい。そのためには、自分一人で調べ続けるしかないのだ。

――こっちは京都の下鴨に住んでる。いつ、どこで会う？

どこかを早足で歩いているのか、乾の声は途切れがちになる。

安全に話のできそうな場所がとっさに思い浮かばず、真澄はあとでこちらから指定すると申し出た。自分の電話番号を告げ、以降の連絡はすべてこちらにかけるよう頼む。乾は「これ以上待たされるんはごめんやで」と不機嫌に応《こた》えながらも、進展した事態に満足したのか、ブツッと一方的に通話を終えた。

やった——。

心臓が激しく波うっている。痕跡を残さないよう、通話履歴を消した。カゴバッグを引っつかんで外に出、もう二度と会うものかと乱暴に助手席のドアを閉めた、その時だった。

時任が慌てふためきながらマンションの玄関を飛び出してきた。

「志田さん、志田さんは！」

かなり取り乱しているのが、薄闇《うすやみ》の中でも見て取れた。

「戻って来てませんけど」

「なんで、なんでや」

時任は確かめるように運転席の窓をのぞき込み、またマンションの方を振り返り、怪訝な顔で見つめる真澄を見、「ぼ、僕は殺してへんで」といきなり物騒な台詞《せりふ》を吐いた。そのただ事でない様子に胸騒ぎを覚え、真澄は弾《はじ》かれたようにマンションへ走った。

「あ、香坂さん、行ったら駄目やって……」

住所は確か、五〇六だ。なかなか降りてこないエレベーターに苛立《いらだ》ち、横手の階段を駆け上がった。背後から時任の必死の声が追いかけてくる。

「香坂さん、あかんて、やめとき……」

息を切らせ、ようやく五階。廊下の突き当たりには非常階段。五〇六はその手前の角部屋だ。

意を決して小田切の部屋のドアを開けた。狭い靴脱ぎ場と短い廊下。左手にトイレと風呂場のドア。右手にクローゼット。小さなキッチンの先に、六畳の洋間が見えている。中には誰もいない。靴を脱ぎ、踏み込んだ。

一歩入るなり、無意識のうちに顔をしかめてしまう。ローテーブル、ベッド、テレビといった家具はそろっているものの、ゴミだらけの殺伐とした部屋だった。灰皿から溢《あふ》れかえる煙草の吸い殻。積み上がった漫画雑誌。脱ぎっぱなしのジャージや靴下。スナック菓子の袋、ビールの空き缶、インスタント食品のふた、丸めたちらし、ティッシュ――。

テレビの前には、『かもがも～れPR映像』と油性ペンで書かれたDVDが無造作に放ってある。間違いなく、『キョウの一杯』と同じ時に放映された番組だ。

ローテーブルの上には、切り貼り文字に使ったのだろう、あちこち切り取られた雑誌や新聞が散らばっている。

と、今まで作っていたらしき新しい切り貼りの脅迫状が、真澄の目を引いた。

《いぬいに鏡を渡せ》

そばに置かれた裏返しの名刺には、乾本人が書いたと思《おぼ》しき住所、氏名、電話番号。ひっくり返せば、コミュニティセンター学芸員の妹尾敏恵の名刺だった。

どういうこと――？

眉をひそめた真澄の頰を、ぬるい風が撫《な》でた。ベランダの窓が開け放たれ、カーテンが不吉に揺れ動いている。

「あ、あ、見ない方がええと思いますけど……」

時任が言うのにかまわず、真澄は部屋を横切り、ベランダ越しに十五メートル下をのぞいた。

マンションの敷地を目隠しする植え込みと、一階のベランダとの間にあるコンクリートのスペースに、志田がしゃがみ込んでいる。恐らく時任が上がってきた時には、すでに非常階段から下へ降りていたのだろう。

だが、そんなことは問題ではない。

しゃがんだ志田のそばには、黒いスウェットの上下を着た小田切が、身じろぎもせず両手を広げて仰《あおむ》向けに横たわっていた。わずかに届く外灯の明かりに、赤黒く濡《ぬ》れたコンクリートがてらてらと光っている。輪っかになったロープが首もとに回り、その先はのたくるように長々と地面に延びていた。

首を吊られた偽カラスみたいだ――。

「香坂さん、ここはひとまず逃げんと……」

時任に肩を引かれた勢いで力が抜け、真澄は呆然《ぼうぜん》としてベランダに座り込んだ。

どこか遠くの方で、救急車のサイレンが聞こえた。

間章：「祖父（故人）」の独白

床に散らばった土器片を、ちりとりに集めてゴミ箱へ流し入れた。

売り物の縄文土器が、ふいになってしまった。中学をさぼりがちになった孫を怒鳴りつけたら、腹いせに店の商品を床に叩《たた》きつけて出て行ったのだ。妻が叱《しか》ろうとしないものだから、最近ますますつけ上がるようになった。あたりかまわず怒りをまき散らして、骨董《こっとう》にまで手を出されるのは困る。

あの孫は、息子の喬《たかし》とは似ても似つかない顔をしていながら、同じようにろくでもない子供に育った。

不幸を呼ぶ子供だ。神社の火災後、当時御所《ごせ》にあった骨董店の方でも俳優絡みのトラブルが起き、妻の縁故を頼って京都に出てくるはめになった。今は蔵持ちの伝手《つて》を辿《たど》って古物を買い付け、目利きのできない素人客相手に何とかやっているものの、骨董業界は狭いため、以前のようなまともな商いはできなくなった。

それもこれも、あの孫のせいだ。喬の子だからと、手元に置いたのが失敗だったのだ。どちらにしろあの土地を捨て去るなら、体面など気にせず突っぱねてやればよかった。

神社の火事の記憶を、あの時まだ生まれていなかった孫が持っているわけもあるまいに、ライターや焚《た》き火の揺れる火を、最近惚《ほう》けたように見つめている孫の顔を見ると、心底ぞっとする。そのたびに、己《おのれ》が鴨《かも》の神の怒りに触れてしまったことを、まざまざと見せつけられる思いがするからだ。

あの神社の火事で、本殿は何一つ残さず焼け落ちた。神宝も燃えた。

先代の宮司が、近隣の田圃《たんぼ》を広げる際に掘り出してきたという、直径二十センチほどの古代鏡だ。緑青《ろくしょう》の浮いた青銅の四獣鏡《しじゅうきょう》で、割れもなく保存状態もよかった。確か戦後すぐのこと、文化財保護法も成立していない時代だったから、先代はそれを神社に持ち帰り安置したのだった。

御所の各所に由緒ある古社が点在する中、小田切家が宮司を務める鴨原神社には、カモ一族の存在をにおわせる何物もなかった。そのため先代は鏡を神社の権威づけに利用し、跡を継いだ自分はその権威に細釘《ほそくぎ》で三文字を付け加えたのだった。

「生」「火」「竟」——。

その時にはすでに骨董の副業もしていたから、もっともらしく見せかけるのは容易《たやす》かった。京都の幡枝《はたえだ》の古墳で見つかったという鏡から思いついたものだが、文字を少し変えた方が信憑性《しんぴょうせい》が増すと思い、本元の「失」ではなく「生」にしたのだった。

こうして、季節の神事や祭がある際には、桐《きり》の箱に収めたその鏡を保管室から出し、必ず祭壇に載せるようにした。以前からご神体の鏡は当然あったが、カモ氏由来の特別な神宝として〝生火鏡〟の存在を世間に知らしめようとしたのだった。

火事が起こったあの日も、神前で結婚式があった。宮司を含めた神主二人、近在の楽師《がくし》が二人、バイトの巫女《みこ》が二人、計六人で執り行うささやかな式だ。

巫女たちが神事に使った祭具を片付けに行っている間、いつまでも神殿に居残っていた楽師の一人が、〝生火鏡〟を保管室の方へ戻さなくていいのかと尋ねて来た。翌日も朝一番で結婚式が入っていたため、出したままにしておくと答えたのだが、その怠け心が起こった時点で、神社の命運はすでに尽きていたのかもしれない。

楽師は「へえ、そう」と何気なく言い、口調とは裏腹な明らかに熱っぽい視線で、遠慮なく鏡を眺め回し始めた。骨董店にもよく顔を出す近所の男で、ガラクタのような古美術品ばかりを高値で買って行く素人《しろうと》のくせに、神宝の〝生火鏡〟もしかるべき学術機関で価値を認めてもらうべきだと、折に触れて促《うなが》してくるのが鬱陶《うっとう》しかった。一度預からせてくれと頼んできたので、信仰に関《かか》わるものだからとこっちが曖昧《あいまい》に拒否し続けていたら、毎回楽師として神事に参加するたび、ここぞとばかりに鏡に近づいて調べ出すようになった。

趣味が高じた自称・郷土史家というやつは、一番扱いに困っていけない。

鏡自体は間違いなく古物だが、あの三字が後付けだと知れれば、神社のみならず傾きかけた骨董店の沽券《こけん》にも関わる。鑑定になど、出せるわけがないではないか。

だがそんな懸念も、その日の夜に起こった火事とともに消え去ってしまった。息子の喬も死んでしまった。ときどき鍵《かぎ》を持ち出して、悪さをするのに神殿を使っているのは薄々知っていたが、その不始末のせいで命を落としたのだとしたら、自業自得としか言いようがない。けれども鴨原神社にとって、喬はただ一人の跡継ぎだったのだ。

と、何かの燃えるにおいがした。

帳簿をつけるのに使っている部屋のドアの隙間《すきま》から、濛々《もうもう》と煙が流れてくる。

火事だ。

京町家を改装した木造の店舗に火が回れば、十分も経《た》たないうちに燃え尽きる。ましてやこの住宅密集地域で、類焼でもしたらただでは済まされない。過去が過去だから、火の始末には必要以上に注意を払っていた。よりによって、自分の店が火を出すわけがない。

恒太だ。

間違いない。火をつけたのはあの孫だ。喬の命を奪った、あの怨嗟《えんさ》の炎の中で生まれたも同然の、穢《けが》らわしい子供だ。叱った腹いせか、火に魅入られたか、いずれにせよ最も禍々《まがまが》しい復讐《ふくしゅう》を祖父に試みたのだ。

うねり猛《たけ》る火は、紅蓮《ぐれん》の両翼を広げてすべてを飲み尽くしていく。今この目に映しているのは、本当に燃えている店の光景か、それともかつて燃えた神社の火事の記憶か。

あんな子供を、手元に置いたばっかりに。

恒太！

呪《のろ》いをこめた怒声は、しかし闇天《あんてん》に噴き上がった業火《ごうか》の咆吼《ほうこう》にかき消され、それもやがて消防車のサイレンや野次馬の騒ぎに紛れて、ついぞ孫へは届かなかった。

五章　古鏡《こきょう》が映した虚実と記憶

1

到着した救急車が、微《かす》かに息のある小田切恒太《おだぎりこうた》を病院へ運ぶより前に、真澄《ますみ》は時任《ときとう》に引っ張られるように現場を離れていた。救急車は、〝通りがかりの目撃者〟を装った志田《しだ》が、一階の住人に頼んで呼んだものらしい。

小田切はなぜベランダから落下したのか。なぜ首つり用のロープを巻き付けていたのか。偽カラスの首に紐《ひも》がついていたのと、関係があるのか。何よりあれは転落事故なのか、それともほかの誰《だれ》かにやられたのか。

疑問や謎《なぞ》はいくつも湧《わ》いて出たが、考えは千々に乱れるばかりで、一向にまとまらない。それからの四日間、真澄は『ピエール・ノワール』で働いている間中、ぼんやりと過ごすはめになった。

店に置いてある山背《やましろ》新聞を見ても、ネットニュースを検索しても、「殺人」といった物騒なものは出て来ないから、そこまでの大事ではなかったのかもしれない。事情を知らない石黒《いしぐろ》は、一連の事件の推移を聞きたそうにしていたが、亜子《あこ》と榎本《えのもと》に関する志田の邪推まで話してしまいそうで、真澄は結局お茶を濁してしまったのだった。

お彼岸の法事ラッシュまでにはまだ間《ま》があろうが、数日の〝京都通《がよ》い〟のツケが回ったか、あるいは本当に手を引いたのか、志田は宣言通りあの夜を境にまったく連絡を寄こさなくなり、気にはなったが自分の方からかけるのも癪《しゃく》に障《さわ》って、そのままになっている。

大体、志田のスマホにかけてきた乾《いぬい》と勝手に接触するのがバレたら、どんな文句を言われるか分かったものではない。

乾と会うのに安全な場所を考えた末、真澄は総合コミュニティセンターの一室を借りることにした。学芸員の妹尾敏恵《せのおとしえ》と話した際に使ったガラス張りの部屋の一つで、市民グループや研究者同士の打ち合わせなどに幅広く利用されている。

火曜に空き室があったので、そこを押さえた。乾に場所を連絡すると同時に、念のため妹尾敏恵にも一報を入れた。ちょうど気になっていたところだったと彼女は言い、あの必要最低限の愛想《あいそ》でもって、できれば同席させてほしいと頼んできたのには驚いた。

真澄にしてみれば、鏡に異様な執着を見せる乾と二人きりで対峙《たいじ》するより、少なからず事情を把握している女史が一緒にいてくれれば心強い。是も非もなくお願いしたが、直接の関係者でもない妹尾の積極的な姿勢に、彼女もまた榎本に好意を抱いていたのではないかと、つい穿《うが》った考えを起こしてしまった。

九月に入り、『かもがも〜れ』も不況のうちに終了してしまうと、コミュニティセンターはいつも通りの静けさを取り戻し、時折玄関口や飲食スペースで一時的に騒ぐ利用客の学生の、場違いな明るさが響くばかりとなった。

九月三日火曜日、午後一時――。

真澄は緊張しつつ、自分が予約した会議室に入った。

隣には、澄ました表情の妹尾敏恵が、ファイルを持って続く。仕事中に大丈夫だろうかと他人事《ひとごと》ながら心配していたら、昼食時間を三十分ずらしてもらったとのこと。心づかいに感謝したものの、相手はあまり愛想を振りまく女性ではないし、この間はほとんど志田と喋《しゃべ》っていたから、一つ一つの会話もぎこちなくなってしまう。

「乾さん、まだ来てませんね。ご近所なんでしょう？」

「そう聞いてますけど。私も親しいわけやないんでね」

本人に悪気はないのだろうが、やはり素っ気ない。志田には気を遣わないで楽だったな、と思いながら真澄が座ると、妹尾敏恵が手に持ったファイルを滑らせてきた。カモ氏と関《かか》わりがあるかもしれないと考えられている、幡枝《はたえだ》古墳群の調査報告書のようだ。

「これ、ご参考までにどうぞ。〝失火鏡〟の図が載っています。まあ、正しくは〝夫火竟《きょう》〟やと思いますけど……」

専門用語ばかり書いてあるので、どうせ見ても分からないと思ったが、せっかくなので付箋《ふせん》を貼《は》ってくれた所だけ確かめることにした。

上賀茂から岩倉《いわくら》盆地に抜ける途中、現在は教習所がある所に、かつて円墳が存在したこと。その円墳から、「失火竟」あるいは「夫火竟」と読める銘文の入った特異な国産鏡が出土したこと。同じような「火竟」の銘を持つ鏡は、全国であと二例しかないこと。

ほかに被葬者の生前の居住地や中央政府との関わりなどが、発掘調査をもとに述べられていたが、案の定真澄にはちんぷんかんぷんだった。これだけではカモ氏との関係や乾の〝生火鏡〟が本物かどうかも判断できない。

真澄は報告書を諦《あきら》め、妹尾に別の質問を投げかけることにした。

「御所《ごせ》の方にもカモ氏がいたってことですけど……。そちらも有名なんでしょうか」

「有名というのは？」

「京都には上下カモ社があるし、大きなお祭も残ってるから、何となくカモ氏の勢力や歴史のようなものがイメージできるんですが、奈良の方は御所って場所もカモ氏もあんまり聞いたことないなって……」

正直言うと、奈良の地名も地理もほとんど知らない。自分が住んでいる京都でさえいっぱいいっぱいなのだ。

「簡単に言うなら、奈良盆地の西南部と大阪との境が金剛山地です。御所市は、金剛山麓《さんろく》にあります」

金剛山とその北部に連なる葛城山《かつらぎ》は、修験道《しゅげんどう》の開祖とされる役行者《えんのぎょうじゃ》が修行した名山でもあり、山裾《やますそ》を走る〝葛城古道〟から美しい盆地の景色を眺められるとあって、古代史ファン以外にも人気がある地域だという。数百年の歴史を誇る大和売薬《やまとばいやく》の中心地としても有名な所ですよ、と妹尾は説明した。

「私は京都と奈良のカモ氏は別の氏族だと思っていますが、御所には全国カモ社の総本社と呼ばれる高鴨《たかかも》神社があります。ほかにもカモ氏縁《ゆかり》の神社や地名が御所市と葛城市を中心にたくさん残っています。かくいう役行者も、カモ氏の出ですからね」

「じゃあ御所と葛城一帯がカモ氏の支配していた土地だったんですね」

少し考え、妹尾は首を傾《かし》げて「そう一概《いちがい》には言えません」と言った。

「御所と言えば、古代史好きには葛城氏の本拠地として知られていますから」

「は……？」今度はカツラギ氏なるものが出てきた。

「今の葛城市から御所市にかけて、古代はまとめて葛城と呼ばれていました。葛城氏と言うのは、その名の通りそこに盤踞《ばんきょ》していた大豪族です。葛城氏の血を引く天皇も出ましたから、古代史好きの中には、天皇家とは別に葛城王朝があったと主張する人もたくさんいるほどです」

「葛城氏なんて、あんまり聞いたことありませんが……」

「主勢力は五世紀末に没落しましたから、教科書には載りませんね」

「はあ」五世紀というのがどれくらいの昔で、歴史上どのような出来事があったか分からないまま、真澄は曖昧《あいまい》に頷《うなず》いた。学生時代の記憶を総動員して考えてみると、聖徳太子《しょうとくたいし》が小野妹子《おののいもこ》を中国に派遣したのは七世紀の初めだったはずだから、それより二百年近く前の話になる。確かに、卑弥呼《ひみこ》と聖徳太子の間は、学校では習わない。

「葛城氏とカモ氏のいた場所は重なる所が多いので、二氏族の関係については様々な説があります。葛城氏の配下にカモ氏がいた説、二氏族が覇権を争っていた説、二氏族が同一だという説、カモ氏はいなかった説。——この時代のことは、後世の歴史書や考古史料から推測するしかありませんので……」

はっきりしないなら、神話と同じではないか。

真澄が古代豪族の話題に辟易《へきえき》し始めた時、ガラス扉の外にずんぐりした人影が立った。少しガニ股《また》気味のベージュのチノパン、皺《しわ》だらけのポロシャツ、くたくたのナイロンリュック。最後に視線を顔に移すと、ケロイド状になった無残な左頬《ひだりほお》の火傷痕《やけどあと》が目に飛び込んで来た。

乾だ——。妹尾敏恵が立ち上がるのに合わせ、真澄は身を固くした。

ドアが開き、饐《す》えた汗の臭《にお》いが狭い室内に流れ込んでくる。土埃《つちぼこり》で色の変わった革靴で入ってきた乾は、挨拶《あいさつ》もそこそこに腰を下ろすと、疑り深そうな小さな目をひたと真澄に据えて、

「で、どういうこと」

最初から高姿勢で話しかけてきた。女だからと、なめてかかっているのかもしれない。

「志田とかいう坊さんと、よう分からん商売やってる人やて聞いたけど」

「フランスの古道具《ブロカント》を中心にした雑貨店をやっています。大阪の、南堀江《みなみほりえ》で」

志田が知ったら白目を剝《む》くだろうなと思いながら、事前に用意してきた嘘《うそ》をついた。乾も小田切の古美術店をダシに使ったのだから、お互い様だろう。古物商になりすまそうかとも考えたが、すぐにボロが出そうだったのでやめた。

「ガラクタ屋が何で古代鏡に首突っ込まなあかんねん」

「オーナーの志田が、榎本さんと親しくさせていただいてるご縁で、鏡のことをうかがいました。私どもも拝見させていただく予定だったのですが、お亡くなりになられて……」

そこで乾の表情を窺《うかが》ってみたのだが、榎本の死の話題にも反応はない。

「乾さんは確か、榎本さんと五山送り火のあった十六日にもお会いになったとか……？」

志田に倣《なら》い、カマをかけるつもりで言葉を重ねてみても、乾は人差し指で苛立《いらだ》たしげに机を叩《たた》いただけだった。

「あのな、俺《おれ》はおしゃべりしに来たわけやあらへんねん。鏡の話や、鏡の」

大きな声を出して威圧的に振る舞う乾に、見かねた妹尾が口を挟む。

「こちらからもお聞きしたいことがあるんです。順番にお話ししないと」

「何や、えらそうに。大体あんたんとこで鑑定引き受けんかったから、こんな始末になったんやないんか、え。あんな泥棒記者押しつけて、どう補償する気や」

「榎本さんには、どういう経緯で鏡をお預けになったんですか」

腹立たしさを抑えながら尋ねた真澄に、乾は「どうもこうも」と鼻を鳴らして、矢継ぎ早に文句を言い始めた。

乾が初めて榎本と会ったのは、コミュニティセンターに鏡を持ち込んだ翌日、八月一日のことだったと言う。榎本は、学者や学芸員の知り合いがほかにもいるので、オフレコで鏡を調べてもらいましょうかと持ちかけたそうだ。

「どこの博物館も、持ち込みの鑑定は請け負わんて言うし……」

学芸員の妹尾敏恵が紹介した記者だったこと。記事にするためではなく、純粋な興味からだと説得されたこと。乾の名や出所は明かさないと約束したこと。それで乾も、渋々ながら預けてみる気になったそうだ。

「ところが、週明けには返事する言うたくせに、ウンでもなければスンでもない。こっちから電話したら、専門家の返事待ちやてはぐらかす。そっから何となくおかしいて思い始めて……」

榎本が鏡をそのまま自分のものにするつもりではないかと思ったら、居ても立ってもいられなくなったらしい。再三電話しても埒《らち》があかず、その週の半ばには直接新聞社に出向いたり、榎本のマンションまで尾《つ》けたりしたのだという。

乾はいかにも正当な行為だと言わんばかりに語っているが、鏡を預けて一週間足らずのうちにそこまでやるというのは、やはり普通ではない。いわくつきの鏡を手にしたはいいが、世間に公表することもできずに何年も過ぎ、顕示欲と知識欲に負けて動いた結果がこれだ。榎本に取り上げられる形になって、さぞ焦ったことだろう。

だが、そのいわくとは何か。二十一年前、御所の鴨原神社で宮司の息子が焼死したという事実だけでは、乾がそこまで徹底的に鏡の存在を隠す必要はない。

第一、乾は小田切一家とどんな繋《つな》がりがあるのだろう。

そして小田切恒太は、なぜ《いぬいに鏡を渡せ》などという脅迫状を作成していたのだろう。以前石黒が推測していたように、二人はグルなのか。だとすると、小田切恒太が首に縄を巻き付けて転落していたことに、どんな意味があるのだろう。

「あの記者、人のもん盗《と》ったくせして、自分の方が正しいて面《ツラ》しくさる。十五日に新聞社の方行ったら、警備員呼びよった。こうなったらこっちから時間と場所指定して、強引に呼び出したろ思て、翌日電話かけたった。ひょっとしたら鏡を鑑定した専門家が、カモ氏のルーツに関わる重要な証拠を見つけて、それで鏡を返さへんのかとも思たしな」

その見当違いの問いかけに、さしもの榎本も声を荒らげたのだろう。

――あの〝火を生む鏡〟、とんでもない代物《しろもの》じゃないですか。もうカモ氏は関係ない。

人が一人死んでるんですよ！

やはり榎本がカフェで話していた相手も、その日会う約束をしていたのも乾だったわけだ。実際、嘘を言っている素振りはないし、嘘をつく必要もないから、ここまでは本当だと信じてもいいだろう。

「そんで十六日、地元の喫茶店に七時半て無理やり指定したった……」

乾の家にほど近い、鞍馬口通の小さな喫茶店だという。榎本は新聞社から烏丸《からすま》線で鞍馬口までやって来たが、八時から始まる五山送り火の影響もあったのか、十分以上遅れて店に入ってきたらしい。

「話にならんかったわ。鏡は隠した、警察にでも弁護士にでも、言えるもんなら言うてみいて、えらそうに」

「乾さんは、訴えるつもりはなかったんですか？」

「そらまあ、もう少し様子を見たろ思て……」

乾が後ろめたい事情を抱えていたとしたら、言えるわけがない。やはり要《かなめ》は、鏡にまつわるいわくなのだ。

「この後約束がある言うて、すぐに出て行こうとするから引き留めた。電話の時には何も言うてへんかったのに、後でこれ見よがしに予定入れるなんて見え透いてるやろ。で、三十分近く話したった」

三十分近くも話したと言うことは、榎本の方もそれまでに調べ上げたあれこれを、乾に突きつけたと見える。乾としては、全容が明らかになれば都合が悪い。一度別れてから後を追いかけた可能性は、じゅうぶんあり得るのだ。

ここで改めて、十六日の榎本の行動を考えてみる。七時半という時間から考えて、榎本は乾と会った後、真澄との待ち合わせ場所である北山のイタリアンに直接向かっただろう。八時十分くらいに鞍馬口通の喫茶店を出れば、志田の予想通り、真澄に電話をかけた時には出雲路橋付近に着く。

問題は、その後だ。電話を切った後で何かが起こり、榎本は目的地とは正反対の出町柳方面へ行った。

そして榎本が命を落とすのとほぼ同じ時刻、河合橋の上に小田切恒太がいた。これは偶然なのか、否か。

やはり乾と小田切の関係こそ、鏡のいわくを突き止める鍵《かぎ》かもしれない。

「ところでその鏡、小田切古美術店で手に入れたものだとうかがいましたが、あのお店、今はもうありませんよね。いつ頃《ごろ》買われたものなんですか？」

「……あんた、小田切さんとこと付き合いがあるんか」

途端に警戒する顔つきに変わった乾が、真澄を睨《ね》めつけた。いつの間にか、落ち着かなげに貧乏揺すりを繰り返している。

「乾さんも小田切さんも、奈良の御所のご出身ですね。鏡は御所で買われたんですか」

「あんた一体……」

「その頬の火傷、二十一年前の神社の火事が原因ですか」

乾はいっそう気色ばんだ。

「記者から何吹き込まれたか知らんけどな、あの鏡は神社が燃えた後に小田切さんから内緒で譲り受けたもんや。当時は燃えた神社も骨董店の方もかなりごたごたしてたし、小田切さんは金の使い込みで叩かれてたし、そんな時に宮司が安値で神宝売ったなんてことがバレたら、氏子に何言われるか分からん。せやから俺も、今まで大っぴらにでけへんかったんやないか。そこの妹尾さんと記者が出所しつこく聞くんで、便宜上《べんぎじょう》小田切骨董店の名ぁ出したけど、京都来てから付き合いはない」

真澄は乾の言葉をまとめるため、瞬《まばた》きを繰り返した。鏡が神社の神宝だったこと。宮司が密《ひそ》かにそれを乾へ売ったこと。スキャンダルの渦中だった上、氏子たちの目も厳しく、だからこそ今まで公にはできなかったこと。もしそうなら、乾が鏡を持っていることを、小田切の祖母さえ知らなかったのも肯《うなず》ける。

すべての筋が通っているので、何が嘘で本当なのか、とたんに判断ができなくなった。

「大体、あの火事は夜に起こった。神事の最中ならいざ知らず、そんな時に俺が神社におるわけないいやないか」

「神事って……乾さんは、鴨原神社の関係者だったんですか？」

「楽師《がくし》。笙《しょう》吹いてた。あっこの神社は規模が小さかったし、楽師も巫女《みこ》も専属はおらんかった。せやから、神事のたびに派遣楽師とバイト巫女を呼んでたわ。まあ、全員すぐ近くに住んでたから、顔ぶれはいつも同じじゃやったけどな」

「じゃあ乾さんは、宮司の息子さんとも顔見知りだったんですね？」

「あらあかん。絵に描《か》いたような札付きの悪《ワル》やった。神社の本殿で酒飲んで騒いだり、煙草《たば》ふかしたり、女連れ込んだり。神職の家柄がどうので言う前に、人としてあかんわ。あんなひどいドラ息子が後継《あとつ》ぐくらいやったら、神社ごと無くなった方がましや。実際、そうなった。神罰や」

「その時、息子さんは……」

「――もうええやろ。黙って聞いてれば、ぐだぐだくだらないこと抜かしよって。さっさと鏡の場所言わんかい。なめとるんか！」

優雅な和楽器を持つとは思えない無骨な手が、大きな音を立ててテーブルに叩きつけられた。クレーム処理の仕事から遠ざかって久しい真澄は、その威嚇だけで気圧《けお》されてしまう。粗野で下品で、自分の非は絶対に認めず、かつ延々と自分の主義主張や〝社会常識〟を説《と》いてくるタイプだ。浅知恵に支えられたちっぽけな自尊心と、独善的な良識と、とらえ所のない怒りのエネルギーとを、一緒くたにして七十年近く発酵させたら、きっと乾のような人間ができあがる。

「乾さん、落ち着いてください……」

妹尾がなだめた時、ガラス戸がノックされて、思案顔の男性職員が頭を突き出してきた。

「妹尾さん、文化財課の方《ほう》から急ぎの電話が入ったんですけど……」

慌てて腕時計を確認した妹尾が、「ごめんなさい。私、もう失礼せな……」と気がかりそうに言い、何度も真澄たちの方を振り返りながら出て行く。

分かってはいたことだが、乾と二人きりで残されると、途端に心細くなった。乾は〝肩書きのある〟妹尾が事務室の方へ消えるや、姿勢を崩していっそう激しく片足を揺すり始めた。真澄は喉《のど》の渇きを覚え、自動販売機でペットボトルでも買ってこようかとカゴバッグをかき回しながら、努めて平静を装って会話を続けた。

「小田切さんのお孫さんとは、今もお付き合いがあるんですか」

「あ……？　なんで小田切んとこの孫が出てくんねん」

「妹尾さんからもらった名刺の裏に、ご自分の名前と住所を書いて恒太くんに渡しましたよね」

乾は眉をひそめて何かを言いかけたが、財布を持って真澄が立ち上がると、腰を浮かせて「待て」と制してきた。

「こんなとこでくつろぐ気ぃはない。さっさと言え」

先週木曜以来、真澄の頭の中で一つの仮定が渦巻き続けている。それは考えれば考えるほど輪郭《りんかく》をはっきりとさせていき、今日乾と会うに及んでますます確かな形を取り始めた。二十一年前に宮司の息子を焼死させたのも、榎本を事故死に見せかけて殺したのも、小田切恒太を自室から突き落としたのも、すべて乾の仕業ではないのか——。

真澄は今日、その部分を確かめてみたかった。榎本の死に直接関わっているのが乾だと分かれば、あの馬鹿らしい志田の推測も否定できるからだ。だからこそ、鏡を餌《えさ》に乾を呼び出してみたのだが、見ず知らずの人から簡単に新しい情報を引き出す芸当は、説法慣れした坊主だからこそできるものなのか、真澄がやってもなかなかうまくいかない。尋ね過ぎればかえって怪しまれると注意しながらも、自然とこちらの手持ちのカードをどんどん出して行くはめになり、気づけばもう「あなたが犯人ですか」という率直な問いかけしか残っていなかった。

自分で調べるのも、ここまでが限度か——。

こうなるともう、乾に鏡のことを話して切り上げるしかなさそうだった。真澄は座り直し、表情から心情を探られないように苦心しつつ、「御所です」と短く言った。

「榎本さんは、先月の連休に鏡の来歴を調べるために御所を訪れています。どうやらその時に鏡を隠したみたいで……」

「御所のどこや」

ロッカーのことを言うべきか迷った。鍵《かぎ》は志田が持っているし、具体的な場所は突き止めていない。何より、本当にロッカーに隠したのかどうかも分からない。

そのためらいが顔に出た。乾は真澄をじっと見つめ、おもむろに言った。

「ほんなら、あんたにもついてきてもらおか」

「えっ」

「口から出任せで振り回されるんは、もうこりごりや。俺は御所のことは隅から隅までよう知ってるし、記者がどこら辺を回ったんか、その場であんたに教えてもらお」

「そう言われても、私はここまでしか……」

「あんたはこの前の電話で言うたな。場所は見当がついてる、て」

「でも……」

「い、いや」

「言うたな」

すっかり目の据わった乾の、真っ赤に引きつった左頰を見ながら、真澄は志田と自分の「口から出任せ」の違いを、禅問答のごとく悟った。嘘をつくには、嘘をついてはならないのだ。知っていることを積み重ねてつく志田の嘘は「方便」だが、知らないことを知っている風に装ってつく真澄の嘘は、ただの危険な「妄語《ウソ》」に違いない。

つうっ、と冷たい汗が背中を流れる。

うまく乾を釣ったつもりが、逆にしつこい乾の針に引っかかってしまった。

これでは、榎本の二の舞だ。

2

鯛《たい》、まぐろ、いか、えび、ほたて、たまご——。

色とりどりのネタが、桶《おけ》の中に並んでいる。どれから食べようか迷い、時任修二《しゅうじ》は結局片っ端からせっせと口へ運んだ。寺の方が忙しくて昼食は出せないからと、志田の兄嫁の〝キミちゃん〟こと季美子《きみこ》が、近所の寿司屋《すしや》からわざわざ出前を頼んでくれたのだった。

何でも住職が枕経《まくらぎょう》に出かけてしまったため、このところサボってばかりの副住職が、急きょ寺での法事を担当することになった。今は寺の座敷で〝お斎《とき》〟を食べているらしい。前もって分かっていれば、時任の方の予定をキャンセルしたものだが、人の生き死にばかりは仏様の領域だから仕方がない。

大阪は阿倍野《あべの》。志田の家・光願寺《こうがんじ》は、日本一の高さを誇る「あべのハルカス」のお膝元《ひざもと》、阪堺電軌《はんかいでんき》の走るあべの筋から少し入った所にある。時任が今ぽつねんと取り残されているのは、本堂に隣接する大きな和風の二階屋——住職一家五人の住まいだった。

昨年泊めてもらったことがあるので、大体の間取りは分かっていた。洋風のリビングとダイニング、キッチン、風呂《ふろ》、志田をのぞいた四人の部屋はすべて一階にそろっており、二階は志田の部屋のほか、見習いや手伝いに来た僧侶《そうりょ》を泊めるだだっ広い和室とシャワールームが占めている。

「はい、どうぞ」

キッチンに追加のポットを取りに来た白い割烹着《かっぽうぎ》姿の季美子が、ついでにお茶まで淹《い》れてくれた。端麗な容姿と品のある立ち居振る舞いが、妙にリアルなタコの描かれた五本指靴下で台無しになっているのを、時任は少し残念に思う。

「芳信《ほうしん》さん、あと三十分もしたら戻って来ると思います」

「僕やったら、おかまいなく。全然急ぐことないんで……」

「奈良には柿《かき》の葉《は》寿司しかあれへんでしょう、たくさん食べてね」

「いや、奈良にも寿司くらいあります……」

時任が答えた時には、季美子はもういなくなっていた。この家の人間は、みなマイペースかせっかちかのどちらかで、お節介なわりに話半分で適当に聞いていたりする。

対面式のキッチンに置かれた時計の針は、一時五分。

お寺さんも、忙しいな――。

時任はダイニングテーブルで一人もぐもぐと場違いに寿司を食い続けながら、暇に任せて自分の来し方を顧《かえり》みた。高校を出て印刷会社に就職し、数年前、三十歳目前で地元広報誌のカメラマンになった。今はガイドウォークや執筆などの〝古代史業〟にシフトすべく、徐々に写真の方の仕事を減らしている。

それなりに苦労はしてきたつもりだが、こうして家業を継いで様々なしがらみに縛られている志田を見ると、古代史一色で自由気ままに暮らしている独り身の自分が、どことなく無責任に思えてくる。実際、志田は彼岸が近づくにつれて体が空《あ》かなくなるそうで、時任は古代史雑誌の共同企画の打ち合わせついでに、〝カモ氏事件〟を手伝えと言われて、奈良から出張ってきている次第だった。

共同企画パート2の内容も、相談の結果「カモ氏」にした。先週、成り行きで上賀茂神社に行った時、自分なりに面白そうなネタも見つけたから二度手間にはならない。志田は志田で、伊勢神宮に次ぐ格を与えられた〝賀茂大神〟の正体と変遷について、アマチュアならではの自由な想像力を駆使して迫ってみたいと言う。二人とも「カモ氏が奈良から京都へ移動した説」で意見が合致しているから、少しの調整でうまくまとまるはずだ。

「――ハイ、お待っとうさん」

志田が墨染めの衣をまとって家に戻って来たのは、季美子の予想より十五分ばかり遅れた、二時近くのことだった。空《から》になった寿司桶の隣に雑誌と新聞を山と積み上げ、続いてA4用紙やらハサミやらスティックのりやらを家の中から複数かき集めて、ようやくダイニングテーブルに座った。

「ほな、始めよか」

「これで何するん」

全国紙の新聞以外は、『月刊法話』『ちまたの寺院』『マガジン南無南無《なむなむ》』など、極めて特殊な業界専門誌ばかりだ。少なくとも古代史関連の打ち合わせでないのは確かだが、これだけでは見当もつかない。

「脅迫状、作ろ」

また突拍子もないことを言い出した志田に、時任は面食らった。いかにもゆすりたかりの似合いそうな外見ではあったが、中身はそれなりに善いお坊さんのはずだった。

「誰に出すん？　あの小田切って奴《やつ》、まだ病院におるんやろ」

先日マンションの自室から転落していた若者が、香坂《こうさか》真澄をつけ狙《ねら》い、脅迫状まがいの手紙や写真などを送りつけていたと聞いた。たとえどんな人間でも死なれては後味が悪いから、小田切が一命を取り留めたのは幸いだが、詳しいことは分からない。香坂真澄を現場から逃がした後、志田が救急車の向かった病院が左京区の総合病院だと突き止めて終わったのだった。

「こらな、もう一方の脅迫者に送ろ思てんねん」

「え、二人いるん？」

「正確には、二種類や」

志田は指を二本立て、「小田切が書いた方と、もう一方」と言った。

「香坂真澄に送られた脅迫状とメモ書きは、全部で五つ。形態と内容から、二種類に分けられる」

　そう言って、志田は香坂真澄の手に渡った手紙やメールを、スマホに撮った写真で順番に見せ始めた。

　まずは志田が初めてカフェに来店した二十六日、帰宅した香坂真澄のマンションのポストに入っていた、《カモ氏の鏡に関わるな》という切り貼《ば》り文字の手紙。

　次に二十八日。志田との通話中に開いたメール。《警告。鏡のことと俺のことを警察にしゃべったら殺す。よけいな真似《まね》したら殺す。ただの脅しだと思うな。すぐに証拠を見せてやる》。

　三つ目は、時を同じくして届いた、汚い手書きの文字。《8月29日木曜夜7時、下がも神社の門（ただすの森のところ）に、百万持って一人で来い。今度は助っ人はなしだ。無視したらどうなるか分かってるよな》。

　さらに四つ目、偽カラスの入った黒い靴箱に付いていた切り貼り文字のメモ。《今度はお前の番だ》。

　そして最後は翌二十九日、小田切の部屋に残されていた、これも切り貼り文字の手紙。《いぬいに鏡を渡せ》。

「こらな、手書きの文が一つと、そうじゃない四つに分けられるやろ。切り貼り文字てなもんは、書き手が正体を伏せるためにやるもんやで。一度手書きで書いてるのに、その後もわざわざ手間暇かけて切り貼り文字にする必要あれへんやないか。つまり、こら手書きの脅迫状を書いた者《もん》と、筆跡バレたない者の二種類があるっちゅうこっちゃ。見てみい、内容もそれに合わせて違《ちご》てるし」

親指で次々にスマホの写真を変えながら、志田は説明を続けた。

「鏡のことに言及しとるんは、切り貼り文字の方だけや。全部が小田切の仕業やったとして、手書きの文面をほかの内容に合わせるとしたら、《下鴨神社に鏡持って来い》てなるんが普通やろ。それを、百万円て。正真正銘、ただのゆすりやんか」

「となると、どっちが小田切なん？　――あっ、最後の《いぬいに鏡を渡せ》が小田切の部屋にあったてことは、切り貼り文字の方か。小田切は最初に鏡持ってた古美術店の孫やし、その方が筋が通るわ」

「わしはな、逆や思う。手書きの方が小田切や」

志田は片方の口角を持ち上げ、低い声で笑った。

「わしらはな、二十七日に『かもがも〜れ』のイベント会場で小田切に会《お》うた。その時点で初めて、小田切は香坂真澄が自分の正体に気づいたことを知ったわけや。ほんで、翌二十八日に再びアクションを起こした」

「だから、警察に言ったら殺すて脅迫メールを送ったすぐ後に、切り貼り文字のメモ付きの偽カラス持って、実際に香坂さんのマンション訪ねたんと違うん？」

「言うたやろ。正体バレとるのに筆跡隠すんは無駄やて。それに小田切は、お前と背ぇがトントンや。香坂真澄が自宅のモニターホンで見た犯人は、もっと小さかった」

「はあ、そんであの時僕を玄関に立たせたんか……」

「それに、あの女に助《すけ》っ人《と》がいてるてことを、二十八日の段階で知っとったんは、イベント会場で会うた小田切だけや。手書きの文面とも合致する」

時任は小首を傾《かし》げ、曖昧に納得した。志田にしては、どことなく歯切れが悪かったからだ。それでも「手書きの方」が小田切だと主張するからには、まだ何かしら別の根拠を持っているのかもしれない。

「下鴨神社に香坂真澄を呼び出したんが小田切やと考える方が、その後の展開も説明しやすい。わしらはあの夜、待ち合わせをすっぽかした。犯人にしてみれば、腹立って何か言うてくるはずやろ。でも何もない。なぜか。本人が来られへんかったからや。わしらがマンションに向かった時には、すでに自室から落ちてた。今は病院の中や」

「それは志田さんが自分の推測に合わせて理屈をつけてるだけやろ。しかも、もう香坂さんと連絡取ってないんやったら、あの人が今も無事かどうかなんて分からへんやないか」

「今んとこ無事や。さっきまで、北山のコミュニティセンターで乾と会うてたらしいわ」

「は……？」時任は目を瞬《しばたた》き、間抜けな声を上げた。「香坂さんと仲直りしたん？」

「するわけあれへんやないか。人の電話に勝手に出るような性悪女」

下顎《したあご》を突き出し、志田は即座に否定した。

「油断も隙《すき》もない。わしがうっかり車ん中にスマホを忘れたら、無断で触りよった。通話履歴消してもバレバレや。ちょうど乾から接触がある頃やったし、あの状況でそこまでする理由は一つしかあれへん。わしに黙って乾と会う気やて、すぐ分かったわ」

「それ以前に、なんで香坂さんがスマホいじったって分かったん」

志田が時任の鼻先で指をひらひらさせると、爪《つめ》の間に潜《もぐ》り込んだ塗香《ずこう》の匂《にお》いが漂ってきた。

「わしのスマホに、風情《ふぜい》のない虫除《むしよ》けアロマなんちゃらのにおいがついてたからに決まっとるやないか。あの女、糺《ただす》の森でびゅうびゅう腕にまきよった」

〝目も耳も手も早い〟だけでなく、鼻も利くのかと時任はウンザリした。志田だけは敵に回したくない、と心底思う。

「ほんでも、さすがに香坂真澄がどこで乾と会うつもりか分かれへんかったんで……」

乾に関して何か新しい動きがあったら教えてほしいと、コミュニティセンターの学芸員にひとまず連絡を入れたそうだ。するとほどなくして、香坂真澄が乾との接触場所として会議室を利用するようだと返事があったのだった。

「妹尾女史は機転が利くし、克也《かつや》さんに鏡のこと話してもうた負い目を感じとるようやったから、こっちが頼まんうちに同席すること引き受けてくれはって……」

こればっかりはラッキーやったと志田は付け足した。確かに、もしほかの場所で会うとしたら、喧嘩中の香坂真澄本人を問い詰めるしかなかったはずだ。

「妹尾さんは途中で退出してもうたらしいけど、大体のことは話し終わってたみたいやし、そこまでのことは、さっき電話で全部聞いたわ」

そう言って、志田は香坂真澄と乾との会話をかいつまんで話してくれた。いやはや、どこに坊主の手先が潜り込んでいるか、分かったものではない。かくいう時任自身も、脅迫状作りの片棒を担ごうとしている。

記者が死んだ夜の乾の行動は、大方志田の予想通りだったようだが、二十一年前に乾が鴨原神社の楽師だったことや、死んだ宮司の息子が大層な「ろくでなし」だったことは、今回初めて手に入れた収穫だったらしい。

「クソ。それにしたってあの女、さっさと手を引けばええもんを」

小さく悪態をついた志田の様子に、時任は閃《ひらめ》くものがあった。

「志田さん。ひょっとして、あの時変な推理で香坂さんを怒らせたんは、手を引かせるためやったんか。ここまで一緒に調べて、何で今さらなん」

すると志田は鋭い目つきで睨《にら》み返してきたかと思うと、「前もって分かってたら世話ないわ」とよく分からない言い訳をした。

「まあええわ。どのみち香坂真澄が乾に話せることなんてたかが知れとる。あっちゅう間《ま》に手持ちのカード使い切って終《しま》いや。御所に鏡があるて言うてもうたら、それ以上のことはでけへん」

「御所に鏡があるて、香坂さんに言うたん？　なんで？」

志田が鼻を鳴らして、何事かを言いかけた時だった。玄関の方で「ただいま！」と大声が上がり、リビングに通じるふすまが盛大に開いて、志田の甥《おい》っ子の勘助《かんすけ》がよく日に焼けた顔で登場した。

「おッ、時任クンや。こんにちは」

志田そっくりの口調で言い、使い込んでべこべこになったランドセルを背負ったまま、深々と辞儀をした。小学校最後の夏休みも過ぎたというのに、ちんちくりんなのは相も変わらず、髪形だけは一丁前にソフトモヒカンで決めているものだから、どう見ても通天閣《つうてんかく》におられるビリケンさんが、光願寺まで散歩に来たとしか思えない。

「おっちゃん、お勤めサボッて何してんの」

「脅迫状作り」

テーブルに身を乗り出し、興味深げに二人の手元をのぞきこんで尋ねた勘助に、志田は身も蓋《ふた》もない答を返す。へえ、と少年は顎を持ち上げ、腕まくりする仕草をして言った。

「ほんなら、わしも手伝ったるわ。牛乳飲んでからな」

「ええけど、母ちゃんには内緒《シー》やで」

よっしゃ、と叫ぶ勘助の声に続き、ぶん投げられたランドセルの背がソファでひしゃげる音がした。それから、弾《はず》むような足音、冷蔵庫を開け閉めする音、食器棚でガラスコップが擦《こす》れ合う音、でたらめな創作鼻歌が一気に室内を支配し、普段耳慣れない賑《にぎ》やかな生活音に包まれた時任は、〝大〟と〝小〟の志田を交互に見やり、結局手元の雑誌の山に所在なく視線を戻した。

志田の兄は、子供の顔を見る前に亡くなったとのことだから、本人も残された家族も、さぞや無念だったと思う。その後十年以上の歳月をかけて、違和感が違和感なく溶け込むまでになっても、この先お寺の事情やら個人の感情やらが絡んだ厄介事が起こりうるであろうことは、部外者にも何となく想像がついてしまう。この「愉快な志田ファミリー」を前にして、時任が一瞬複雑な気分になるのは、恐らくそこら辺が理由だ。

あれ、そう言えば——。

時任はふと、その連想から何か思いついた気がしたのだったが、「この文面通りの文字集めてな」と差し出された、やたらに達筆な志田の手書きに驚いて、「字ぃうまいな！」と声に出した途端忘れてしまった。

「当たり前や。卒塔婆《そとば》の文字クソまずかったら、ご遺族へコんでまうやろ。ところで、さっきの脅迫状の話やけどな。小田切の部屋に《いぬいに鏡を渡せ》っちゅう切り貼り脅迫状が置いてあったんは、恐らく細工《さいく》や」

「細工？　誰がそんな手間かけるん。切り抜いた後の雑誌もちゃんと置いてあったやんか。素直に小田切が作ったとは考えられへんかな」

「わざとらしくページ開いて置いてあったけど、切り取ったんは最後の脅迫状には使われてへん文字ばっかしやった」

あの状況で、時任はそこまで見る余裕はなかった。

「小田切は鏡のことは知らんはずや。知ってたら、百万円やなくて鏡を要求してた。わしが思うに、そもそも一連の脅迫を全部小田切の仕業に見せかけたんも、あの夜小田切の部屋を殺すつもりで訪ねたんも、全部切り貼り文字の脅迫状を作った方の人間やで」

「大した自信やけど……かなり憶測の濃度高めやんか。それとも、僕に言うてないことで、ほかに知ってることあるん？」

鏡と小田切が無関係だとしたら、小田切は香坂真澄を追いかけ回す、純粋なストーカーだということになる。しかしストーカーは対象そのものに執着するから付きまとうのであって、百万円を要求したりしない。香坂真澄には、小田切から脅される理由があったのだと考えねば、つじつまが合わないのだ。

「僕には不明な点だらけやけど、少なくとも志田さんの推測に従うなら、〝切り貼り文字の方〟に該当するんは、一人しかいてへんやないか」

牛乳を飲み終えた勘助が切り貼りに参戦してきたので、時任は言葉を濁して続けた。

「——もったいぶらなくても、乾やろ？」

乾ならば、推測部分も含めて何とか理由がつけられる。

鏡を取られた乾は、五山送り火のあった十六日の夜に記者と口論になり、一度別れたものの再び追いかけて記者を殺してしまった。

問題は、記者が北山とは逆方向である出町柳で亡くなっていたことだが、これは記者が本当は出町柳近辺から香坂真澄に電話をかけたのだと考えれば解決する。待ち合わせ時間に大幅に遅れた記者は、『船形』が見える場所にいるという些細《ささい》な嘘をつくことで、自分がもう北山近くにいるとアピールしようとしたのだろう。

こうして、乾は記者を事故に見せかけて殺害。だが、その現場を仕事帰りの小田切恒太が目撃してしまった。小田切は、『かもがも～れ』の会場に出入りしていた老人だと気づいたのかもしれない。そして恐らく、乾を脅したのだ。

一方、乾は記者が死亡当夜に会うことになっていた女性を、小田切がストーキングしていることを知る。鏡の在処《ありか》を香坂真澄が知っているかもしれないと考えた乾は、小田切の仕業に見せかけて彼女を精神的に追い詰める。そして先週二十九日。小田切が香坂真澄と接触してすべてが明らかになる前に、乾は口封じを兼ねて小田切を殺そうとした。その際、自分に鏡を渡すよう指示した脅迫状を、細工として部屋に残しておいた——。

時任はこうしてつらつらと考えてみたが、どうにも最後の部分がしっくりこない。香坂真澄が待ち合わせをすっぽかして直接小田切のマンションへ行ったのは、突発的な出来事だった。とすると、あそこに脅迫状を残しても、香坂真澄が見る確率は限りなく低かったはずではないか。

「考えながら手ぇ動かしや」

憮然《ぶぜん》として腕組みをした時任に、黙々と文字を探しては切り取る作業を繰り返していた志田が、顎をしゃくって言った。

なぜ手伝わせてる方がえらそうなのかと思いながら、時任も慌てて文字探しに加わる。

先ほどは志田の達筆に気を取られ、文面の方まで頭が回らなかったが、よくよく読んでみるとずいぶん特徴的な内容だった。

「……これ、上賀茂神社の雷神さんのセリフに似てへん？」

「へ、へ、雷神さんだけに、シビれるやろ」

隣りに座った勘助が、すかさず「関西電気保～安協会」と脳内にこびりつくお馴染《なじ》みのCMソングを歌い、志田が「やめんかい、頭ん中タコ足配線になるやろが！」とこめかみに青筋を立てて怒った。

時任はその時、先ほど勘助を見て連想したことを思い出した。

生まれる前に父親が死んでたんは、小田切恒太も同《おんな》しや――。

だがそこから思考が発展するでもなく、声に出して言えるわけもなく、思いつきは思いつきのまま、再び頭の中に沈んでしまった。

それから一時間余りかけ、志田の書いた長ったらしい文面の、すべての文字を集めて貼り終えた。意外に早く終わったのは、途中、一家の中で唯一のんびりしている志田の母親が現れて、よくわけも分からないだろうに、いそいそと嬉《うれ》しそうに手伝ってくれたからだった。

「この地味な封筒に入れるん？　私、もうちょっと派手で可愛《かわい》いの持ってるけど」

「あのなお母ちゃん、余計な気遣い要らんねん。相手が使《つこ》たんと同し茶封筒やないと」

「でもこれ、ラブレターと違うの？　ちょっとしたプレゼントくらいつけたらええのに」

志田は一瞬白目を剥《む》いて天を仰いだが、

「せやな。無くさんうちに、これも入れとこ」

そう言って、墨染めの衣から手品のように何かを取り出した。

「それ、何？」

「雷神さんに会うには、これが必要やろ」

ぽとりと茶封筒の中に入れられたそれは、いかにも手作りと分かる、ハートだか葵《あおい》の葉だかを象《かたど》った、水色のビーズアクセサリーだった。

3

幼い真澄が「キョート」からオレンジ色の電車に乗り、遠路はるばる訪ねた祖母と亜子一家の暮らす家は、黒い瓦屋根《かわら》の古びた日本家屋だった。

周囲は田圃《たんぼ》だらけで、山際の高台に沿うように集落がぽつぽつと塊になって点在している。盆地に向かって傾斜する見晴らしの良い土地だが、金剛山から吹き下ろす風は強く、昔ながらの家々はみな、山に背を向ける形で建てられているのだと、亜子の父——真澄の伯父が教えてくれた。

ここも年々人が少なくなって——。

生まれ故郷の人口が減っていくのを、伯父はハンドルを握りながら残念そうに呟《つぶや》いていたものだが、真澄は後部座席で亜子と喋るのに夢中だったため、「過疎化」や「高齢化」といった難しい大人の会話に、当然ながら耳を傾ける余裕はなかった。助手席の母もまた、「そら不便やねえ」とか、「買い物はどこまで行くん?」とか、東京では聞いたことのないアクセントで相槌《あいづち》を打ってはいたが、車窓を見る目つきにはありありと、他人事の素っ気なさが漂っていた。

あれは、小学校に入って初めての夏休みだった。

結果として、それが最後の御所《ごせ》訪問になるわけだったが、その時は知る由《よし》もなかった。

お祖母《ばあ》ちゃんたちに見せるのだと言って、リュックの代わりに真新しいランドセルを持っていこうとしたのを覚えている。真澄の父はエクステリア工事の仕事で手一杯だったし、小学校高学年になった兄は「退屈なド田舎」で過ごす夏休みを嫌がったから、母と二人の道行きになった。

オレンジ色の電車を降り、駅から亜子たちの家へ向かう道すがら、真澄はこれから始まる数日間の期待で胸をいっぱいにして、初めての担任やクラスメートの話を、しきりに亜子へ話していたように思う。亜子は車酔いをしたとかで少し顔色が優れなかったが、それでも真面目《まじめ》に真澄の話を聞いてくれた。

山並みに沿って、南へまっすぐに延びる道を、車は走っていった。窓の外は一面の稲田と、間近に横たわる金剛山地の壁だ。

「田んぼ、いっぱいあるね」

窓ガラスにおでこをくっつけて言った真澄に、運転席から伯父が答えた。

「御所の土地は斜面が多いやろ。水はけのいい土に、山から流れてくる綺麗《きれい》で冷たい水が流れ込むもんやから、それはそれは美味《おい》しい米ができる。中でも吐田米《はんだまい》は、天皇陛下にも献上したことのある、幻の絶品米や。真澄ちゃんも、いつか食べたってな」

「田んぼのお米、いつできる？」

「少なくとも、夏休み終わらんとな。秋になると、ここら辺全部、彼岸花が畦道《あぜみち》いっぱいに咲くんやで」

顔貌《かおかたち》も声も細い伯父は、このドライブの最中以外はほとんど存在を感じさせない物静かな人で、恰幅《かっぷく》が良く押しも強い真澄の父親とは対照的な男性だった。「お姉ちゃん、なんであんな冴《さ》えない人と結婚したんやろ」とは母の密《ひそ》かな悪口だったが、実際子供の目から見ても、伯父は祖母や伯母の生活の片隅で所在なく暮らしているような、物寂しい印象を受けた。

伯父の仕事についても、よく知らなかった。聞いてみたところで、「ものを作っている工場を管理するお仕事」と、ますますわけの分からない答が返ってくるばかりで、のちに勤めた京都の製造業の工場でも同種の仕事に携わったのか、そもそも御所から引っ越す際、なぜ仕事まで変えたのか、伯父についてはそれからもずっと謎のままだった。正直に言えば、華やかな女たちの影に隠れた伯父への興味は、ほとんどなかったのだ。

ともあれ、意外と饒舌《じょうぜつ》に地元を自慢した伯父につられて、幼い真澄は車の窓ガラス越しに想像してみたのだった。一直線に並んだ朱《あか》い朱い曼珠沙華《まんじゅしゃげ》と、その後ろにどっしり横たわる葛城・金剛の霊峰《れいほう》を。

「――大《お》っきな鳥さんだ!」

自分の大発見に驚き、真澄は思わず声を上げた。

畦道を埋め尽くす艶《あで》やかな華の背後に、峠《とうげ》を挟んだ葛城山と金剛山が、左右対称に延びている光景。それは実《じつ》に、青黒い大きな鳥が、真っ赤な炎の中から今にも天空へ飛び立たんばかりに両翼を広げているようだった。

「ほんまやねえ、鳥さんに見えるわ」

後ろからのぞきこんだ亜子も同意してくれた。

「きっと神様のお使いやわ。お空から雷さんみたいに降りて来てん。この辺り、よく雷落ちるし、たぶんそのせいやね」

燃え盛る炎の中で翼を広げる、雄々《おお》しい大鳥の姿が、真澄の瞼《まぶた》の裏でいっそうくっきりとなった。

その鳥は、羽ばたくごとに大地へ強い風を吹き下ろし、雷鳴に似た鳴き声を闇天《あんてん》に響かせて雨を喚《よ》ぶ。空に亀裂《きれつ》を走らせ、木々を焼き、田畑を雨で潤《うるお》し、稲を豊かに実らせる、神の使いとしての鳥だ。

真澄は自分の思いつきに満足し、興奮した。夏休みの絵日記には、まずこの鳥に似た二つの山を描こう。朱い彼岸花《か》はまだ咲いていないけれど、ピンクの次に好きな赤い色鉛筆を使って、たくさんの花を描こう。

想像力豊かな子供の脳裏に映ったイメージは、長じて記憶の奥底に沈み込んでしまったが、今にして思えば、知識や語彙力《ごいりょく》が乏しいからこそその直感だったのかもしれない。

御所が天孫降臨の伝承が残る神々の里だということも、修験道の聖地だということも、ましてやカモ氏の故郷《ふるさと》だということも知らない真澄ではあったが、それでも悠然とした二山の山容に、確固たる太古の意志を感じ取ったのだ。

「お祖母ちゃん家《ち》、あの羽の下の辺りだよね」

「うん。この辺りのお家は、みんな鳥さんの翼に守られてるんやわ」

「何の鳥かな」

「鴨《かも》やないの？」いかにも気がなさそうに、助手席の母も話に加わってきた。

「この辺、鴨って名のつく神社とか地名とか、やたらと多いでしょう。なんでなんやろ」

「昔この辺に、カモ氏って一族がいたんです」

言うなり、亜子は後部座席ですらすらと説明を始めた。

「カモ氏は稲作農耕に欠かせない、天文とか製鉄とか薬草に関する最先端の知識を持った氏族です。迦毛之大御神《かものおおみかみ》を主に祀《まつ》ってて、鴨神《かもがみ》にある高鴨神社は今でも全国カモ社の総本社として崇敬されてます。その発祥地から、もっと水耕に適した土地を求めて御所市内を北上していった分派が、東持田《ひがしもつた》の葛木御歳《かつらぎみとし》神社とか、宮前町《みやまえちょう》の鴨都波《かもつば》神社を建立したとか。だからそれぞれの神社は、上鴨、中鴨、下鴨て呼ばれてはるでしょう……」

「そうなん？　カモ社言うたら、京都だけや思てたわ」

「修験道の開祖に、役小角《えんのおづぬ》て有名な行者がいるでしょう。葛城・金剛の山で修行して、鬼を使役《しえき》したとか、空を飛んだとか、超人的な伝説が数多く残ってはる……。その人も、このカモ氏の出。それから平安時代、陰陽師《おんみょうじ》の安倍晴明《あべのせいめい》のお師匠さんが賀茂忠行《かものただゆき》。こういうところからも、カモ氏が古代から特殊な知識や技能を持ち合わせていた一族やってことが、窺い知れるんです」

「あらすごい。ずいぶん詳しいやないの。叔母ちゃんにはちょっと難しいわ。そう言えば亜子ちゃん、巫女さんのバイトやったはる言うてたね。そこもカモ神社？」

一瞬だけ、車内の空気が変わったような気がした。

「——鴨原神社」

亜子は簡単に言い、それではあまりに素っ気なさすぎると感じたのか、「この前のお正月、真澄ちゃんもお祖母ちゃんと来てくれはったね」と慌てて付け足した。幼稚園の年長さんだった冬、祖母に手を引かれて行った近所の神社で、真澄は五色の布が垂れた鈴を持って舞う、亜子の巫女さん姿を見たのだった。

いい匂いがするさらさらの黒髪。十個違いの、高校二年生。会うたびごとに、憧《あこが》れの従姉《いとこ》は綺麗になる。

「そや、叔母ちゃん。東京の話教えて。私、そっち出て行くかもしれないし……」

「二年生でもう受験の準備始めるん？　最近の子は大変やね。叔母ちゃんとこ東京言うても〝都下《とか》〟やし、あんまり参考にならへんよ」

そのくせ、母は高価なアクセサリーやブランドもののカバンやヒール付きの靴といった小道具を駆使して、必要以上に自分の住む「街」をアピールしていたように思う。不本意な場所に移り住んだ実《じつ》の姉に対する、無意識の挑発や優越感だったのかもしれないが、これは大人になった真澄が当時を振り返って邪推することだから、本当の所はどうだったのか知れない。

その時の真澄はといえば、亜子が東京に出てきたら夢のようだと頭の端っこで考えながら、ウィンドーに張りついて刻々と変わっていく山の角度に目を凝らしていた。葛城山が金剛山の後ろに隠れると、もう羽を広げた鳥には見えなくなってしまう。だがそれは、見慣れた祖母の家が近づいた証拠でもあった。

祖母の家――と真澄は思っていたが、正確には伯父の家だ。

伯父夫妻は京都で知り合って結婚したが、御所の実家が無人になるのを惜しんで、亜子が五歳の時に引っ越した。伯父にしてみれば生まれ育った故郷でもあり、職場が近くなったのも好都合だったが、伯母の方は内心面白くなかったらしい。それでも、年老いた母親を家に受け入れてもらった手前、不承不承その土地に馴染もうと努めていたのだった。

青空に浮かんだ入道雲と、揺れる稲穂と、盆地を望む黒い瓦屋根の集落。大阪と奈良の境に横たわる金剛山地の麓《ふもと》で、真澄はそれから絵に描いたような夏休みを過ごした。蚊取り線香の煙が漂う縁側でスイカやアイスを食べたり、伯母と母の唐揚げ作りを手伝ったり、お祖母ちゃんの家庭菜園でキュウリやミニトマトを収穫したり、亜子や伯父とトランプやボードゲームに興じたりと、数日間の滞在を目一杯楽しんだのだった。

そして、三日目の晩のことだ。

真澄が目を覚ますと、亜子が寝ているはずの隣の布団は、もぬけの殻だった。

一階に祖母、二階に伯母家族の部屋があり、真澄は大好きな従姉の部屋に布団を並べて寝ていた。参考書の載った勉強机、難しそうな文学の並んだ本棚、壁にかかった夏の制服などが、微《かす》かにそうと分かる輪郭を残して夜の闇《やみ》に沈んでいる。

蓄光の時計の針は十時半を指しており、毎日九時に寝ていた小学一年生にとっては、真夜中と大差ない。トイレにでも行っているのだろうと再び目を閉じ、またしばらくうとうとしていたら、ようやく隣に亜子が戻ってくる気配がした。

声をかけようとして、真澄はやめた。亜子の表情はまったく見えなかったが、布団の上で体育座りをし、膝の間に顔を埋《うず》めて、押し殺した声で泣いているのが分かったからだ。

それから、嗅《か》いだことのある何かの匂い。

この匂いは、確か――。

だが、亜子がなぜ泣いているのか、どこで嗅いだ匂いだったか、夢うつつにぼんやりと考えている間に、結局真澄は再び眠りに落ちてしまったのだった。

四日目の朝、亜子の勉強机に、昨日まではなかったビーズアクセサリーが二つ置いてあった。

ピンクと水色の、ハートの形をしたストラップだった。

「これ、どうしたの？」

前に作ったのだと、亜子は言った。手先が器用な亜子は、折り紙も手芸もお手の物で、いつも可愛い小物をいろいろ作っては、真澄にくれたものだった。

その時も、真澄は欲しいなと思ったのだったが、亜子が蠟《ろう》のように白い顔で力なく言うので、子供ながらにそれ以上言葉を重ねるのは気が引けてしまった。

「もう要らないから、真澄ちゃんにあげる」

やにわに騒がしくなった家の中で、伯父が亜子を呼ぶ声がした。きっぱりと口を引き結んで部屋を出て行こうとした亜子の背に、真澄は急いで言った。

「じゃあ、ピンクの方が欲しい」

亜子の代わりに答えたのは、溢《あふ》れんばかりに鳴き出した蟬《せみ》の声だった。おかげで真澄は、どうして亜子は昨夜焚《た》き火みたいな匂いがしたのだろうかと、とうとう聞けずじまいのまま忘れてしまった。

亜子の一家は翌年再び京都に引っ越し、伯父は会社を変え、祖母が亡くなってから後は交流もほとんど途絶えて、次にまともに顔を合わせたのは、石黒と亜子の結婚式だった。

あの夏から、二十一年。

真澄は明日、乾と御所を訪ねる前に、今はもう無いあの家が一体どの辺りにあったのかを、母に確かめるだけのつもりで電話をした。

思い出したこと。初めて知ったこと。今になってようやく理解できたこと。

謎のまま漂っていた事実の断片《ピース》が、ゆるゆると緩慢に合わさっていく。

あれからお姉ちゃんとことも気まずくなっちゃってねえ、と母は言った。

――でもなんで今さらそんなこと聞くの。そっちで何かあったの？

電話越しに尋ねる母にぼんやり答えながら、真澄はもっと早く母に尋ねていれば、あるいは一生知らないままでいれば、こんなに悲しくはならなかったのにと、遅すぎる後悔をした。

六章　火焔の鴉

1

九月五日木曜日。

京都市左京区の総合病院『ホスピタル・みやこ』は、その日関西一円を覆った曇り空に、くすんだ灰色の外壁を溶け込ませて陰鬱《いんうつ》に沈んでいた。

いつもより冷房の効いた一階の受付ロビーを、この敷地内ではあまりお目にかかりたくない不吉な僧衣をまとった男が、線香のにおいをまき散らして大股《おおまた》に突っ切っていく。地味な格好で行った方がいい、という分別くさい判断は、残念ながらこの場合完全に裏目に出ており、赤い革靴がさらに場違いな注意を引いていた。

時任修二《ときとうしゅうじ》が少し離れて歩いていると、「おう時任」と志田《しだ》に手招かれた。

「お前、そんな全身ハイキングみたいな格好で病院来たら、悪目立ちしすぎやで」

反論するのも面倒くさいので、時任は肩をすくめるにとどめた。

エレベーターの見えるソファに、二人で腰かける。二時を過ぎ、面会客が病室へちらほら上がっていく。

今回の件にまったく無関係の時任だったが、行きがかり上、事件の結末を見届けたいという好奇心が働いて、金魚の糞《ふん》よろしくくっついてきた。どちらにしろ、志田から先日借り受けた物を返さねばならないし、歴史系の本がそろった京都の老舗《しにせ》古書店『賀茂文文堂《ぶんぶんどう》』に立ち寄ると言うので、昼過ぎに北大路の駅で待ち合わせしたのだった。

一昨日《おととい》、志田は作り終えた脅迫状をすぐに近所のポストへ投函《とうかん》した。速達郵便で出したそうだから、翌日には間違いなく相手に届いたはずだ。

もっとも、時任は誰《だれ》に送ったのか知らない。ほかの人間に怪しまれず、確実に相手の手に渡るよう、宛先《あてさき》だけはパソコンで作成したものを印字したらしい。文面もそうすれば早かっただろうが、「切り貼《ば》り文字を使《つこ》た相手には、切り貼り文字で脅し返さなあかん」とのこと。そうすれば、小田切《おだぎり》の仕業に見せかけて脅迫状を作っていたのはお前だと、相手にはっきり伝えられるからだそうだ。

うまく行けば、呼び出しに応じてここへ二時半にやって来るはずだと言う。

目隠しのつもりか、志田は持参した山背《やましろ》新聞を広げてソファに身を沈め、隠しきれない図体《ずうたい》を観葉植物の陰に引っ込めた。自分が考えた作戦だというのに、曇り空と同じく始終浮かない顔つきで、注意深く辺りに目を配っている。そのいたたまれなさが伝染して、時任は気分を変えるために口を開いた。

「カモ氏のことやけど。僕は上下カモ社の成立事情と類似性に関して書こ思ってる。志田さんとかぶらんやろか」

渋い顔は変わらずだったが、それでも志田は即座に「わしは賀茂大神の正体で行くわ」と乗ってきた。

「カモ氏も今度の事件も、〝同し《おんな》に見える別物《べつもん》〟と〝別物に見える同し物《もん》〟を見分けるんが鍵《かぎ》や。奈良の迦毛《かも》之《の》大御《おおみ》神《かみ》と、京都の賀茂大神は、名前が同じでも中身が違うてわしは思う。ならばいつ変わったか。恐らくは五世紀末から六世紀初頭。同じ場所で勢力を誇ってた大豪族・葛城《かつらぎ》氏が、天皇家に滅ぼされて衰退していく時期や」

葛城氏――。いきなりのご登場に、時任は面食らった。

五世紀を中心に金剛山地の麓《ふもと》で勢力を誇った、古代史好きには馴染《なじ》みのキングメーカーだ。外交政策に力を入れ、技術系の渡来氏族を配下に、瀬戸内海を含む水運を掌握して発展していたが、のちに雄略《ゆうりやく》天皇とのトラブルがもとで本流が没落していく。

「カモ氏の京都移住に葛城氏の衰退が関係してる説は、読んだことあるけど……」

親分がコケれば、その地の中小豪族も身の振り方を考えざるを得ない。ある氏族は別の親分に接収され、別の氏族は新天地を求めて移動する。

「でも、賀茂大神の中身が変わったなんて聞かんわ。しかも、何から何に変わったん」

「金剛山の中腹に、葛城氏の氏神が祀《まつ》られとる高天《たかま》彦《ひこ》神社てあるやろ。もともとは神社の後ろにある山がご神体で、伝承では高天彦神て言われとったけど、今は記紀にも出てくる有名な天神《あまつかみ》系の神さんを主神にしてる」

「高皇産霊尊《たかみむすひのみこと》……別名は高木神《たかぎのかみ》やろ。最初に高天原《たかまのはら》に現れた、造化三神のうちの一柱」

「あのタカミムスヒて意味、知ってるか。〝高いとこから降《くだ》って生成する霊力〟やで。天から降臨して〝御生《みあれ》〟する、京都の上下カモ社の御祭神たちと一緒やないか」

志田の言葉の意味する所に、時任は驚いて軽くのけぞった。

「え、まさか高皇産霊が賀茂大神の中身になったて考えてるんか」

「うん。タカミムスヒて名前自体は後からできたにせよ、その性質を持った葛城氏の神さんが、京都カモ氏の信奉する賀茂大神になったて思うわ。で、下鴨の八咫烏《やたがらす》と上賀茂の雷神さんに分かれてなお、その時の性質が名残として受け継がれてるんと違うか」

確かに、上下カモ社には共通する神事が多いと時任も感じた。それでも、葛城氏の神をカモ氏の神にすり替えたなど、にわかには信じがたい。否、志田の説なのだから信じる必要はない。大体が乱暴すぎる。カモ氏や葛城氏を論じるには、ほかにも検証すべき事柄がたくさんあるのだから、少ない判断材料でそんな大胆な仮説を述べるべきではない。

「そんなアホな……」

「こらな、葛城氏とカモ氏の壮大な生き残り作戦やった。一族滅亡を避けるため、葛城氏の一派がカモ氏と一緒に京都へ逃げた。いや待て、幡枝《はたえだ》古墳の築造時期や下鴨地域の祭祀《さいし》遺跡の年代なんかを考えると、先住組のカモ氏のとこへ葛城氏が流れた方が自然か。——とにかく、その時逃げた葛城氏の一派が、自分らの祀るタカミムスヒの性質を賀茂大神に埋め込んだ。その時歴史が動いた。国神《くにつかみ》系のカモ氏が、天神系のカモ氏に変わった瞬間や」

もともとカモ氏は、当時の葛城地方で信仰されていた神々の、祭祀を執り行っていた可能性も指摘されている。だが賀茂の名を冠した別の神というのは、やはり納得がいかない。

「で、でもそんなことしたら、朝廷に申し開きできひんやんか。天皇が滅ぼした氏族の神さん、かばって祀ってたら痛い目に合うわ」

「せやからこそ、見てくれだけは賀茂大神のまんまなんやないか。でも朝廷は知っとった。だからめっちゃカモ社に気ぃ遣《つこ》た。後ろめたいことしてもうた相手を、丁重に祀る習慣が日本にはあるやろ。朝廷は、滅び去った大豪族の名残を恐れて、カモ社を伊勢神宮に次ぐ大社に押し上げたわけや」

「でも、朝廷が『古事記』と『日本書紀』作る時にはもう、カモ氏はみずからを八咫烏の子孫てことにしてたやんか。タカミムスヒはどこ行ったん」

「名乗れん代わりに、ヒントを残した。『古事記』を見てみ。八咫烏を遣わしたんは、高木神ことタカミムスヒやで!」

「あっ、いや、でも……」

時任は何とか反論しようと試みたが、うさんくさいとは分かっていても穴が見つからず、結局目を白黒させてしまった。

「奈良のカモ氏はな、農耕にまつわる最先端の技術を持ってたっちゅう話や。天文、暦、独自の数字から、農具に使う製鉄の知識まで。そしたら、祀られる賀茂大神も、超《スーパー》農耕神やったと思う。何がすごいってな、カモ氏は農地に金属まいて雷落として、土壌を電気分解しとったて話やで。稲と雷は相性がええ。雷っぽい性格を持った神さんを受け入れる下地は、じゅうぶんあったと思うわ」

「うーん……」

学説としては納得しかねたものの、古代史を使った遊びとしての意見なら、それもありかという気がしてきた。どのみち二人の寄稿する古代史雑誌は、アマチュアが好き勝手に意見を述べられる所が売りなのだ。

「それより今は、こっちに集中せな」

志田は言い、受付ロビーを顎《あご》でしゃくった。いろいろ議論したいテーマではあったが、「八咫烏」の連想から、時任もまた事件の方へ考えが引き戻されてしまった。こうして小田切の運び込まれた病院にやって来たものの、あの転落事故の背景は何一つ分かっていない。首つり自殺に失敗して縄がはずれたという可能性もゼロではないが、志田は他殺未遂だと言う。

「でも志田さん。小田切が突き落とされたとしたら、なんで首に縄まいてあったんやろ。カラスの首にも巻き付けてあったし、何かのメッセージやろか」

「違うと思うわ。カラスの方は香坂真澄《こうさかますみ》に宛《あ》てたもんやし、同じ風に死なせたから言うてあの女が小田切の死体を見る可能性は薄い。二つの間にメッセージ性はない。ただ、首に縄巻く発想をしたんが、同じ人間っちゅうこっちゃ。思うに——」

そこで志田は言葉を切った。視線の先を辿《たど》れば、くたびれた花柄のシャツを来た老女が、風呂敷《ふろしき》包みを抱えてエレベーターに近づいて来る。

「小田切の祖母《ばあ》さんや」志田はさらに大きく新聞を広げ、時任に囁《ささや》いた。

「お前は面割れてへんやろ。何階に行くか、どの病室入るんか、一緒に行って確かめてくれ。たぶん、状態から考えてＩＣＵやわ」

仕方なく時任は小田切の祖母と一緒にエレベーターに乗り込み、四階のスタッフステーションまでくっついて行った。受付の後ろに並び、面会用紙に書き入れる老女の手元をのぞき込んで、部屋番号を盗み見る。ＩＣＵ——。やはり小田切は、いまだ二十四時間態勢の集中治療室にいるようだ。

消毒液や、食事の残り香や、微《かす》かな尿の臭《にお》いが入り交じった病院特有の空気が、人工的なほの明るい廊下に満ちている。看護師に案内される老女の背を複雑な思いで見送り、時任は階段で一階に向かった。

最後の踊り場に来たところで、リュックのショルダーにつけたポーチの中でスマホが鳴った。知らない番号だ。仕事関連の人間かと思い、電話に出た。「もしもし」

——先日京都でお会いした、香坂……香坂真澄です。

時任はスマホから耳を離し、なぜ香坂真澄が自分に電話をかけて来るのか一瞬混乱した。そうして、初対面の挨拶《あいさつ》の折に名刺を渡したことを思い出す。

「あ、はあ。どうしました？　志田さんに繋《つな》がりませんか」

——そのことなんですけど……。正直なところ、お坊さんから鏡の在処《ありか》について何か聞いてませんか。

「そう言われても……」

自分で志田さんに聞けばええやんか——。時任は喉元《のどもと》まで出かけた言葉を呑《の》み込んだ。香坂真澄に嘘《うそ》をついたのは志田なのに、なぜこちらにその尻《しり》ぬぐいが回って来るのか。そもそも、記者と人妻の浮気がどうのと苦しい嘘までついて、なぜ志田は香坂真澄を急に遠ざけたのか。

——時任さん、奈良のご出身ですよね。榎本《えのもと》さんが鏡を御所《ごせ》のどの辺りに隠したか、見当つきませんか。本当に、もうお坊さんはあの事件のこと調べてないんでしょうか。

相手の声が、暗く沈んでいることがふと気にかかった。可哀想《かわいそう》に、憧《あこが》れの身内を貶《けな》されたら、誰だっていい気はしない。急に香坂真澄に対する同情心が湧《わ》き起こり、時任は先日志田が突き止めた「もう一人の脅迫者」の話を、かいつまんで伝えてやった。ついでに、たぶん乾《いぬい》だと思う、と自分の推測も付け加える。怖い目に遭《あ》った本人なのだから、それぐらい知る権利はあるだろう。

「乾がなんでそんな真似《まね》したんか、はっきりしたらまた連絡します……」

香坂真澄はへたくそな時任の説明をじっと黙って聞いていたが、最後に消え入りそうなほど微かな声で、「いいえ、もうじゅうぶんなんで」と予想外の返事を寄こした。

「え？」聞き返そうとスマホに押しつけた時任の耳が、その時電話向こうで響いた特殊な音声をとらえた。

アナウンス。

「あ、あの香坂さん、今ひょっとして――」

――いきなりすみませんでした。お坊さんに会ったら、もういいって伝えて下さい。

言うなり、電話は切れた。もういいって何だ？　時任はディスプレイを眺めて問いかけ、何やら漠然とした不安の靄《もや》が胸中に広がるのを感じた。何かが変だった。

こら早いとこ志田さんに言わな――。

残りの階段を、小走りで駆け下りる。だが急いで一階に戻った時任の目に飛び込んで来たのは、ソファに座った志田の前に突っ立った、紺色のワンピース姿の女だった。

時任は数歩手前で立ち止まり、目を瞬《しばた》いた。一瞬だが、香坂真澄かと思ったからだ。時任のとまどいに気づいたのか、志田が「こちら真澄ちゃんの従姉《いとこ》の、石黒亜子《いしぐろあこ》さん」と女の素性を教えてきた。北山のカフェを夫婦で経営している、例の人らしい。

よく見れば髪形も年齢も違う別人なのだが、顔貌《かおかたち》も背格好《し》も、さらにはメイクの仕方も服装の材質も似ているので、香坂真澄と錯覚しそうになる。強いて言うなら、香坂真澄の方には浮わついた華やかさがあるが、それもあくまで雰囲気のレベルであって、外側からはっきり区別できるほどの違いではない。

先日京都へ来た帰り道、志田は香坂真澄を評して、「あの女は好きな相手に染まんねん」と言った。その時は今一つ意味が分からなかったが、なるほど、従姉のライフスタイルや趣味嗜好《しこう》に憧れた香坂真澄は、自分の個性を石黒亜子に寄せたらしい。もともと似ている人間が「キャラかぶり」を目指したら、同じような見た目になって当然だ。

時任が遠慮がちに「ICU」と告げると、頷《うなず》いた志田は改めて女に向き直った。

「今、小田切の祖母さんが上にいてますわ。鉢合わせにならん方がええんと違《ちゃ》いますか。あんたの顔が嫌いや言うて、そっくりな従妹さんが代わりに塩まかれましたわ」

「……どういうことです？」

訝《いぶか》しげに志田に問いかける、その声やトーンまで従妹に似ている。

「真澄ちゃんのストーカー。小田切恒太《こうた》て名前です。五階の自分の部屋から落っこって、入院中なんです」

「小田切──恒太」

繰り返した女の唇がわずかに震え、志田が「何や、やっぱり知らんかったんかい」と脇《わき》を向いて呟《つぶや》くのを、時任は見た。

「五山送り火の夜、カフェから出てくるあんたと真澄ちゃんを、小田切恒太も間違えた。あっこの夜道は暗いし、ストーカーは遠目やし、あんたが顔でも隠してたら余計に分からん。とにかく、小田切は真澄ちゃんやと思ってあんたを尾《つ》けた」

「……阿呆《あほ》らしい。ストーカーやったら、すぐに分かりそうなもんやないの」

「小田切は、真澄ちゃんをよく知ってたわけやない。何者か分かれへんかったんで調べてたんです」

「ストーカーする相手を知らないって、何……？」

「小田切は八月初め、『ピエール・ノワール』を紹介する番組を見て、真澄ちゃんが何者なんか猛烈に気になった。ほんでも、シャイ男子の小田切クンは、見知らぬおねえちゃんに気安く声なんてかけられへんし、仕事帰りとか空いた時間使ってコソコソ尾け始めたっちゅうわけです」

遮られる前に、志田は続けた。

「あの夜、カフェは一時間早く閉まった。いつも通りの時刻にあっこへ行った小田切は、出てくる女を見て後を尾けることにした。そん時にあることを知ってもうて、後日カフェに最初の脅迫状を入れたんです。今まで撮った真澄ちゃんの写真と一緒に。本当は手書きの手紙も一緒に入ってたはずです。内容は十六日の出来事」

「ひどい作り話やわ……」

「そうでも考えんと、ほかに真澄ちゃんが百万円要求される理由がないんですわ。あら相手を勘違いした脅迫やったんです」

「それにしては、十日以上経《た》って手紙寄こすやなんて、ずいぶん悠長やないの」

「うん。わしも遅すぎやなて思いました。そうなると、その前にカフェに届いてたて言う写真の束が怪しい。二十六日にポストに入ってたそうですけど、本当はもっと前やったんと違いますか。真澄ちゃんをつけ回してる男が脅迫者やて勘づいて、そいつを逆に利用しようて思いついた時、初めて真澄ちゃんに写真のこと言うたんでしょ。手紙だけ抜いて真澄ちゃんに渡したんや」

志田は新聞をソファの脇に置き、膝《ひざ》の上に腕を乗せた前屈《まえかが》みの姿勢で、目の前の女をじっと見上げた。意外と静かな、だが坊主らしいよく通る声だった。

「小田切はただ真澄ちゃんのことが知りたかった。知りたくても単刀直入には切り出せんかった。そんな時、相手に一歩近づく理由が見つかった。脅迫は、小田切にとってはようやく手に入れた唯一の手段やったんです。で、最初の脅迫ラブレターを出した後、今度は二十八日、糺《ただす》の森に来いていう二番目の手紙を真澄ちゃんの自宅ポストに入れたんです。

内容は何でも良かった。本気で百万円が欲しかったわけやないんです」

会って話をするだけのことで——。

時任は脅迫を接触の口実にするしかなかった若者の、単なるコミュニケーション能力の欠如では片付けられない、何とも未熟な歪《ゆが》みを感じた。そうなると、百万円寄こせという文面や、ひらがなの多い雑な書体までもが、子供じみた精神性を示しているような気がしてくる。だがそんな不器用な人間が、なぜ脅迫までして香坂真澄の正体を調べようとしたのか。

それと同時に、先ほどから前提として進められている言わずもがなの事実に、時任は改めてとまどった。

「あの志田さん、僕ちょっと話についていけへんねやけど……。この人が小田切になりすまして、切り貼り文字の方の脅迫状作ってたん？」

「冗談もたいがいにして」石黒亜子は自分の体を守るように腕を組み、即座に否定した。

「なんで私が真澄ちゃん脅さなあかんの。私はただ、私にまで妙な手紙が届いたんで、相手がどういうつもりかここまで確かめに来ただけやわ。消印が阿倍野《あべの》やったから、もしかしたらて思たんやけど……」

どこか愁いを帯びた目が、今は冷ややかに志田を見下ろしていた。

「一体、何のつもり？」

志田はその質問には答えず、唐突に話題を変えた。

「上賀茂神社の神話、知ってますでしょ。天に還《かえ》ってもうた息子を恋しく思てた母神さんの夢枕《ゆめまくら》に、息子の雷神さんが立って言った。ワシに会いたければ、馬に鈴かけて走らして、葵楓《あおいかつら》の蔓《かずら》作って待っとけて。で、母神さんがそうしたら、雷神さんは再び天から降臨した。これが葵祭とか、賀茂競馬《くらべうま》に繋がるそうですわ」

《二十年の歳月長し。吾《わ》れに逢《あ》わんと欲さば、九月五日二時半、古きアオイを携《たずさ》えて、左京ホスピタルみやこにて待て。さらば吾れ、再び天より降らん》

これが志田家で作った脅迫状の文面だった。上賀茂神社の神話をモチーフにした古文調の力作だが、山積みになった寺院専門誌を四人でひっくり返しても、どうしても「葵」の文字が見つからず、泣く泣くカタカナを使ったのだった。

志田はそこで立ち上がり、低い声で淡々と言った。

「あんたは来た。なんで今さら水色の葵が出てくるんか、どうしても知りたなった。関係ないんやったら、ただのイタズラ思て来《け》えへんかったはずや。ましてや、いろいろと警戒しとる時に切り貼り文字の手紙もろたら、危険を冒して出てくるわけあれへん」

「でたらめ言わんといて。さっきから黙って聞いてれば、言いたい放題」

「水色のビーズアクセサリーは、小田切の部屋にあったもんや。事件当夜にわしが拝借した。真澄ちゃんのと色違いやし、いかにも手作りて分かる一品物やし、二十歳《はたち》の男が後生大事に持ってるもんにしては少々乙女チックやし、こらどうにもクサいて思て」

志田が言い終わるか終わらない内に、石黒亜子の体が小さく震え始めた。

「小田切恒太は、テレビに映ってる女が色違いのピンクのアクセサリーをキーケースにぶら下げとるんで、なんでやて思た。なぜならそれが、自分の出生に関《かか》わるもんやて、祖父母に聞かされとったからな」

息を呑《の》んだのが、自分だったのか石黒亜子だったのか、時任には分からなかった。ただ、重ねに重ねた志田の推測が、ついに事件の核心を衝《つ》いたのだと悟った。

「──わしが小田切の代わりに送った葵は、母子《おやこ》対面の証《あかし》や」

「嘘《うそ》!」

石黒亜子は叫ぶや、カゴバッグで志田の胸を叩《たた》いた。「嘘、嘘!」

「ほんなら、なんで来た!」

女は頬《ほお》をひきつらせて志田を睨《にら》み上げたかと思うと、そのまま身を翻《ひるがえ》し、時任が先ほど降りてきたばかりの階段に向かって猛然と走り出した。

「やめんかい、後にせえ!」志田が怒鳴り、その後を追った。

つまり今ICUにいるのは、石黒亜子の姑《しゅうとめ》か。古代史の複雑な血縁関係に慣れた頭で、手早く相関図を思い描いた時任は、「あかん、そら修羅場や」と独りごち、慌てて二人に続いた。当然だ。こんな事態は、香坂真澄には見せられない。だからあの時、志田はでためを言って、身内の事件から手を引かせようとしたのだ。

だが、先ほどの電話で香坂真澄はなぜ「もういい」と言ったのか。あれは、もう調べるなということではないのか。だとすると、香坂真澄はすでにある程度気づいているのではないか――？

すぐ上の踊り場では、追いついた志田が石黒亜子の両肩をつかんで壁に押さえつけており、怒りに塗《まみ》れた女の声が、白いリノリウムの床に反響していた。「放してよ！」

「あんた昔、御所《ごせ》に住んでたて、台所で真澄ちゃんに話しとったな。巫女《みこ》さんやってたことも聞いたで。そら御所の鴨原《かもはら》神社やないか。小田切の祖父《じい》さんが宮司で、乾が派遣楽師《がくし》、あんたがバイト巫女、〝生火竟《きよう》〟がご神宝や」

女の顔をのぞき込むようにして、志田は矢継ぎ早に続けた。

「小田切恒太は二十歳。その父親が神社の火事で死んだんは二十一年前。ほんなら母親はどこにいてるんか、わしはずっと考えてた。克也さんがあんたと密《ひそ》かに会おうとしてたて後輩記者から聞いた時、ひょっとしたらて思った。その後《あと》、小田切の部屋で水色の葵見つけて確信した。小田切と鏡と乾と新聞記者。その隙間《すきま》を埋めるピースは真澄ちゃんやない。あんたや」

記者の榎本は調べを進めるうち、二十一年前の火事で〝人一人死んだ〟鴨原神社に、乾も石黒亜子もいたことを知った。おまけに石黒亜子は当時、焼け死んだ宮司の息子といい仲だった。鏡の周辺事情を聞くには、うってつけの人物だ。だが裏を取ろうにも、大っぴらに尋ねられる内容ではないし、夫の石黒に内緒で密かに亜子と会う機会もなかなか訪れない。そこでまずは外堀から固めようと、近親の香坂真澄を食事に誘った。

「あんたは、克也さんが二十一年前のすべてを知ってるて思い込んでた。それで五山送り火の夜、あの人が都合の悪いこと真澄ちゃんに話したらあかんて考えて、真澄ちゃんと会う前に話つけよ思たんやろ」

志田がそこまで一息に言った時、病院スタッフが二人、談笑しながら降りて来た。

「助けて！」

石黒亜子は叫ぶや、一瞬そちらへ気を取られた志田の頬に、鋭い平手打ちを見舞った。乾いた音が盛大に弾《はじ》ける。仰天した時任とスタッフが固まっている隙をつき、石黒亜子は若草山《わかくさやま》の鹿《しか》さながらの敏捷《びんしょう》さで、再び階段を駆け上がった。

「あ、あの、どうかなさいましたか」

「いや、わしが仕事帰りに見舞いに寄ってもうて、こないな格好縁起でもないて……その通りや、無神経なことしましたわ。お騒がせしてもうて申し訳ない。すぐ帰ります」

女にぶたれた当の坊主は、訝《いぶか》しげに説明を求めてくる病院スタッフに早口で釈明し、その低姿勢も数秒で一転、白衣《びゃくえ》の裾《すそ》をまくり、二段飛ばしで追いかけ始めた。

「待て、コラ！　行ったらあかん！」

四階――。志田に遅れること三歩、時任がリュックを揺すってようやくスタッフステーションまで辿《たど》り着いた時、その脇にある集中治療室の入り口では、運悪く鉢合わせになった小田切の祖母が、石黒亜子につかみかかっているところだった。髪は乱れ、皺《しわ》だらけの頬が真っ赤に染まっている。

「あんたよくも――どの面《ツラ》下げて恒太に会いに来てん！」

般若《はんにゃ》の形相をした老女には目もくれず、息を切らせた石黒亜子は、半ば呆然《ぼうぜん》と扉の向こうを見やって呟いた。

「な、中にいるのは――」

「水原《みずはら》の家の者《もん》が……あんたの両親が押しつけてきた子ぉや。うちの喬《たかし》が、あんたのこと傷物《きずもん》にした責任取れ言うて、代わりに育てろて脅して来た子ぉやわ！」

「産まれた子は施設に引き取ってもらうことにしたって……」

「ずいぶんとむしのええ話やないの。十七かそこらで無責任に子供産んで、あとは両親に任せきり。可哀想に、喬は火事で死んだのに。これからやったのに。あんたらばっかり、未来がある言うて、さっさとどっかに引っ越して。あの時、うちの神社があんな状態やなかったら、ほんまに喬の子かどうかも分からへん子供なんて、誰が引き取るか！」

老女は乾いた肌に無数の皺を寄せて、「返せ、喬を返せ！」と嗄《しゃが》れた声で喚《わめ》いた。

「これ見よがしに、お守りや言うて手作りの小物まで付けて寄こして。さっさとほかそう思たけど、あんたのこと捨てた母親のもんやでって、恨みこめて恒太にくれてやった。さぞかし満足やろ！」

それぞれの病室からのぞく顔、顔、顔。小田切さん、落ち着いて下さい、ほかの患者さんもおられますので――。次々に集まってくる看護師の手を振り解《ほど》き、小田切の祖母は固く扉を閉ざしたICUを顎でしゃくった。

「見てみよし。人様に散々迷惑かけて育って、今度は何に絶望したか知らん、首つりしようとしたあげく、縄はずれて転落やわ。警察沙汰《ざた》にまでなって、みっともない。一週間経《た》っても目ぇ開けへん。もしあの子が死んだら、あんたのせいや。あれがあんたの業《ごう》や。去《い》ね、お前が代わりに死んでまえ！」

あとは言葉にならない声でなじり続ける老女を前に、度を超した狂気は滑稽《こっけい》にすら見えるのだと時任は思いつつ、気づけば汗ばんだ手で腕の鳥肌をさすっていた。空調設備の整った屋内にいるというのに、心身が泥水を含んだように重たい。

「――もうええやろ。今は退《ひ》いとこ」

それまで黙って脇にたたずんでいた志田が、石黒亜子の腕を引いた。老女の告げた真実にすべての力を吸い取られたか、石黒亜子は志田に連れられるがまま、乾ききった脱け殻のように四階の喧噪《けんそう》から遠ざかっていく。

そのまま病院の外に出た。湿気に塞《ふさ》がれたような息苦しさに目を上げれば、天の陰になった暗緑色の木々が物憂げに頭上を覆っている。蒸し暑いという一言では表せない、粘着質のぶ厚い水の膜が、盆地中に張りついている感じだった。

「馬鹿みたいやわ……」

ベンチに座り、ペットボトルの冷たい茶を志田から手渡されて初めて、女はぽつりと一言呟いた。精も根も尽き果てた、真っ白な顔をしていた。

「高校生が、一端《いっぱし》の恋愛した気になって。あの人は一年上の先輩で、煙草《たばこ》吸ったり酒飲んだり女の子と遊び回ったり、悪い噂《うわさ》には事欠かない地元の不良やったけど、私とのことは本気やって勝手に思い込んでてん」

あの人、というのは宮司の息子――小田切喬のことだろう。

「二十一年前の火事の夜、ほんまのとこ何があった？」

立ったまま訊《たず》ねた志田を、石黒亜子は途方に暮れた目つきで見上げた。

「あなた、真澄ちゃんの彼言うんも嘘でしょう。なんで人様のことに首突っ込んでくるん」

「それがわしの商売や。克也さんを成仏させなあかんのに、榎本の親父《おやじ》さんも、おたくの真澄ちゃんも、腑《ふ》に落ちん腑に落ちん言うてきかん。どうにかせんと、死んだ者《もん》も生きとる者も進むに進まれへんわ。わしは絶滅危惧種《ぜつめつきぐしゅ》の善《よ》いお坊さんやで」

「それ、ほかのお坊さんに失礼やわ……」

石黒亜子は項垂《うなだ》れて再び黙りこくり、ややあって「腹立って……」と唐突に言った。

――はあ？　勘弁、そういうのほんまに困るわ。

小田切喬の第一声が、それだったという。

二十一年前の夜、子供ができたと意を決して打ち明けた亜子に、返ってきた言葉がそれだった。喬がいつも仲間や女を連れ込んで、どんちゃん騒ぎをしている鴨原神社の神殿には、夏の象徴のような蚊取り線香と灰皿に置かれた煙草の煙が充満していた。

――なんでお前いきなりそういうこと言い出すわけ。俺《おれ》はとりあえずどこかの大学に行く予定やし、将来的にはこの神社もらうつもりやし、今そんな鬱陶《うっとう》しい面倒事《めんどうごと》持ちかけられても困るわ。

これ見よがしに舌打ちして、喬は頭を掻《か》きむしった。

――うわ、もう最悪や。また親父がクソうるさい。大体お前、それってほぼ言いがかりやろ。いくら欲しいん？

「お互いまだ未成年やし、堕《お》ろした方がいいて言われるんは半ば予期してたけど、なんやこんな最低な男やったんかって思ったら、急に腹立って腹立って……」

怒りで目の前が真っ赤に染まり、亜子は喬が飲み散らかしていた酒瓶で思いきり頭を殴った。喬は奉納された日本酒、米、菓子を並べた内陣《ないじん》の隅に倒れ込み、その際に蹴《け》り飛ばした灰皿が、火のついた煙草もろともひっくり返った。

その煙草が、喬の持ち込んだ雑誌の上に載り、静かに火が燃え移ったのだった。

——何すんねんこのクソアマ、頭おかしいん違うか。

悪態をついて起き上がろうとする喬を、亜子は怒りにまかせてもう一度酒瓶で殴った。

雑誌は炎を上げて、ゆっくり燃え始めていた。

——全部燃えたらええわ！

腹立ち紛れに叫び、亜子は喬を置いてその場を後にした。

「あの人普通に立ち上がろうとしてたし、雑誌がちょっと燃え始めたくらいやし、自力で逃げられると思ってたてん。それがまさかあんな——あんな大事になるなんて」

翌朝、神社が全焼して喬が死んだことを、両親から聞いた。京都の下鴨神社で見た、縁結びの双葉葵《ふたばあおい》を模して作ったそろいのビーズアクセサリーは、東京から泊まりに来ていた従妹の香坂真澄にあげた——。

「あの人から心ない言葉を浴びせられた時、そんなに嫌《いや》なら産んでやろて思って。でもうちの親が、水色の葵つけて小田切家に赤ちゃん渡してたなんて。おかげでこのザマ。報《むく》いやわ」

石黒亜子の頬に、初めて涙が伝った。

「そないなこと言いなや」志田はしゃがんで目の高さを合わせ、かたわらに立つ時任が感心するほど自然に、懇々と人生の理《ことわり》を説いた。

「少なくとも、あの夜に火事が起きた時、あんたが産むて決めた子ぉやろ。それでええやないか。何をしても、言うても、思っても、あんたの選んだことが選んだ分だけ積み重なって、あんたそのもんになっとるんやで。今までが間違いやったて思うなら、この先自分が正しいて思うことしたればええやないか。大事な誰かに善いことしたいて、思うだけで善いことなんやからな。何年も後悔の念に堪えるより、ずうっと簡単やで」

石黒亜子は、とうとう顔を覆って嗚咽《おえつ》を漏らした。

あの小田切恒太という人間が、炎の夜の憎しみばかりを一身に背負って生まれてきたとは思いたくない。京都のカモ氏が選んで選び抜いた選択の最終形態が、現在のあの堂々たる上下二社のたたずまいであるなら、人間同士のシビアな関係にもまた、この先少しでも選び取れる希望があってもいいのではないか。

石黒亜子がなぜ小田切の仕業に見せかけて脅迫状を用意したのか、まだ謎《なぞ》はいくつも残っていたが、時任はそこでようやく大事な用件に思い至った。「そう言えば志田さん」

振り返った志田は、さすがに少し疲れた顔をしていた。「何や」

「『青の交響曲《シンフォニー》』て、阿部野橋から吉野《よしの》間走ってる、一日二往復だけのデラックス列車やんな？」

「いきなりどうした……」

「阿部野橋の次に停《と》まんの、尺土《しゃくど》やんな？」

要領の悪い説明で志田が憤死する前に、時任は焦って続けた。

「香坂さん、御所に行ったんと違うかな。さっき電話あった時、ホームに『青の交響曲』来るってアナウンス入っててん。二時台やったら、阿部野橋発の方やろ。電話の時間にあの列車が来るてなると、あの時香坂さん尺土にいてたんかなって。尺土からは御所線も出てるやろ。終点御所まで十分足らずのワンマンカー。京都の北山の方から来ても、御所行くんやったら尺土乗り換えやし……」

「さ、さっき電話があった？」

「病室確かめに行った時……。すぐ言おう思ったけど、戻ったらもう、志田さんこの人と話してはったから……」

「コラ！」結局、坊主の雷が落ちた。腹式呼吸の怒声を浴び、鼓膜がびりびりする。

「なんで御所に行ったんや。まさか、誰かと一緒やないやろな！」

「僕に聞かれても……」

志田はこめかみに青筋を浮かべてスマホを取り出し、石黒亜子に指を突きつけて言った。

「ええか奥さん、もう嘘ついたらあかんで！」

その時、熱を孕《はら》んだ灰色の雨雲が、重さに耐えきれず喘鳴《ぜんめい》した。

2

京都北山を出ると、一時間二十分ほどで奈良の橿原神宮前駅《かしはらじんぐう》に着く。以前はここから伯父の車で水原家までドライブしたものだが、今日はさらに近鉄を乗り継いで御所へ向かうのだ。

真澄は一面に広がった重苦しい曇り空を眺め、まるで自分の心を映したようだと、使い古された言い回しで考えた。「大和は国のまほろば」と謳《うた》われたのびやかな盆地の景色も、京都から追体験のために乗った特急の快適な座席も、真澄の沈みきった心をほぐしてはくれなかった。

――亜子ちゃんね、当時つき合ってた彼がいたらしいんだけど、子供できちゃって。高校生だし、ご近所の目もあるでしょ。しかも相手の男の子が事故か何かで亡くなっちゃって、大変だったらしいのよ。それで、相手方のご両親ともなんやかや相当もめたらしくて、お義兄《にい》さん、仕事までやめて引っ越したの。

母が姉一家と疎遠になった原因を電話で聞いて以来、胸が塞《ふさ》がれてうまく息ができない。真澄が同じように生きたいと憧《あこが》れていた従姉《いとこ》が、今の人生を手に入れるまでにひどく苦い経験を乗り越えてきたのだと知り、心底打ちのめされた。

そして何より、その過去はもはや個人の感傷では済まされない所まで進んでしまった。

亜子がバイトをしていた鴨原神社には、小田切恒太の祖父母も乾も鏡までもそろっていた。そうなると、今回起こっている事件の関係者であり肝になるのは、真澄でも榎本でもなく亜子なのだ。

恐らく、死んでしまった亜子の相手というのは、鴨原神社の宮司の息子なのだろう。そうなると、小田切恒太こそ亜子の子供ではないのか。真澄が小田切恒太を『かもがも〜れ』会場で初めて見た時に感じた既視感は、その顔のどこかに亜子の面影を見出《みいだ》していたからではないのか。

だが、もし本当にそうなら――。真澄は手のひらで顔を覆《おお》った。あの仲睦《むつ》まじい従姉夫婦と、自分はこの先どんな顔をしてつき合えばいいのだろう。真澄を付け狙《ねら》っていたのが亜子の息子で、今は自宅から転落して重体なのだと、そんな秘密を抱えたまま、何食わぬ顔でカフェの仕事を続けていけるだろうか。自分は嘘を吐《つ》き通せるだろうか。

ストーカーの詳しい素性は、亜子ちゃんには言わないでほしい――。

真澄との約束通り、石黒は今でも脅迫者の正体を妻に伏せてくれている。もし亜子が「小田切恒太」という名を知ってしまえば、〝生火竟〟との繋がりからすぐに鴨原神社の宮司一家を結びつけてしまうだろう。まさに石黒は、知らぬ間に夫婦の幸せを守る砦《とりで》の役割を果たしているのだ。

大阪との県境に横たわる山に、真澄の乗った南大阪線は近づいていく。

乾とは三時半に鴨原神社の跡地で待ち合わせていた。本当は昼前に近鉄御所《きんてつごせ》駅前で会うはずだったのだが、先方が直前になって時間と場所を変更してきたのだ。

乾は何をたくらんでいるのか。もし鏡が見つからなければ、どんな行動に出るのか。夕方まで間もない時刻を指定されたことで、余計に不安が募《つの》った。鏡が見つかろうと見つかるまいとどうでもいいし、約束を無視することもできたが、すべてを明らかにしたいという欲求の方が勝った。一度断たれたと思った手がかりが向こうから飛び込んで来たのなら、多少の危険を伴っても、それをつかむほかない。今度ばかりは、尻尾《しっぽ》を巻いて逃げ出すわけにはいかないのだ。

乗り換える「尺土」という駅に着く直前、どうにも落ち着かなくなった真澄は、ほとんど乗客のいない電車の中から時任修二へさぐりの電話を入れた。

鏡の在処《ありか》について、何か志田から聞いているのではないかという期待が半分。もう半分は、彼らが亜子の過去まで突き止めていたらどうしようという、恐怖にも似た思いがあったからだ。榎本と浮気をしていたと信じている方が、まだ救いがある。何より、憧れた身内の醜聞のその先に、もっと醜悪なものが控えている可能性を知るのが怖かった。

時任は例の要領の悪い説明で、脅迫者は二人いたというようなことを、もごもごと教えてくれた。手書きと切り貼り文字、内容の違いなどから、志田がそう推理したらしい。もう一方の脅迫者は恐らく乾だと思う、と時任は自分の意見まで付け足してきた。

やっぱりまだ調べてるんだ――。

ますます暗い気持ちが膨らみ、やめてほしいというニュアンスを込めて、真澄は「もうじゅうぶんなんで」とやんわり告げた。乾の御所時代を突き詰めていけば、いずれは亜子の過去も分かってしまう。

電話片手に降り立った尺土駅で、今度は御所行きが何番線から発車するのか探していると、向かいのホームでアナウンスが鳴り響いた。

《二番のりばに到着の電車は、十四時三十八分発吉野行特急・青の交響曲《シンフォニー》でございます》

――あ、あの香坂さん、今ひょっとして――。

「いきなりすみませんでした。お坊さんに会ったら、もういいって伝えて下さい」

時任がなおも話しかけてきたので、強引に通話を終わらせた。

今となっては、志田には感謝している。ついカッとなって喧嘩《けんか》別れしてしまったが、だんだん冷静になって考えてみると、志田は何の得にもならないことを本当によく調べてくれた。あの人の助けがなければ、真澄は今でも正体不明のストーカーに脅えていただろう。

誰かが無意識に発した負の感情を察知する、高感度のセンサーを備えているのが志田という坊主だ。おまけにブルドーザー並みの行動力まで伴《ともな》っているから、嘘も矛盾も体裁も、すべて掘り返してしまう。

だからこそ、これ以上関《かか》わって欲しくない。見たくもない真実を、他人からいきなり突きつけられる怖さより、自分で明らかにしていく辛《つら》さの方がましだ。

初めて降り立った近鉄御所駅の駅舎は、かつて高野《こうや》街道と呼ばれた国道二十四号線に沿い、ひっそりと風景に溶け込んでいた。橿原神宮前からの乗車時間は思ったより短かったものの、乗り換えが多いのでずいぶん遠くまで来てしまった感がある。目の前のこぢんまりしたロータリーにはタクシーが数台、おもな名所までの値段を記した看板の脇で、暇そうに客を待っていた。

一時間に一本のバスを待つより、タクシーに乗った方が間違いない。

鴨原神社のあった場所を告げたら、運転手に怪訝《けげん》な顔をされた。

「お客さん、ひょっとして肝試し？　心霊スポットの取材か何か……」

「親戚《しんせき》の家が近くにあるんで……」

運転手はなおも眉《まゆ》をひそめ、まるで乗客が幽霊ではないことを確かめるように一通り真澄を眺め回した後、しぶしぶ車を発進させた。無心に窓外を眺める真澄に、運転手の気遣わしげな声が飛んだ。

「今日はこれから雨降るし、気をつけてくださいね。この辺りは、雷も多いから」

向かって右が葛城山、左が金剛山。どちらも千メートル前後なので高いというほどではないが、全景が常に視界に入ってくるため番人のような存在感がある。手つかずの古代が古代のまま呼吸している感じがするのは、ただの旅情ではない。木々の一本一本、凹凸のある山肌、空を区切る稜線《りようせん》のすべてが、何か確固たる超自然的な意志をまとって鎮座している。

幼かった真澄は双璧《そうへき》をなす二山に翼を広げた鳥の姿を重ねたが、もし結婚式でスピーチをした十三年前の石黒ならば、幸福の城の前に横たわる龍とでも表現しただろうか。

土地は山へ向かって緩やかに傾斜し、盆地を望む田畑や家々に混ざって、金剛山地の裾《すそ》をなぞるように葛城古道が走る。一見、何の変哲もない山里のそこかしこに、由緒正しい古社や大規模な遺跡が点在している。霊峰を背負って権勢を振るった、葛城氏やカモ氏の土地と言われる所以《ゆえん》だ。

車は国道から県道へ、山に向かって少しずつ高度を上げながら、黒瓦《くろがわら》の家や田畑や藪《やぶ》が段上に広がる中を通り過ぎていく。景色が開けているため山際の圧迫感はなく、金剛山地を間近に見上げながら、ただひたすら空に近づいていく感じだ。

日本神話では、神々が住まう天上の世界を高天原と言い、天孫も天の使いも、みなそこから地上へ降ってくる。そして御所にもまた同じ高天《たかま》という地名があり、雷や山の神を祭神と仰ぐ神社が残っている。やはりこの地は、天と山を繋ぐ場所なのだ。

途中、見覚えのある辺りを通りかかった。

お祖母ちゃん家――。

胸が詰まった。今は誰も住んでいないのだろう、朽《く》ちかけた二階屋が坂の途中に建っている。かつて幼い真澄はお祖母ちゃんと手をつなぎ、あの家から鴨原神社へ行ったのだ。バイト中の亜子に会うために。

家々の石垣が途切れると、辺りは直立した杉木立に変わった。勾配が急になり、視界が狭《せば》まり、薄暗い一本道が山の中をうねり上っていく。

上がりきった空き地でタクシーを下りた。灰色の雨雲が、木々に蓋《ふた》をするように重く垂れ込めており、時おり微《かす》かな雷鳴が聞こえる。普段使いのトートバッグに、晴雨兼用の折りたたみ傘を入れて持ってきたが、ロングワンピースとレギンスの格好が心もとなくなるほどの、深閑とした山中だった。

苔《こけ》むした石の鳥居が、ぽつんと木々の間に建っている。火事のあった痕跡《こんせき》はないものの、周囲は鬱蒼《うっそう》として暗く、心霊スポットと騒がれるのも無理はない。雑草の間の白砂利で、かつてその場所に神社があったとかろうじて分かる程度だ。左手には、宮司一家の住まいだったと思《おぼ》しき平屋の建物が、草藪の向こうにのぞいている。

そこで、乾が待っていた。

二日前に会った時と変わらないよれよれの服装だったが、今日はなぜか愛想《あいそ》の欠片《かけら》を口の端に浮かべている。真澄が聞いてもいないのに、昼過ぎまで知り合いの家を数軒訪ねて回っていたのだと言った。

「あの記者が行きそうな場所に当たりをつけてな。……案の定、神社周辺の家には、軒並み立ち寄ってたで。そのうちの一軒で、鴨原神社の祭の写真見たそうや。で、そこに思いもよらぬ知った顔が写ってた。巫女のな──」

言うなり、乾は火傷痕の残る左頬を歪《ゆが》めて笑った。

「あんた、水原亜子の……ああ、今は石黒やったか、あの女の従妹やったんやってな。道理で、顔も声も似てるて思ったわ」

なるほど、これが態度を軟化させた原因かと真澄は思ったが、同時にふと警戒の火が灯《とも》った。この二日の間に誰がそのことを教えたのだろうか。小田切恒太は恐らくまだ入院中だし、その祖母も同様に真澄の正体を知らない。となると、残るは亜子本人が乾に教えたとしか考えられないが、亜子には教える理由がない。

「亜子ちゃんとは、まだ連絡を取り合ってるんですか」

「再会したんは、ほんまに偶然やった。──糺《ただす》の森の古本市で、旦那《だんな》と一緒に本選んでたとこを見つけてな。昔から綺麗《きれい》な娘《こ》やったし、ちょっと年増になって髪形変わってても、すぐ分かったわ。カモの地を逃れた人間は、やっぱり無意識にカモんとこ目指すんやなって、妙に感動したもんや」

先月十五日、『賀茂文文堂』の店主と石黒が一時間も立ち話をしていた時、その同じ場所で亜子は思い出したくもない故郷の人間と、因縁の再会を果たしていたのだった。そうして亜子は気分が悪いと夫に訴えて家に帰り、一方の乾は書店の袋を持って山背新聞社に行ったのだ。

だが、その時石黒も一緒にいたなら、どうして真澄が乾の話をした時に何も言ってくれなかったのだろう。これだけ特徴がある顔なのだから、一度見れば覚えているはずだ。

「榎本さんは……あなたと亜子ちゃんが知り合いだと気づいてたんですか」

「同じ時期に同じ神社にいたってことはな。そんで連休明け、女の店を訪ねたらしい。でもまあ、記者もまさか神社のドラ息子がバイトの巫女孕《はら》ませたことまでは知らんはずやから、取材のつもりであれこれ尋ねたんやろうけど、そら女の方は旦那の前でできる話ではないわな」

恐らく榎本は、真澄が休みを取っていた火曜日――連休明けの十三日にカフェに来たのだろう。忌《い》まわしい過去の記憶を突然ほじくり返され、亜子はさぞ仰天したはずだ。そこに何かを感じ取った榎本は、いっそう情報を得ようと密《ひそ》かに接触の機会を窺《うかが》った。

やはり、榎本が亜子に会おうとしたのは、邪《よこしま》な感情からではなかったのだ――。

そして十五日、まるで逃れられない宿命のように、亜子は糺の森で乾と再会した。二日前の出来事から考えて、亜子には偶然とは思えなかっただろう。

「あなたはそこで、亜子ちゃんに何を言ったんですか？」

「別に。向こうから鏡やら神社の話題やら持ち出してきたんで、記者が二十一年前の事件まで調べてるみたいやで、って親切に教えただけや。聞けば、記者があの女にも接触したがってるようやったから、そんなら逆に、記者からうまいこと鏡の在処聞き出したれって焚《た》きつけた。で、今後のこともあるし、連絡先書いて渡して別れたわけや……」

「それって、遠回しに亜子ちゃんを脅したってことでしょう！」

鏡探しに手を貸せ、さもなければ旦那にお前の過去がバレるぞ——。乾は暗にそう仄《ほの》めかして亜子を脅したのだ。

「案の定、次の日に水原亜子から連絡が来た。今日、記者とは何時にどこで会うつもりかってな」

真澄は唾《つば》を飲み込んだ。あの日、榎本がカフェの戸口で乾と話していたことを、真澄だけでなく亜子も聞いていたとしたら。榎本がその夜真澄を誘ったことも、知っていたとしたら。亜子はその後、どうした？

五山送り火のため、カフェは一時間早く閉店した。先に上がっていいと言われて、真澄は一番に帰った。その後すぐに亜子も店を出たとしたら、榎本と乾の待ち合わせた鞍馬口通の喫茶店には、じゅうぶん七時半に辿り着く。もちろん、喫茶店から出てきた榎本を追って行くことも可能だ——。

真澄はそこで思い浮かんだ恐ろしい考えを、必死で振り払った。まさか、あの優しい亜子が、そんな真似をするはずがない。

乾に決まっているのだ、と真澄は自分に言い聞かせた。最初に推測したように、榎本の事故死も、小田切の転落事故も、そして二十一年前の火事も、すべて乾が関わっているのだ。

「それで、これからどうしようって言うんですか」

「白々しい嘘はもうええ。あの女の親戚なら、話は違うわ」

乾は顔の前で鬱陶《うっとう》しげに手を振り、野っ原の奥を顎でしゃくった。薄暗い木立の隅に、目を凝らさねばそうと分からぬほどの山道が続いている。

「記者が鏡を隠した場所、見当ついた。この先の中腹に、鴨原神社が管理してた祠《ほこら》がある。祭神を分祀したもんや。当然、そこは焼けてへん。今は草ぼうぼうで誰も来えへん場所や。な、扉は南京錠《なんきんじょう》で鍵《かぎ》かけられるし、カモ氏の鏡隠すにはいかにも相応《ふさわ》しい場所やで」

また雷が鳴った。今度は先ほどよりも近い気がする。このまま一気に崩れそうな空模様と、急速に忍び寄ってくる山の夕暮れに、不安がまた高まった。何をしでかすか分からない男と、人気のない所に二人きりでいることが、改めて怖くなる。

「……鏡の在処が分かったなら、どうして私まで連れていくんですか」

「ふん。保険や、保険」

よく分からない返事をして、乾は先に立って細い山道を登り始めた。古色蒼然《そうぜん》という形容詞が相応しい、灰色がかった蒼《あお》い木立の中は、虫の声一つしない。

すでに金剛山の山域に入っているのだろうか。枯れた杉の葉の落ち葉を、山登りには不向きな平たい靴底で踏みしめながら、真澄は湿った樹木の匂《にお》いに畏怖《いふ》の念を覚えた。

藪に覆われた山道は、神社が存在していた頃《ころ》には踏み固められていたのだろうが、今ではもうほとんど消えかけている。乾の先導がなければ、途端に迷ってしまいそうだ。

「どうしてそんなに鏡にこだわるんです？　偽物かもしれないでしょ。たかが鏡じゃないですか」

気を紛らわすため尋ねた真澄に、乾は小さく鼻を鳴らして応《こた》えた。

「俺はな、高校の宿題で地元の歴史を調べ出してから、ずっと郷土史をやってきた。学者先生みたいに肩書きがあるでなし、ただの道楽扱いで相手にもされんかったけどな」

御所に「御所市」が誕生したのは意外に新しく、一九五八年、乾が六、七歳の頃だったという。だが御所が葛城の土地として栄えたのは、今から千五百年以上も前。その厚い時間の下に埋もれた古代の神秘性が、乾の情熱と誇りをかき立てたらしい。

御所が神話の舞台やモデルになったのは、古代にこの地域が重要な意味を持っていたからにほかならない。だが当地の発掘調査は遅々として進まず、古代史ブームに乗ろうにも、飛鳥や奈良よりずっと古い時代のため、なかなか注目されない状況が続いたそうだ。

「だからな、鴨原神社の〝生火竟〟をきちんと調べてもろたら、周囲の考古学的意識も高まるんやないかて思ったわけや。ちょうどその頃、近くの南郷《なんごう》で大規模な遺跡が見つかったから、タイミングとしても悪くなかった」

だが、宮司――小田切象二郎は頑として許諾しなかった。信仰の対象だからというのがその言い分だったが、恐らく文字を後から付け加えたことがばれると都合が悪いからだろうと乾は思った。けれども、偽物かどうかは問題ではない。鏡自体は古いものに違いないし、世間の注目を受けるか受けないかが、今後の方向性を決めるのだ。

「悔しいやないか。鏡は目の前にあるのに、それがどれほどの価値があるか分からへん。小田切の店の怪しい古美術品に高値はついても、あの神社の鏡はほっぽらかしや。俺のことは学者気取りのド素人て馬鹿にしくさって、誰も耳を貸さへん。悔しいやろうが」

悔しい、と乾は繰り返した。何もかもが、すべて中途半端な人生だったと。本業の薬屋はふるわず、副業の楽師の仕事も頻繁にあるわけでなし、唯一熱中した郷土史の調査は、素人ゆえにもどかしさが募《つの》るばかり。

当時四十代だった乾が、意地になってまで鏡に固執し始めたのは、物そのものではなく自分自身の鬱屈《うっくつ》や焦燥に起因した衝動によるものだったのかもしれない。

そして不満がピークに達した時、あの火事が起こった。乾はその後に小田切から鏡を譲り受けたと主張しているが、本当のところは分からない。ただその鏡を手に入れてなお、乾の性質は年月を経《へ》るごとに異常の度合いを増していったのだろう。

再び、雷鳴がした。雷がこの山に近づいて来る。

真澄はそっとスマホを取り出した。志田や時任から何度か電話が入っているようだが、無視した。代わりに、LINEの連絡先リストから素早く石黒を選んでタップし、発信ボタンさえ押せば電話がかかる状態にしておいた。これならば、乾が万一おかしな行動に出ても、少しは抑止できるだろう。

石黒にはさんざん心配をかけておきながら、言葉を濁すばかりできちんとした説明をしていない。この件が一段落ついたら、話せる所までは報告しようと思っている。

日の当たらない山道のぬかるみが、靴の底で粘った。雨が降る前の猛烈な湿気に、噴き出した汗が顎を伝ってしたたり落ちた。せめてリュックとスニーカーにすればよかったと真澄が後悔していると、先を行く乾が話題を変えた。

「そう言えば、あんたこの前コミュニティセンターで会《お》うた時、妙なこと言ってきたな。小田切の孫に、妹尾《せのお》の名刺を渡したとか何とか……」

「ええ。ご自分の連絡先、妹尾さんの名刺の裏に書いて渡したんでしょう」

「……小田切の孫てことは、あの喬と水原亜子の子か。京都にいてるんか」

しらばっくれないでよ、という非難を、真澄はかろうじて呑み込んだ。先ほどの電話で、時任が脅迫状は二種類あるのだと言っていたのを思い出す。小田切恒太の仕業と見せかけて、切り貼り文字の手紙を送った相手がいるのだと。そしてそれは、恐らく乾だと。

「俺が妹尾の名刺の裏に連絡先書いて渡したんは、糺の森で会うた水原亜子やで」

「えっ……？」

「書くもんなかったんで、ズボンのポケットに入ってたまんまの名刺、使ったからな」

乾は言い、何日も洗濯をしていなそうなグレーのズボンを叩いた。

不意打ちを食らった真澄は、予想外のことに言葉を詰まらせ、乾が亜子に渡した名刺が、小田切恒太の部屋にあった意味を噛《か》みしめた。亜子が小田切恒太の家へ行った？　そしてほかならぬ亜子が、実の息子をベランダから落とした？

事の重大さに、鳥肌が立ってくる。嘘だ、と何度も自分に言い聞かせた。そんなおぞましい、陰惨なことがあってなるものか。たとえ自分の息子だと知らなかったにせよ、亜子が小田切恒太を首つりカラスに見立てて落とすなんてことは——。

「——これや！」

乾の声に顔を上げれば、山道の途中に小さな祠《ほこら》が見えた。石の基壇《きだん》の上に、一メートルほどの小型の社殿。緑青《ろくしょう》だらけの屋根も、朽ちたしめ縄も、倒れたままになったお供えの湯呑みも、ただ荒れるに任せて放置されている社の、救いがたい現状を示している。

乾が手近な石を取り上げ、観音開きの扉にかかった南京錠めがけて乱暴に叩きつけた。

何度か繰り返すと、土埃《つちぼこり》とともに扉が開く。

もどかしげに中をのぞき込んだ乾は、「ない！」と一声唸《うな》った。そのまま腹立ち紛れに祠の扉を蹴《け》りつけ、「ない、ない！」と繰り返す。それから真澄を振り返り、紫色の歯ぐきを剥《む》き出した。

「お前、だましたな！」

鏡がここにあると勝手に思い込んでいたのは、乾自身ではないのか。徐々に激昂《げきこう》していく乾の様子に、身の危険を感じた真澄は一、二歩後ずさり、すかさず手に持っていたスマホの通話ボタンを押した。

「変な真似したら、警察呼びますよ……！」

真澄が言い終わらないうち、場違いに明るい石黒の着信音が、なぜか杉木立の後ろで鳴り響いた。


「わしはな、石黒亜子が実の息子を投げ落としたとは、一言も言うてへんで」

ハンドルを叩いた志田が、クラクションと悪態の合間をついて腹立たしげに言った。人と、車と、バスの波が、クラウンの進路をさまたげている。どのルートを選んでも、京都市内を出るには最も混雑する界隈《かいわい》を抜けねばならず、運転席の志田のこめかみには、発車五分後から青筋が浮かびっぱなしなのだった。

「え？　そうなん？」助手席の時任は、志田が観光客の一団をなぎ倒していかないかとハラハラしながら、心ここにあらずでそう応えた。

「ええか、よく考えや。石黒亜子は、病院に来るまでストーカーの名前が小田切恒太て知らんかったんやで。どうしたら知らん人間のマンション行って、女の細腕で二十歳《はたち》の男をベランダから落とせるんや、え」

「ほんなら香坂さんは——今ホンモノの犯人と一緒にいてるってこと？」

「分からんから、確かめに行くんやないか」

一人で御所に行ったならいい。だが万が一誰かと一緒だった場合——例えば学芸員の妹尾敏恵《としえ》が知らないうちに、香坂真澄と乾が何らかの取り決めをしていた場合、ちょっと面倒なことになる予感がする、と志田は言った。

石黒亜子の告白を聞き、大方腑《ふ》に落ちた坊主の脳内では、あまりありがたくない〝チーン〟が鳴り響いたらしい。その上での嫌な予感だとしたら、本当に芳《かんば》しくない状況になっているのだろう。

時任は抱えたリュック越しに、インパネの時計を見た。左京区の病院から御所の鴨原神社の跡地まで、たっぷり二時間はかかる。その間に香坂真澄がどこかへ移動してしまうこともある。そう思い、先ほどから時任が電話をかけ続けているのだが、出ない。終《しま》いには、

「あれ、香坂さん、とうとう電源切った」

志田と自分のスマホを交互に試し、時任は首を傾《かし》げた。

「山ん中、いてるんかな。雷鳴ってるし、スマホ切っとかんと危ないやんか」

「そんな緊急対策するか？　登山にワンピース着て行くような女やで」

時任はじっとディスプレイを眺めながら、頭の中に山岳地図ばりの等高線を思い描いた。

「僕、パラグライダー習ったやろ。あれ、葛城山のてっぺんから飛ぶやんか」

「いや、知らんし」

「東側に飛ぶと、御所にランディングポイントがあんねん。あの辺の地形が上から見えるから、豪族の勢力範囲とか古代の峠道《とうげみち》とか、一目瞭然《いちもくりようぜん》で分かるんで便利やねん。そんで僕、その時に地図あれこれ調べて、ちょっと詳しくなってんけど……」

「時任クン、要点だけでええねん。一時間ドラマの内容一時間かけて話すな」

「あ、あの辺な、ダイトレに繋がる山道がいくつかあるやろ」

「ダイトレて何やねん！」

「ダイヤモンドトレール。葛城・金剛の尾根伝いを行く長距離縦走歩道。金剛石ってダイヤモンドて意味やんか。うまいネーミングやなあって、いっつも感心しててん、僕」

怒鳴る前に息を吸い込む音が聞こえたので、時任は慌てて先を続けた。

「言うても、ガレ場あったり道が不明瞭《ふめいりよう》やったりの難路も多くて、今は使われてへん山道もある。奈良側から見た金剛山地が壁みたくなってんのは、傾斜が急なせいや。いかにも修験道の聖地て感じやんか……。つまり、何が言いたいかて言うとな——鴨原神社の裏にも、旧登山道があったと思う」

我ながらいい発見をしたと思ったのだが、時任は結局、またもや志田に怒鳴られた。

3

「スマホの電源は落としておいた方がいい。山の近くでの雷は、本当に危険だから」

　杉木立の中から唐突に現れた石黒が、有無を言わせぬ口調で言った。

「ほら、僕も切ったから。真澄ちゃんも切りなさい」

　リュックを背負い、トレッキングポールを持った石黒は、普段着ている自然素材の服とは違う、ゴアテックスのレインウェアを身につけていた。山中なのに人工的な、そのネイビーのアウターが醸《かも》し出す雰囲気に気圧《けお》されて、真澄はなぜ石黒がここにいるかを問いただすより前に、スマホの電源をオフにしていた。

「お前がここにある言うたから来たんやで」

　乾が腹立たしげに石黒に言い、真澄はそこで初めて質問した。

「マスター……どういうことですか」

「アコさんがさ、この人と糺の森の古本市で会って以来、どうも様子が変だったから問い詰めたんだ。そしたら、この人に脅されてるって言うんだよ。二十一年前、神社に火をつけて宮司の息子を殺しただろうって。で、今の生活を続けたければ記者から鏡を取り返す手伝いをしろって……。無茶苦茶だよね」

　石黒の返事は、直接的な答にはなっていない。真澄は耳を傾けつつ、自分が下手な問いを発しないよう唾《つば》を飲み込んだ。亜子はきっと、石黒に子供の話まではしていない。

「だけどね、乾さん」石黒はそこで乾に向き直った。

「本当に妻が昔そんな恐ろしいことをしたとして、なぜあなたがそれを知ってるんですか。その場にいたからなんじゃないですか。その顔の火傷、その時ついたんですよね。妻曰《いわ》く、その日例の〝生火竟〟は神殿に置きっぱなしだったと言うんです。――あんた、盗む気でその夜その場にいたんでしょう」

苦々しげに、しかし落ち着いた口調で石黒は続ける。

「もっと早く気づくべきでしたよ。あなたがすべて目撃していたなら、あなたは妻より後に神殿を出たことになる。妻が宮司の息子を置いて出て行った時、火はそれほど出ていなかった。少なくとも、あなたにそんな火傷を負わせるほどの火は。……すぐに消火すれば、彼の命は助かったかもしれない。でもあんたは、鏡欲しさに人一人を見殺しにしたんだ」

「ち、違う！」乾は口角泡を飛ばして否定した。「助けよ思たけど、気絶してたし、重くて運べへんかっただけや。このまんまやったら二人とも死ぬし、やむなく置いてった」

「宮司の息子は動けたはずだと妻は言っていた。あんたが鏡を盗《と》る時、彼を昏倒《こんとう》させたんじゃないのか！」

乾が言うに言われなかった鏡のいわく――。

そのすべてが、怯《おび》えの色となって乾の表情に張りついていた。

今や、真実は明白だった。

「もう妻が脅されるいわれはないというつもりで、昨夜お電話差し上げたんです。そうしたら、あんたは今日、妻の従妹と御所に鏡を探しに行くというものですから」

真澄が亜子の従妹だと乾に告げたのは、石黒だったらしい。

「どうせ直接お会いして話すなら、現場の方がいいと思いまして。下手に警戒されても困るので、鏡がここにあると嘘をつきました。榎本さんが御所に鏡を隠したならここかもしれないと、先日妻が言っていたので……」

日の傾きかけた薄暗い山中に、いっそう濃い沈黙が落ちた。と、ふいに乾が真澄の肩をつかみ、「たいした茶番や」と言いながら嗤《わら》い出した。怒りが滲《にじ》んだその声に、真澄はまるで人質にされた気がして、背筋がちりちりと焦げるような恐ろしさを覚えた。

「あの夜、俺は確かにあっこにおった。神社に行ってみたら、上手《うま》い具合に喬が使《つこ》てたんで、神職が出入りする扉の裏で様子うかがった。そのまま酔いつぶれて寝てくれんかて思いながら待ってたら、しばらくしてバイト巫女の水原亜子が来た。で、俺はそのまま、聞きたくもないガキどもの痴話喧嘩も辛抱して聞いてたわけや。そのうち、娘の方がカーッとなって、喬の頭酒瓶でぶん殴りよった。そん時にひっくり返った煙草の火ぃが、漫画雑誌の上に載っかったんや」

普通なら、それだけでは大火事にはならない。だが不運にも、そこは紙と木と布とにあふれた神社の中だった。まず炎の端は、燃えやすい神祭具へ伸びた。几帳《きちょう》、壁代《かべしろ》、神楽鈴《かぐらすず》についた五色布。勢いを増した炎は、白木の三宝にも折敷《おしき》にも順についていく。そうして乾が躊躇《ちゅうちょ》しているうち、火はあっと言う間に内陣全部へ燃え広がったのだという。

「確かに俺は、結果としては喬を助けられへんかった。でもこの火傷は、喬をかつごう思てしゃがんだ時、燃えてる八足案《はっそくあん》にぶつかってできたもんや。俺は喬を殺してへん。あの女の方が、よっぽど恐ろしい人殺しや」

真澄の鼻の奥に、二十一年前のにおいが蘇《よみがえ》った。寝ている真澄の隣へ戻ってきた亜子の体から立ちのぼっていた、煙草や蚊取り線香や燃える何かの煙のにおい。そのにおいに包まれて、膝の間に顔を埋《うず》めて泣いている、亜子の黒いシルエット。

もうこの先は言わないでほしい、と真澄は思った。あの夜に乾が聞いただろう話を、石黒には言わないでほしい。

だが乾は、勝ち誇ったように石黒へ続けた。

「あいつはな、子供の父親殴り倒して逃げるような女やで。案外、記者もお前の嫁が殺《や》ったんと違うか。聞けば、どういうつもりか知らん、俺の渡した名刺を子供にやりよって、今度は何たくらんでるか分からへんわ。気ぃつけんと、お前もそのうち……」

乾が言うか言い終わらないかのうちに、石黒の表情が消えた。

「子供って何だ――？」

乾は火傷痕をくしゃくしゃに歪《ゆが》め、憎悪に塗《まみ》れた嗤《わら》いを爆発させた。

「へぇ、哀れな亭主や。何も知らんと、呑気《のんき》におままごとっちゅうわけか。小田切の孫はな、お前の嫁が宮司の息子に弄《もてあそ》ばれて産んだ子やで！」

その瞬間、空気が不吉に捩《よじ》れた気がして、真澄はとっさに体をひねった。その直後、真澄を「保険」にしていた乾の額《ひたい》に、石黒の振り下ろしたアルミのトレッキングポールがめり込んでいた。不意を突かれ、とっさに両手で顔を覆った乾の腹を、続けざまポールが襲う。その間に距離を詰めた石黒が、グリップを握った拳《こぶし》で乾を殴り倒した。そのまま重たい登山靴の先で激しい蹴りを数度。間髪《かんはつ》入れず、再びポールが振り下ろされた。

「でたらめ、言ってんじゃねえ」

上下する腕の動きに合わせ、石黒の食いしばった歯の間から途切れ途切れに悪態が漏れる。その鬼気迫った真っ白な表情を目の当たりにした真澄は、理屈ではなく直感で悟った。

ああ、この人だ。

榎本の死も、脅迫状も、小田切の転落も。

それと同時に、あのトレッキングポールをよけなければ、間違いなく自分にも当たっていただろうと真澄は気づき、石黒はひょっとすると最初からそのつもりで来たのではないかという恐怖が、喉元まで迫《せ》り上がってきた。状況次第で、石黒はこうするつもりだったのではないか。乾についてきた真澄は、石黒にしてみればやむをえない巻き添えなのではないか。

　あの結婚式での、気合いのこもった若々しい新郎スピーチを思い出す。

　――ですから僕は、彼女のために戦います。二人で幸福の戦いを続けます。

　石黒が小田切や乾に殺意を抱くまでに到った詳細な経緯は分からない。だが石黒は夫婦の幸福を求める戦いに執着するあまり、ついには幸福の城の門前で殺戮《さつりく》を繰り広げる怪物そのものになったのだ。

　小田切恒太が、何者なのかも知らないままに。

　この一連の事件では、誰一人小田切恒太の正体を正確に捉《とら》えた者はいなかった。真澄も榎本も乾も石黒も、実の母親である亜子も、ひょっとしたら小田切恒太本人でさえも。

　ならば志田は――？

　小田切恒太が落下した二十九日の夜、あのとってつけたような浮気話を持ち出して真澄を怒らせた時点で、志田は小田切の正体に気づいていたのではないか。糺の森で雷神の出生に関するウンチクを語っていた時、小田切の母親に対する疑問が芽生えたのではないか。

　すぐ近くで、雷が鳴った。

　乾はもはや小さく呻《うめ》くばかりで、抵抗もしていない。祠の石の基壇で打ったのか、こめかみから血が出ている。

　次は自分かもしれない。

真澄の逃走本能が、遅まきながら頭をもたげた。

動け。真澄は固まった太股《ふともも》を叩き、必死に自分自身の身体《からだ》に命じた。逃げろ。

一歩、二歩、三歩――。そろそろと後退し、一気に身を翻《ひるがえ》す。

執拗《しつよう》に乾を打ち続ける石黒を尻目に、真澄は脇目もふらず登山道を駆け出した。


山は、両翼《りょうよく》を広げて黒々と横たわっていた。

日没までにはまだ間《ま》があるはずだが、乱立した木々に覆われた山中は、悪天候も重なって視界が利かない。上を仰げば木立の合間に仄暗《ほのぐら》い空が見える分だけ、自分だけが山の闇に包まれているという感覚が強くなる。

今にも雨が降りそうだ。重たい湿気を含んだ空に、真澄は鼻をうごめかした。

折り重なるように天へ伸びる樹木と、微生物を含んだ腐葉土の発酵と、それらを物も言わずに呑み込んできた幾千年もの時間。――古代の人々が〝神〟と畏《おそ》れた山岳のにおい。

人間の領域をはずれた、山そのもののにおいだ。

一瞬目の前が青白く光り、雷鳴がすぐ頭上で轟《とどろ》いた。

産毛《うぶげ》がそそけだち、押し殺していた息が荒くなる。

悪寒が走り、汗が噴き出た。捻《ひね》った左の足首が、どんどん痛みを増してくる。これ以上逃げるのは無理だ。

ここにしゃがみ込んで、どのくらい経ったのか、どの位置にいるのか。石黒の狂気から逃げ出して、どれほど山中をさまよったのか。一時間くらいかもしれないし、それ以上かもしれないし、実はそれほど経っていないのかもしれない。

真澄が逃げていった山道は、群生する笹《ささ》や苔むした倒木や繁茂《はんも》する雑草で、すぐに見えなくなってしまった。それでも、後ろから足音が追いかけてくる気がして、無我夢中で逃げた。アップダウンを繰り返し、斜面の落ち葉に滑って下まで落ち、小枝であちこちひっかき傷を作って逃げ続けたが、山中の景色はまるで変わらない。

こうなると、同じ場所をただぐるぐると回っていただけの気もする。下に降りれば民家があるはずだと思っても、岩がむき出しになった急斜面に阻《はば》まれて迂回《うかい》を余儀なくされた。それからまた上りになり、今度は山頂が近いのかもしれないと右へ左へ進路を変えるうち、完全に方向感覚を失った。そのうち、葉の隙間から漏れていた微かな光さえも急速に消えていき、狭《せば》まった視界に焦ってますます闇雲に動き回ったら、滑落して左の足首を捻ってしまった。

スマホは上着のポケットにしまっていた。電源を入れれば、ディスプレイの明るさで、居所が分かってしまう気がしたからだ。どちらにしろ、地形のせいか生い茂る木々のせいか、何度試してもうまく繋がらず、バッテリーも急激に消耗してほとんど残っていない。

夕闇の色は濃くなっていくばかり、足の痛みも疲労も増して、木の根本に空いた穴の陰に、とうとうしゃがみ込んでしまったのだった。

ここまで彷徨《さまよ》うからには、何らかの意志が働いているとしか思えない。木立が生み出す夕闇の深さと、むせ返るような草いきれに押し潰《つぶ》され、五感はとっくに異常をきたしている。

こんなことになるなら、真実なんて知りたくなかった。知るべきではなかった。

言うならば、自分はカモの怒《いか》りに触れたのだ。

うずくまって両膝に顔を埋め、太古から続く山の気配に耐えた。むき出しになった神経がびりびりと震え、体が燃えるように熱い。

また稲妻が走り、十秒も経たずに雷鳴が追ってきた。この山に落雷が多いのは知っている。雷とはすなわち〝神鳴り〟だという。音であり、言葉であり、託宣《たくせん》を下すもの。ならばこの場所に神が降るのは、当然のことなのだ。

と、草を踏み分ける荒々しい足音が聞こえた。

ヘッドライトの明かりが、曖昧《あいまい》な宵闇《よいやみ》を切り裂く。

見つかった――。

い、い、い。

再びパニックの波が盛り上がり、ポケットからスマホを取り出して通話ボタンを押した。

繋がろうと繋がるまいと、落雷の危険が高まろうとかまわなかった。怒れる神の支配する山中で、唯一助けを呼べる相手がいるとするなら、〝如来《にょらい》様の使者〟以外考えられなかった。どや、この番号覚えやすいやろ、と得意げに志田が言った数字は確か――。

二五九二《ジゴクに》一一〇五九《テンゴク》。

雷鳴にかき消され、コール音の有無がまったく聞き取れない。それでも真澄は「お坊さん、お坊さん」と必死で話しかけた。

「聞こえます？　今、金剛山にいるんです。どうしよう、マスターが――」

雷の轟音《ごうおん》が鼓膜を震わせ、黒い山が鳴動する。

怖い、怖い、怖い。

人工的な光にすがるように、スマホを耳に押し当てて叫んだ。

「志田さん、助けて！」

だが――。

ヘッドライトが真澄を照らし、ひょろ長い真っ黒なシルエットが言葉を発した。

「真澄ちゃん、そんな格好で山に入ったら危ないよ」

自分を執拗《しつよう》に追ってきた殺人者を前に、真澄は悟った。

助けを呼んでも、もう遅い。

目を覚ました真澄が最初に聞いたのは、轟々《ごうごう》とした雨音だった。

続いて雷鳴。風で木々全体が揺れる山の音。屋根や窓に吹きつける雨粒。

起き上がろうとしたら、手の自由がきかなかった。後ろ手に縛られている。足もだ。後頭部が痛み、先ほど山中で石黒に殴られたことを思い出した。

濡《ぬ》れた服が体の熱を奪うのか、命の危険を感じている状況を再び認めてしまったからか、震えが止まらない。どこか屋内にいるようだが、畳を上げた湿っぽい床の感触が伝わってくる。無人の山小屋か何かかと思っていたら、暗がりの中で声がした。

「ここ、もと小田切宮司の家みたいだよ」

ぎょっとして首をねじると、反対の部屋の隅に石黒がしゃがみこんでいた。ヘッドライトの明かりに、いつもと変わらない茫洋《ぼうよう》とした白い顔が浮かび上がっている。

「こんな雨じゃ、屋内でもつきにくいんだよね、火」

まるで「コーヒー豆は湿気《しけ》たらお終《しま》いだからね」と言うのと同じ口調だった。家の中から集めてきた家具の残骸《ざんがい》や薄く剝《は》がれた板を、石黒は大きさ別に手際よく足下へ重ねていく。

「肝試しに来た馬鹿な連中が、けっこう屋内で焚《た》き火とかするじゃない。ここもあっちこっちに焦げ跡あるしさ。だから真澄ちゃんも、頭のおかしい老人に呼び出されて、ここで死んじゃったことにしようと思うんだ。僕ら夫婦も、いろいろ事情知ってる人と距離を置けば、また今まで通りの生活に戻れるからね」

口に嚙《か》ませてあるバンダナのせいで、叫びは声にならなかった。何に衝撃を受けているのか分からないまま、混乱が体中を駆け巡る。石黒の言う「距離」は、あの世とこの世の天文学的な隔《へだ》たりだ。たとえ〝如来様の使者〟であっても、一度死んだ者は助けられない。

　真澄は必死に目をこらし、今日の前で話し続けている男の中に、自分のよく知る石黒という人間を探そうとした。だが、まったく普段通りでありながら、普段過ぎるがゆえに異常だった。外見はそのままに、中身だけが別物に変わってしまったのか。それとも、これがそもそもの本質だったのか。

「でも真澄ちゃんはカフェ手伝ってくれたし、いちおう親戚だし、アコさんに似てるし、直接手にかけるのは気持ちのいいもんじゃないだろ？　それならこの方法が一番無難かなって。幸い、真澄ちゃんを見つけたのがこの家のすぐ上だったから、何とか連れて来られたんだよ。そりゃ、地図もコンパスもGPSもなかったら、うっかり同じ場所ぐるぐる回っちゃうよね。大怪我《おおけが》しなくてよかったよ」

　立ち上がった石黒は、アルミの水筒に似た携行用の燃料ボトルを、重ねた木ぎれの上にかけ始めた。ガソリンのにおいが辺りに立ちこめる。

「乾のジジイはさ、祠の後ろに生えてた木の洞《うろ》に押し込んできたから、当分見つからないよ。どっちみち、あの登山道はもう使われてないし、ほとんど人なんて来ないからね」

　ガソリンを半分ほど木ぎれの山にかけた後、石黒は考え込むように真澄を見下ろした。確実性を取るか、不快な光景を見ずに済ませる方を優先させるか、判断の末に後者と決めたらしい。

「着火と同時に燃えちゃうのも酷《ひど》いしな」

言いながら、石黒は真澄の周囲に円を描くようにガソリンをかけ、残ったものを重なった畳や柱やカーテンへ一滴残らずふりかけた。これもまた、コーヒーをドリップする時の、慎重で丁寧な手つきと同じだった。

「本当は僕だって嫌だよ。榎本さんのことも、たまたま打ち所が悪かっただけだ。でも僕がつかまれば、店も妻もお終いになる。それは困るだろ？　ようやく手に入れた心地いい暮らしだったんだよ。二人でいろいろ考えて、こだわって、気に入ったもんだけに囲まれた生活が、些細《ささい》なことで台無しになったら最悪だろう……」

真澄は石黒をここまで動かしたものもまた、乾と同じ絶望的な執心だったのだと気づいた。石黒は自分のテリトリーや所有物を侵犯された時、過剰なまでに反応する。それが、この男の〝こだわり〟の根っこだったのだ。厳選したコーヒー豆も、アンティークの輸入家具も、吟味して置いた京都の本も、自宅のインテリアも生活スタイルも人生哲学も、すべてが石黒の所有欲と顕示欲でできあがった〝城〟だったのだ。

「真澄ちゃんも、何も知らなければ良かったのにな」

石黒がポケットからサバイバルマッチを取り出した。

真澄の全身を恐怖が貫く。激しく身動きし、首を振って懇願したが、石黒はあの飄々《ひょうひょう》とした仙人のような顔のまま、マッチを擦《す》ってぽつりと言った。

「だからさ、ごめんね」

火のついた長いマッチが、木ぎれの上に落ちた。

ガソリンを伝い、瞬時に火が回る。焚き火の山が炎を噴き上げ、荒れ果てた部屋を照らした。石黒は振り返りもせず、和室から雨戸の閉まった廊下へ出て行く。真澄を取り巻く炎の輪が、新たな燃料を求めて部屋を這《は》い回り、カーテンを伝い、柱を登る。畳が燃える。煙が上がる。

真澄は身を縮め、声にならない叫びを上げた。眼球が、肌が、髪が、迫り来る熱に曝《さら》されてちりちりと焦げ始める。ワンピースの裾《すそ》に炎の縁《へり》が近づいてくる。

誰か。真澄は猿ぐつわの内で虚《むな》しく絶叫した。誰か助けて！

その時だった。

激しい音が一度、二度。縁側の雨戸が、外側から盛大に蹴りつけられた。その衝撃で、脆《もろ》くなっていた雨戸が桟《さん》からはずれる。再びの衝撃と加重で雨戸が倒れ、内側の古い窓ガラスが上部から一気に砕け散った。

青白い閃光《せんこう》が走り、耳をつんざくばかりの雷鳴が燃える家屋を震わせる。風と雨が夜の闇を連れて吹き込み、一際高くなった紅蓮《ぐれん》の炎の間から、突如《とつじょ》両翼を広げた漆黒の大鳥が伸び上がった。

火焔《かえん》の鴉《からす》。

そう錯覚したのもつかの間、墨染めの僧衣を翻した志田の腕が伸び、物も言わず真澄の体を抱えるや、燃え盛る柱をくぐりぬけて表へ飛び出した。肌に雨粒が当たり、流れ落ち、どちらのものとも知れぬ体から湯気が上がった。火と水と、明と暗と、生と死との天秤《てんびん》が、大きく反対側へ傾《かし》いだ瞬間だった。

みっしりと空を覆う厚い雲の内で、何者かがのたくりながら唸り声を上げる。稲妻が闇夜に金色《こんじき》の網目を刻み、黒い山が木々を震わせて呼応する。放電経路を切り拓《ひら》き、天と峰を往還する雷撃の流れが、絶え間なく繰り返される。

そしてついに、雷が落ちた。

凄《すさ》まじい轟音と、大木の裂ける音が、黒い山を揺るがせる。

「コラァ石黒、とっととツラ見せえ！」

炎を背負って立つ志田は、忿怒《ふんぬ》の表情も顕《あら》わに、闇《くら》い雨中の靄《もや》に向かって吼《ほ》えた。

「焼き鳥屋に転向する気やったら、よそでやらんかい！」

大気に充満するのは、古代の氏族が崇《あが》めた天神《あまつかみ》の怒りか、行者が畏敬《いけい》した山岳の放つ力か、鴨原神社の火事が生み出した二十数年分の業か。

「すみません、山の中にいてると思って手間取りました」

雑草だらけになった神社の跡地で、バナナみたいな色のレインウェアを着た時任が、真澄の縄を解いてくれた。安心した反動か、悪心と震えが再び始まる。火の勢いはいよいよ盛んに、かつての小田切家を舐《な》め始めた。

また大きな雷が鳴る。

少し離れた場所で様子を窺《うかが》っていた石黒が、天を衝《つ》く黒い杉木立の間から姿を見せたのは、それから間もなくのことだった。

4

泥だらけの赤い革靴を持ち上げ、濡れそぼった志田が切り出した。

「水も滴《したた》るイイ坊さんのオシャレ靴が、駄目になってもうた」

レインウェアのフードをすっぽりとかぶり、無言で見つめ返してくる石黒相手に、志田はなおも重ねて言う。

「御所くんだりまで来なならんとは、正直思ってへんかった。さっきまで、京都であんたの自慢の奥さんに会《お》うててん。おかげで事件の全容見えたし、しらばっくれても無駄やで」

「だったら、〝探偵寺〟でも作ったらどうです。嘘八百、得意でしょう。志田さんは、黙って背中で語る美学を知らないかたのようだから」

「その通り。わしは背中にもお口があんねん」

石黒のヘッドライトをまともに浴びた志田は、後ろ手に背中を叩いて不敵に笑った。

「ほんなら、お望み通り背中で言おか。五山送り火の夜に克也さんを殺したんも、切り貼りの脅迫状作って真澄ちゃん脅したんも、小田切を自室から放《ほう》り投げて殺そうとしたんも、全部あんたや」

真澄は志田の後ろでふっと小さな息を吐いた。自分が山中で直感的に悟ったのとまさに同じことを、「不妄《ウソ》」を善《よ》しとしない墨染めの背中が語っていたからだ。そしてそれは同時に、真澄が石黒夫妻に抱いていた幻想の、完全な終わりを告げる引導《いんどう》でもあった。

「そんなでたらめを、妻があんたに言ったんですか」

「まさか。奥さんはあんたの犯行について、わしに一《ひと》っ言《こと》も話さんかった。あの人の過ちは、過去を隠そうとして嘘をついたことだけや。ほかならぬ、あんたにな。あんたはあんたで、余計なことは奥さんの耳に入れずに悪事を重ねた。これがいっそう話をややこしくした。——最初から整理しよか」

この法話は長いで、と前置きし、志田は雨ざらしの苦行に耐える修行僧のように立ち尽くしたまま、一連の事件の経緯を説《と》き始めた。

「発端は連休明け。真澄ちゃんが休みやった十三日の火曜日。御所で鴨原神社について聞いてきた克也さんが、奥さんにも話を聞こうともちかけた……」

志田は亜子から直接聞き出したという事実を交え、真澄が推測したことを裏付けながら、時系列で話を進めていく。

十五日、糺の森の古本市で、亜子が乾に再会してしまったこと。榎本が鏡の来歴を調べ続ける限り、遅かれ早かれ亜子の罪も暴かれてしまうこと。それが嫌ならば、隠した鏡の在処を聞き出せと、乾が亜子を脅したこと――。

「今日、奥さんに会う前に、古本屋の『賀茂文文堂』にも立ち寄ってな。十五日のこと聞いたら、店主がかろうじて覚えてたわ。頬に火傷痕のある爺《じい》さんが、ブックカフェの奥さん見つけて話しかけたてな」

亜子はずっと、自分が小田切喬を焼死させたと信じていた。その過去の大罪が、新天地での穏やかな生活を崩し始めた。そしてその亜子の動揺に、石黒が気づいたのだった。

「問われた奥さんは、旦那に嘘をついたそうや」

亜子が鴨原神社に火をつけて宮司の息子を殺したと、乾が勝手に思い込んでいる、と。

その話を聞いた榎本が、鏡の来歴と合わせて記事にしようと考えている、と。

「冷静に考えれば、まっとうな新聞の文化部記者が、そないな三文ゴシップ記事書くわけあれへんのに。でも、あんたはほかならぬ奥さんの言葉を信じた。信じて、念願の〝シャレオツ北山カフェ〟が台無しになってまう事態を恐れた」

「その言い草、まるで僕が……」

「まあ最後まで聞きや」

志田は手のひらを広げて石黒の抗議を遮《さえぎ》った。

「迎えた十六日、五山送り火の日……」

亜子は榎本がカフェの戸口で乾と話しているのを聞いた。真澄と会うことも知った。何を話されるか、何を知られるか、精神的に追い詰められた亜子は、乾に連絡して待ち合わせ場所と時間を聞き出した。榎本が真澄と会う前に、何が何でも話をつけなくてはならないと思ったからだ。

「こっからはわしの推測や。奥さんはカフェが終わってから鞍馬口通りの喫茶店に向かい、克也さんが出てくるのを待った。ほんで、八時十五分頃、克也さんが出雲路橋を東に渡ったとこで声をかけた」

まだどの橋も賑《にぎ》わっている時間だ。亜子は例の鏡のことで重要な話があると榎本にもちかけ、真澄が待つ北山とは反対方向へ歩き出した。賀茂川が高野川と合流する、出町柳の方へ。

「出雲路橋から合流部の河合橋まで、ぶらぶら歩いて二十分弱として、八時四十分頃。克也さんのスマホで謎の写真が撮られてたんが八時五十分前後のことやから——その十分ほどの間に、マチガイが起こったんと違うか」

「馬鹿馬鹿しい。いくらあの辺の川縁《かわべり》が暗いと言っても、その時刻はまだ周囲に人がたくさんいるんですよ。争いがあったら、さすがに気づくでしょう。大体、榎本さんはもとラガーマンで、けっこうな体格です。不意をついたにせよ、妻がどうにかできる相手じゃない」

「奥さん一人とは言うてへん。――あんたはあの夜、様子のおかしい奥さんを尾《つ》けた。克也さん殴って昏倒《こんとう》させたんは、奥さんやない。あんたや」

石黒は否定しない代わりに「全部推測でしょう」と吐き捨て、志田は「刑事《デカ》の使いやあれへんねん」と鮮やかに開き直って続けた。

「人から見えないとこ言うたら、河合橋の下やないか？　あの時刻、送り火が見えん暗がりには誰も行かん。あんたらは、動かなくなった克也さん放って逃げよ思て、はたと気づいた。何もない橋の下で、健康そのものの男が死んどったら、警察は他殺て判断するかもしれんてな」

捜査されれば、すぐにバレてしまうかもしれない。ならば捜査されない方法を考えるしかない。

「その時点で、克也さんに目立つ外傷はなかったんと違うか。だからあんたらは、目に見えない本当の死因を、目に見える偽の死因で隠すことにした。明らかに事故死と分かれば、専門家も手間暇かけて頭ん中のぞかんしな。鴛鴦《おしどり》夫婦の涙ぐましい細工の始まりや」

八時五十分前後――。亜子は土手に上り、酔狂な観光客を装って、榎本のスマホで自撮りするふりをした。実際は通常のアウトカメラのまま、榎本が土手から転落したと見せかけるため、河合橋の写真を何枚か撮った。

そして万が一の場合を考え、当夜の榎本の行動に関する通話履歴を消した。乾のものと、真澄のものだ。その後、自分の指紋は拭《ふ》き取り、改めて榎本に握らせた。

九時頃。交通規制は解け、人もまばらになり、川縁は人気も絶えていっそう暗くなる。夫婦は河合橋の下から暗渠《あんきょ》入り口の石畳まで榎本を移動させ、そこで新たに頭の傷をつけた。

「考えたないけど、まだ生きてた克也さんを、その時初めて殺したのかも分からん。そしてその後、転落の瞬間を見たと通報。警察は事故死て判断。あんたらは、めでたしめでたして思った。でも、新たな悪夢が始まった。――目撃者がおったわけや」

それこそが、小田切恒太だった。

志田は火明かりにぎらつく暗い雨の中、淡々と事実のみを簡潔に告げていく。

小田切恒太が真澄の持っていた色違いの葵アクセサリーを見たこと。そのために小田切は真澄の正体を突き止めたかったこと。その夜、あろうことか真澄と亜子を間違えて尾けて行ったこと――。

「事件からちょっとして、真澄ちゃん宛てに差出人不明の写真と手紙が届いたそうや。これはさっき、奥さんから直接聞いた」

〝あの夜、男が橋のところで死んだのはどうしてでしょう〟――。手紙には、そう書いてあったらしい。夫妻にとって不幸中の幸いだったのは、脅迫者が真澄の仕業と信じていることだった。最初は乾が脅してきたのかと思ったそうだが、亜子を知っている乾が、真澄と間違えるはずがない。

相手の正体を夫妻が悶々《もんもん》と考えていた頃、真澄のことをつけ回している若者の存在を知った。状況から考えて、このストーカーが目撃者に違いない。そう思った夫妻は、何とか若者の勘違いを利用できないかと頭を捻った。

「そんな時、わしがカフェに登場。しかも真澄ちゃんは、夫妻が思う以上にカモ氏だの鏡だののことを気にしとる。こら早急に手を打たなあかんと焦って――」

夫妻はまずストーカーの存在を真澄に知らせ、この先小田切から手紙を受け取っても怪しまれないような下地を作った。そして切り貼り文字の手紙を作り、真澄の自宅ポストへ入れたのだ。《カモ氏の鏡に関わるな》。

「こら脅しと同時に、真澄ちゃんがどこまで知っとるか突き止めるためやった」

案の定真澄は、翌日志田と一緒に京都を回り、小田切や乾の素性、榎本と乾とのトラブル、〝生火竟〟の具体的なことまで、一気に突き止めてしまった。

「私、それを店でマスターに話した覚えがある……」

真澄は事件の推移を、ほかならぬ犯人に報告していたのだった。しかもその時は志田のことを言い出せず、鏡については榎本から聞いていたのだと、嘘をついてしまった。

「石黒さん。あんたは真澄ちゃんが意外なほど事情を把握しとるんでますます焦った。で、その夜、ホームセンターかどっかで買ったカラスと第二弾の脅迫状を置きに行って、余計な真似はしないよう釘《くぎ》を刺すことにした。でも、真澄ちゃんの住まいは、こうるさい女性専用マンションやった。万が一男がうろついてるとこ目撃されたら、騒ぎになる」

真澄はその日自分が店にいる間、確かに亜子が一度どこかへ行ったのを思い出した。その夜の細工を、急いで用意していたのかと思うと、やるせなくなる。

「モニターホンに映った身長から考えても、マンションに来たんは奥さんの方やろ。ここまで来れば奥さんも背に腹は替えられんし、とにかくあの人が来たんは確かや。メールも手紙も、今度はもっときつい脅迫にした」

《警告。鏡のことと俺のことを警察にしゃべったら殺す。よけいな真似したら殺す。ただの脅しだと思うな。すぐに証拠を見せてやる》。

《今度はお前の番だ》。

「ところが、真澄ちゃん一人やと思ってた所に、彼氏のわしがおった」

あの夜、一人でじっとしているようにと忠告してきた志田の真意が、ようやく分かった。

動転した真澄が、ほかならぬ石黒夫妻の所へ行ってしまうことに、「待った」をかけようとしていたのだろう。だが結局、真澄は二人の所へ行ってしまった。

真澄の榎本に対する片想《かたおも》いを見抜いていた夫妻が、やけにすんなり「新しい彼氏」の存在を認めたのも、前の晩、インターホン越しに志田の声を聞いた実体験に基づいてのことだったようだ。

「あんたら夫妻は、真澄ちゃんから小刻みに情報が入ることで、微妙な調整を加えてったんやろ。そしてとうとう、小田切が真澄ちゃんを呼び出す手紙を送ったことを知った。おまけに彼氏のわしまで出張ってきて、小田切を捕まえるて息巻いたからさあ大変。あんたはかねてからの計画通り、先回りして片を付けるべく奔走した……」

ストーカーの自宅は、前もって突き止めておいた。用意したのは、《いぬいに鏡を渡せ》という切り貼り文字と、切り取った雑誌。乾からもらった名刺。小田切の首に巻き付ける縄。

「あんた、どっちに転んでもええようにしたんやろ。わざわざ手間かけて小田切の首に輪っかハメたんは、そのためや」

転落が自殺の失敗による事故死と見られれば良し。はたまた何者かともみ合った末に落ちたと判断されても、乾に容疑がかかるよう仕向けていったのだ。

小田切恒太が乾と関わりがあると仄《ほの》めかしておけば、警察の目は最初に乾に向く。裏側は妹尾敏恵の名刺だから、まずそちらへ連絡が行く。そして乾や鏡の調べを進めるに従い、関係者は榎本と乾のトラブルを口々に証言する。小田切が『かもがも～れ』のイベントスタッフだということも、接点の説得性を補強するだろう。

一方で、真澄が受け取っていた脅迫状の一連の内容が、その事実を都合良く裏付ける。小田切と乾との関係が繋がりさえすれば、その二人が鏡を手に入れるため見当違いに真澄を脅していたのだと警察も納得する。おまけに小田切が首つりカラスと同じような姿で死んでいたら、やはり共犯者の乾が真っ先に疑われるだろう。

いずれにせよ、石黒とはまったく関係のない所で、邪魔者を二人同時に厄介払いできる。わざわざ真澄にカラスを送りつけたのも、カモ氏に執心する人間の仕業と見せられるよう計算したのかもしれない。

「ちなみにそれは、あんた単独の思いつきやったからこそ、判明した小田切の名前と素性を端《はな》から奥さんにも伏せておいたんやろ。事件に薄々勘づいた乾にも、引き続き脅されてたんと違うか？　どっちにせよ、小田切の件は完全にあんたの暴走やった。どや、石黒さん。こういうことやないんか。口で言うたら簡単やけど」

全部の筋書きを話し終わった志田は、そう締めくくった。

「――聞いてられないな。冗談にしたって不愉快ですよ、志田さん」

石黒がとうとう口を挟んで志田を止めた。

「そもそも、なぜ僕らを疑い始めたんですか」

「写真の束がカフェに入ってたって聞いた時、あんたたちが先に見て保管してたっちゅうんが引っかかった。普通なら、すぐ真澄ちゃんに写真を見せて、本人から事情を聞いて、そんで初めて心配し始める方が自然やないか。ほんでわしは、うさんくさい奴らやなって思って、それとなく気にし始めたわけや」

そんな早い段階から疑いを持っていたことに真澄は驚いたが、石黒はまったく動じなかった。

「志田さんがえらそうに語った推理はね、しょせん判断能力のない民衆に極楽や地獄を説くのと同じことですよ。信じろというばかりで、証拠を見せない。それで法外な金を取るんだから、坊主なんてろくなもんじゃありませんよ」

「ほう、証拠がないから認めんと。そんなら乾はどうした。なんでお前はここに来た？」

「さっきマスターが乾さんを殺したんです！　この上の、祠の所で」

石黒が鏡を餌《えさ》に乾を呼び出したことを、真澄は一息に説明した。

「うん、真澄ちゃん探す時に会うたで。血痕《けっこん》辿っていったら、裏の木の洞におった。なあ石黒さん、百聞は一見にしかずて言うやろ。証拠なんて必要あれへんがな」

志田は乾が生きていたとも死んでいたとも告げず、再び石黒に向き直った。石黒は人差し指でこめかみを掻《か》き、「だからねえ」と苛立《いらだ》ちを滲《にじ》ませて言った。

「ストーカー騒ぎでノイローゼ気味だった真澄ちゃんが、ここで乾を叩き殺したと言っても通る話でしょう。心配した僕が様子を見にきた時には、乾が死んでて家も燃えてた」

「でたらめ言わないでよ！」真澄は一瞬、恐怖も絶望も忘れて声を荒らげた。

「私はマスターに殺されかけた。手にはロープの痕《あと》だって残ってるし、全部目撃した。トレッキングポールには乾の血痕だってついてる。そのリュックの中には、燃料ボトルだって入ってるじゃない」

「どこにあるんだよ！」

石黒はリュックをぬかるみに放り出し、下瞼《したまぶた》をひくつかせて怒鳴った。二本一組だったトレッキングポールが、今は一本しかなかった。

「探しに行けよ、あの家の中に。そのロープだって、僕にやられたって証拠はない。火をつけたのも、乾を殴ったのもな。——僕が言いたいのは、その坊主が長々としゃべったのは、証拠がない限りただの屁理屈《へりくつ》だってことだよ！」

「そんなに証拠が欲しいか」志田がぽつりと言う。

「当たり前だろう、僕ら夫婦を殺人者呼ばわりして。大体、鏡なんてどこにあるんだよ。乾が神社から盗んだってのも、榎本が乾から取り上げたってのも、全部話で聞いただけだろう。実物を見たのか？　死んだ人間どもの戯言《たわごと》を信じるなら、今すぐここに鏡を持ってこいよ」

真澄が悔しさのあまり苦い唾を飲み込んだ、その時——。

バナナ色のレインウェアが、視界を横切った。

「あ、あの、長々とお借りしてもうて」

志田の隣に並んだ時任は、おもむろに自分のリュックのレインカバーをはずし、さらに中から大きめの防水袋を取り出して、恭《うやうや》しく坊主に手渡した。

「かまへん。京都連れ回した駄賃や」

受け取った志田は時任に言い、防水袋を掲げて石黒を一瞥《いちべつ》した。

「鏡や。克也さんと乾の指紋付き。死んだ人間の代わりに、持ってきたったで」

防水袋から引きずり出したのは、二十センチちょっとの桐《きり》の箱。時任が慌ててかざした折りたたみ傘の下、志田のでかい両手が慎重に蓋《ふた》を取ってみれば、今にも壊れそうな緑青《ろくしよう》まみれの青銅鏡が、きっちりと中に収まっていた。

「ほれ、この通り。お望みの鏡や」

古代鏡にはお馴染《なじ》みの、鈕《ちゆう》と呼ばれる半球形の突起を中心に、明確な世界観を持った様々な文様が刻まれている。縁起の良い四体の獣、波紋、鮫《さめ》の歯に似た鋸歯紋《きよしもん》。絡み合い、渦を巻き、みっしりと詰め込まれているのは、古代人が信じた強い霊力そのものだ。

そして鏡の縁に、目を凝らさねば分からないほどの細字で三文字、〝生火竟《きよう》〟――。それは紛れもなく、かつて小田切家から乾によって盗まれ、榎本の命を奪い、亜子を煩悶《はんもん》させたくだんの鏡だった。

「な、なんでお前が持ってるんだよ……」

「屁理屈は聞きたないんやろ。証拠が欲しかったんやろ」

下顎を突き出して言う志田の隣で、時任が再び丁寧に桐の箱を袋にしまい直す。石黒はそれを半ば呆然《ぼうぜん》と見送りつつ、ようやく言葉を絞り出した。

「そんなもの、別に僕の指紋がついてるわけでも、誰かの血痕が残ってるわけでもない。鏡があったところで、この件には何の影響も――」

「やかましい！」

ついに志田の忍耐が限界を超えた。再びの忿怒《ふんぬ》の炎が、濡れた僧衣の背を焦がす。

「往生際が悪いで。仏の顔は三度でも、坊主のスマイルは一度きりや。ほんまのこと話せば諦《あきら》めて自首するか思ったら、人の情けを無下《むげ》にしくさって。ええかコラ、しらばっくれたって無駄や。奥さんはお前なんかより、よっぽど潔《いさぎよ》く警察に行ったで！」

雷の一撃を受けたかのように、石黒が一歩後退した。その報《しら》せは、石黒にとって死刑宣告にも等しい衝撃だったのかもしれない。「お前……」かすれた声が、みるみる怒気を孕《はら》んでいく。

「お前、妻に何を言った！」

「あの人自身が決めたことや。ごちゃごちゃぬかすな、ボケが！」

「ふざけるなよ。僕は、大事なものを守るために当然のことをしただけだ。余計な真似しやがって、これじゃあ台無しじゃないか！」

「夫婦の幸せが聞いて呆《あき》れるわ。お前がしがみついとるんは、お前一人の欲やろが。そこまで嫁さんが大事なら、昔の罪過も苦悩も全部まとめて、四の五の言わずにドーンと受け入れたればよかったやないか！」

「クソ坊主が、知ったような口叩くな！」

その後のことは、一瞬だった。

石黒がリュックから抜いて振りかぶったトレッキングポールを、志田が片手で受けた。そのままでかい体が後ろに反ったと思うや、ゴッツと冗談のような鈍い音が一つ。坊主の派手な頭突きを受けた石黒は、そのままバランスを取り戻すことなく、ぬかるみに尻もちをついて倒れた。その全身に、天から容赦のない雨が降り落ちる。

「言うたやろ、わしは高校時代剣道部やったってな！」

「剣道に頭突きないで」

今まで黙っていたバナナ色の時任がすかさず口を挟み、「消防車と救急車と警察、そろそろ呼ぶ？」と現実的なのか他人事《ひとごと》なのか親切なのか分からない平板《へいばん》な態度で、もぞもぞとスマホを取り出した。

その時真澄は、篠突《しのつ》く雨の中に獣の咆吼《ほうこう》を聞いた気がして、後ろを振り返った。

小田切家が今、黒煙を噴き上げて燃え落ちようとしている。

新天地を求めて御所から京都に出てなお、亜子も小田切も乾もみな、二十一年前の業火から逃れられなかったのではないか。そしてあの火が、また別の何かを生み出したのでははないか。火種はくすぶり、連鎖し、賀茂の土地にまつわるイベントという一撃を受けて、再び燃え広がったのではないか——。

だがそれももう終わりだ、と真澄は思う。

炎に包まれた横長の平屋は、あたかも最期の雄叫《おたけ》びを残して天に還《かえ》り行く、大きな大きな鴉のように見えた。

終章

榎本克也《えのもとかつや》の四十九日法要が、大阪阿倍野《あべの》の光願寺《こうがんじ》で執り行われたのは、秋晴れの空も眩《まぶ》しい九月終わりの日曜だった。

喪服を着た参列者が控え室へ退出すると、真澄《ますみ》は一人遠慮がちに本堂へ入った。榎本の父親と志田《しだ》のはからいで、親族が納骨に出発する前のひととき、特別に手を合わせられることになったからだ。

内陣を荘厳する金色《こんじき》の天蓋《てんがい》や幢旛《どうばん》、護摩壇《ごまだん》に置かれた数々の仏具、壁の両脇《りょうわき》に掛けられた両界曼荼羅《りょうかいまんだら》の世界に、思わず身がひきしまる。榎本に似たがっしりした体格の、優しそうな顔をした父親が、「このたびは愚息のために奔走してくださって」と真澄へ深々と頭を下げ、少しよそ行き顔の志田が遺影を置いた机の前に来るよう促した。

写真の中の榎本は、享年より少し若い姿で、はにかんだように笑っている。何かに熱中し過ぎて、ふと我に返った時の照れ隠し。真澄が一番好きだった表情の榎本がそこにおり、鼻の奥がつんと痛んでたまらなくなった。

真新しい塗位牌《ぬりいはい》を前に、焼香を三度。目を閉じ、心をこめて合掌する。

ごめんなさい、という亜子《あこ》の声が思い出された。

五山送り火の夜、亜子はやはり榎本と河合橋の下にいた。過去の話に気が昂《たか》ぶった亜子は、なだめようとする榎本につかみかかった。それが、後をつけていた石黒《いしぐろ》にはもみ合っているように見えたのだという。

——私が、サトシ君に変な嘘《うそ》ついたから……。

榎本が記事のために亜子を追い回していると信じていた石黒は、記者が妻の過去を強引に問いただそうとしている現場に遭遇し、頭に血が上った。みずからが生み出した悪意を、あたかも榎本本人の悪意のように錯覚し、石黒は亜子の方に気を取られていた榎本の頭部へ、とっさにつかんだ手のひら大の石を振り下ろした。角の取れたその河原の石が、運悪く頭蓋《ずがい》と首の間の脆《もろ》い部分に当たったのもいけなかった。本当の所は今となっては分からないが、その時夫婦は確かに榎本が死んでしまったと思った。土手で写真の細工をし、人通りが少なくなった九時過ぎを狙《ねら》って、あたかも酔っ払いを介抱するように、二人がかりで榎本を移動させた。亜子が暗渠《あんきよ》の上で通行人を警戒している間、石黒が改めて榎本の頭部に傷をつけたのだった。

当夜、亜子は真澄とおそろいで買った夏用パーカーのフードをかぶって出かけたため、髪形も隠れて余計に判別しづらい外見だった。八時五十分の段階で河合橋の上にいた小田《おだ》切恒太《ぎりこうた》が、一体どこからどこまで目撃したのか定かでないが、後になって自分の見たものをはっきり認識したのだと思う。

後のことも、概《おおむ》ね志田の推測した通りだ。

全部僕に任せとけばいいから——。

考えることを放棄した亜子に、石黒は繰り返し言ったそうだ。亜子はその間、いつもの接客、いつもの会話、いつもの生活を維持することに全神経を費やした。石黒もまた以前とまったく変わらない様子で日々を営み、その夢のような逃避はストーカーの素性を尋ねることさえ亜子に忘れさせた。石黒もまた、余計なことは話さなかった。

思うに、石黒が人を殺《あや》めてまでしがみついた「心地の良い〝こだわり〟の毎日」は、その時点で日常の皮をかぶった別物に変わっていたのだろう。

亜子は石黒の言うまま、ストーカーの仕業に見せかけた脅迫状とカラスを、真澄の部屋へ置きに行った。見ず知らずの相手から殺人犯扱いされるより、ストーカー被害を受けていると思っている方が、真澄のためにもいいだろう。その時は、そんな風にしか考えられなかったそうだ。

一方、真澄にストーカーがいると分かった時点で、石黒は念のためカフェから小田切を尾行して自宅を突き止めておいたらしい。そして二十九日当夜、唐突に小田切のマンションを訪れた石黒は、「百万円を持ってきた」と言って室内に侵入。黒いビニール袋をかぶせて視界を奪った後、縄で大きめに作った輪っかを素早く首にかけて、ベランダへ押し出したらしい。小田切が自力でビニールを取り捨てた時には、石黒が若者の両足を抱えて浮かせていた。バランスを崩した小田切は、そのまま落下。向かいの建物は駐車場になっていたため、明るい夕方にもかかわらず、目撃者はいなかった。石黒はビニールを拾い、用意してきた《いぬいに鏡を渡せ》を残して現場を去った。

乾《いぬい》老人は榎本の死後、鏡に自分の指紋がついていることをひどく気にして、ますます鏡を取り戻すことにこだわった。送り火の夜に、亜子が榎本と会うことを知っていた唯一の人間でもあり、石黒は二人の邪魔者を退《しりぞ》ける機会を窺《うかが》っていたらしい。

その乾も、結局亡くなってしまった。巡り巡った因果の果てに身を滅ぼしたようなものだが、だからといって突然命を絶たれていいものではない。一方で、乾の葬式が執り行われた五日後、入れ替わるように目を覚ました小田切恒太の存在が、この先の亜子になにがしかの意味を与えることを、真澄は願ってやまない。

石黒は亜子の決意に引きずられるように、みずからが犯した罪を認めた。生活を守りたかったから、という言い訳めいた動機は、夫婦愛に似た自己愛だ。いずれにせよ、二人が幸福の城だと信じた『ピエール・ノワール』の扉が、再び開くことはない。

だから榎本さん、どうか安らかに――。

瞼《まぶた》の裏の光、路面を滑る阪堺電軌《はんかいでんき》の微《かす》かな音、懐かしい線香のにおい、本堂を吹き抜ける一陣の秋風。

呼吸が楽になり、少しは死者に許されたような気がして、真澄はそっと目を開けた。写真の榎本は、やはり照れたように笑っている。

ありがとうございました、と礼を言ったら、こちらこそと榎本の父親に返された。一人息子を逆縁で失って、まだ一月半。心労の陰が顔の随所に見えたが、心なしか表情は穏やかだった。真澄の話をきっかけに〝副住職さん〟が動いてくれたことで、息子の事故死を納得できなかった自分の靄《もや》も晴れたのだと、言葉少なに語ってくれた。

志田も引き続き納骨法要に行くとのことなので、本堂の所で失礼することにする。たぶんこの先、志田と連絡を取り合う機会もないだろうと考えたら、やみつきになりかけた辛い物を途中で取り上げられたような、寂しい気になった。

「ほな、またな」

長い数珠《じゆず》をジャラジャラ鳴らして見送ろうとした志田に、真澄は急いで尋ねた。

「あの、最後に一つだけ。〝生火竟《きよう》〟、なんで志田さんが持ってたんです？」

「さて問題です。神前結婚式で、参列者が最初に困ることは何でしょう」

「は……？」

逆に質問を返され、面食らって瞬《まばた》きをする真澄に、志田は続けた。

「答は、私物を預けられる場所がないことです。――ところが上賀茂神社には、式の参列者だけ使えるロッカーが、社務所んとこにあんねん」

あっ、と真澄は声を上げた。三連休の真ん中、榎本は上賀茂神社での結婚式に参列した。乾の執拗《しつよう》な催促《さいそく》と、鏡そのものを遠ざけたかった榎本は、神社のウェブサイトでロッカーの存在を知り、利用することにしたのだろう。

「神聖なカモの神社に、カモの鏡を預けるんは、いかにもお似合いやないか。たとえ乾に尾行されてても、そこのロッカーなら表からは見えへん。万が一回収されても、モノがモノやから、たぶん社務所が預かってくれる。現に時任クンは、ロッカーから荷物出すの忘れてました〜って社務所にワケ話して、鍵《かぎ》と引き替えに鏡を回収してん」

「つまり時任さんが式場の下見云々《うんぬん》っていうのは、嘘だったってことですか」

「いや。遠い将来、時任クンをお婿さんにしてくれる、奇特な女性が見つかった時のための下見やで」

鏡は二人でさんざん見倒した後、北山の妹尾敏恵《せのおとしえ》に預けてしまったとのこと。専門ではないが、カモ氏が活躍した五世紀辺りの鏡と考えていいかもしれないという。古来、鏡に文字を刻む行為は、そこに呪力《じゅりょく》を埋め込む意味があったらしい。小田切の祖父は、よりによってあんな文字を入れるべきではなかった、と志田は言った。

「私、御所に鏡があるって信じてあんな目に遭《あ》ったんですけど」

真澄は二人に欺《あざむ》かれていたと知り、思わず文句を言った。そうして、たとえ一瞬でも文句を言える元気を取り戻していたことに、内心で驚いた。

「そらな、真澄ちゃん。あんたにほんまのこと話したら、情報がマスターご夫妻にダダ漏れになるやろ。で、とりあえず嘘ついた方がええって判断したわけや。ごめんやで」

あとは神妙な合掌でうやむやにされ、「京都まで気ぃつけて帰りやぁ」と送り出される。

本堂の石段を下りて振り返ったら、もういなくなっていた。

まだちゃんとお礼も言えていない。

古代史に関する志田のウンチクはいちいち面倒くさかったけれど、もうここにはいない誰《だれ》かを想う方法というのを教えてもらった気がする。

昔むかしに生きた人間の、こうありたいと願った祈りの末に現代があるのだとしたら、古代に限らず歴史を知るということは、そうした過去の無数の情熱や希望や叶《かな》わなかった夢の堆積物《たいせきぶつ》を、両手のひらにすくい上げていく供養に違いないのだ。

一秒前の過去に起こった砂粒ほどの小さな出来事さえも、広大無辺な〝因縁〟の網の結び目になって、自分とどこかしらで繋《つな》がっていく。

そう考えれば、古い歴史を手繰《たぐ》り寄せるのも、一人の新聞記者の死んだ理由を探るのも、古代史好きの僧侶《そうりょ》にしてみれば、それほど差はないのかもしれない。

事件後に報告を兼ねて電話をした時も、カツラギ氏の神がカモ氏の神と合わさってどうのこうのとちんぷんかんぷんな話ばかり繰り出してくるので、カモ氏のように環境に合わせて自己実現せよという、志田なりのアドバイスだったのだと勝手に拡大解釈することにした。

再来週は、いよいよインテリアコーディネーターの一次試験がある。

対策はじゅうぶんとは言えず、いっそのこと東京へ逃げ帰ろうかとずいぶん迷ったが、一度くらい自分自身が選んだ場所で生きてみようと決めたのだ。

他業種に比べて、インテリアコーディネーターはまだ年齢や職歴の縛りが緩いとのことだから、資格取得を前提にどこかのショップへ突撃求職してみるのもありかもしれない。

ぐっと顎《あご》を引き上げ、さらに頭を傾けて、真澄は真っ青な秋の空を仰《あお》いだ。

この高い空の彼方《かなた》には、いにしえの人たちが信じた天の世界がある。

神が降るあの山々の麓《ふもと》にも、今頃《いまごろ》きっと美しい彼岸花が咲き誇っているだろうと思いながら、真澄は前を見つめて一歩を踏み出した。

了

【参考文献】（五十音順）

・「岩倉幡枝2号墳　木棺直葬墳の調査」
財団法人 京都市埋蔵文化財研究所　一九九三（インターネットより）
・『神々と肉食の古代史』平林章仁　吉川弘文館　二〇〇七
・『賀茂御祖神社』賀茂御祖神社 編　淡交社　二〇一五
・『京都の歴史を足元からさぐる［洛北・上京・山科の巻］』森浩一
学生社　二〇〇八
・『京都発見　四　丹後の鬼・カモの神』梅原猛　新潮社　二〇〇二
・『古鏡のひみつ』新井悟 編著　河出書房新社　二〇一八
・『古事記』倉野憲司 校注　岩波文庫　一九六三
・『御所 歴史読本』中経出版　二〇一三
・『蘇我氏の実像と葛城氏』平林章仁　白水社　一九九六
・『高鴨神社』高鴨神社パンフレット
・『日本書紀①』小島憲之　直木孝次郎　西宮一民　蔵中進　毛利正守 校注・訳
小学館　一九九四
・『秦氏とカモ氏』中村修也　臨川選書　一九九四

・『歴史古道の歩き方』　井口一幸　彩流社　二〇〇五

ほか

※この話はフィクションです。登場する人物、団体、名称などは、実在のものとは関係ありません。なお、作中の歌詞は『とんちんかんちん一休さん』を使用させていただきました。

日本音楽著作権協会（出）許諾第1906928－901

本書は、ハルキ文庫の書き下ろし作品です。

ハルキ文庫

た25-3

火焔《かえん》の鴉《からす》 古代豪族《こだいごうぞく》ミステリー 賀茂氏篇《かもしへん》

著者 橘《たちばな》 沙羅《さら》

2019年7月18日第一刷発行

発行者 角川春樹

発行所 株式会社角川春樹事務所
〒102-0074 東京都千代田区九段南2-1-30 イタリア文化会館

電話 03(3263)5247(編集)
03(3263)5881(営業)

印刷・製本 中央精版印刷株式会社

フォーマット・デザイン 芦澤泰偉
表紙イラストレーション 門坂 流

ISBN978-4-7584-4275-6 C0193 ©2019 Sara Tachibana Printed in Japan
http://www.kadokawaharuki.co.jp/[営業]
fanmail@kadokawaharuki.co.jp[編集] ご意見・ご感想をお寄せください。

二重標的《ダブルターゲット》 東京ベイエリア分署

今野 敏

若者ばかりが集まるライブハウスで、30代のホステスが殺された。
東京湾臨海署の安積警部補は、事件を追ううちに同時刻に発生した
別の事件との接点を発見する――。ベイエリア分署シリーズ。

硝子《ガラス》の殺人者 東京ベイエリア分署

今野 敏

東京湾岸で発見されたTV脚本家の絞殺死体。
だが、逮捕された暴力団員は黙秘を続けていた――。
安積警部補が、華やかなTV業界に渦巻く麻薬犯罪に挑む!(解説・関口苑生)

虚構の殺人者 東京ベイエリア分署

今野 敏

テレビ局プロデューサーの落下死体が発見された。
安積警部補たちは容疑者をあぶり出すが、
その人物には鉄壁のアリバイがあった……。(解説・関口苑生)

神南署安積班

今野 敏

神南署で信じられない噂が流れた。速水警部補が、
援助交際をしているというのだ。警察官としての生き様を描く8篇を収録。
大好評安積警部補シリーズ。

警視庁神南署

今野 敏

渋谷で銀行員が少年たちに金を奪われる事件が起きた。
そして今度は複数の少年が何者かに襲われた。
巧妙に仕組まれた罠に、神南署の刑事たちが立ち向かう!(解説・関口苑生)

残照
今野 敏

台場で起きた少年刺殺事件に疑問を持った東京湾臨海署の
安積警部補は、交通機動隊とともに首都高最速の伝説のスカイラインを追う。
興奮の警察小説。（解説・長谷部史親）

陽炎 東京湾臨海署安積班
今野 敏

刑事、鑑識、科学特捜班。それぞれの男たちの捜査は、
事件の真相に辿り着けるのか？　ST青山と安積班の捜査を描いた、
『科学捜査』を含む新ベイエリア分署シリーズ、待望の文庫化。

最前線 東京湾臨海署安積班
今野 敏

お台場のテレビ局に出演予定の香港スターへ、暗殺予告が届いた。
不審船の密航者が暗殺犯の可能性が——。
新ベイエリア分署・安積班シリーズ、待望の文庫化！（解説・末國善己）

半夏生 東京湾臨海署安積班
今野 敏

外国人男性が原因不明の高熱を発し、死亡した。
やがて、本庁公安部が動き始める——。これはバイオテロなのか？
長篇警察小説。（解説・関口苑生）

花水木 東京湾臨海署安積班
今野 敏

東京湾臨海署に喧嘩の被害届が出された夜、
さらに、管内で殺人事件が発生した。二つの事件の意外な真相とは!?
表題作他、四編を収録した安積班シリーズ。（解説・細谷正充）